望まれた政略結婚

瀬尾優梨

Yuri Seo

Regina

レジーナ文庫

登場人物紹介
ライル
エルデ王国の将軍。
「黒い死神」の異名で
周辺国に恐れられる、
精悍（せいかん）な美形。
無骨な自分に嫁ぐことに
なったフィーネを
気の毒に感じている。
フィーネ
サンクセリア王国の聖魔道士。
国王夫妻とは友人同士で、
王からの信頼も厚い。
このたびエルデ王国との
同盟のため、政略結婚
することに。

ローレナ
エルデ王女。きつめな顔立ちの美女で、言動も尊大。ライルに想いを寄せているようだが……？
アデル
ローレナの侍女。主人であるローレナに忠誠を誓っている。
ヴィルヘルム
サンクセリア国王。理想的な名君だが、実はいたずら好きで楽しいことが大好き。
シャルロット
サンクセリア王妃。元騎士の出身のため、武闘派な一面を持った美女。フィーネの親友。
リゼッタ
フィーネの専属侍女。フィーネとライルの新婚生活を温かく見守る。

目次

望まれた政略結婚

第1章　聖魔道士の結婚

「フィーネ、君に縁談だ」

よく晴れた昼下がり。

フィーネ・トラウトは国王の執務室に参上するなりそう告げられ、ぽかんと口を開けてしまった。

サンクセリア王国の若き国王ヴィルヘルム・サンクセリアは革張りの椅子に腰掛け、悠然とフィーネを見つめている。日光を浴びてきらきらと輝く金の髪に、澄んだ緑の目。彼の美貌を見慣れているフィーネでさえ、ずっと彼を直視していると、なんだか気恥ずかしくなってくるほどだ。

ヴィルヘルムはテーブルに広げていた紙をピシピシと指の先で弾きながら、フィーネの反応におもしろそうに微笑んだ。

「私直々の推薦だ。君がウンと言いさえすれば、相手方にすぐさま書簡を送る」

「私が、他国へ嫁ぐということですか」

フィーネは、信じられないとばかりに目を見開いた。

サンクセリア王家に仕える彼女は今年で十九歳。この国の女性としては結婚適齢期にあたる。内巻きの癖が付いた髪は赤みがかった茶色で、目はくっきりした二重で灰色。容姿自体はせいぜい十人並だろうと本人は思っている。

フィーネは少し悩んだ後、はっきりと答えた。

「……光栄なお話でございますが、先に縁談の内容を詳しくお伺いしてもよろしいでしょうか」

「もちろんだ。君の意見も聞きたいと思っていたのだよ」

そう言ってヴィルヘルムは笑う。それは一般的には『爽やかな笑顔』と形容されるだろう表情だったが、彼と長い付き合いであるフィーネは、その笑みが時に黒い気配を纏うことを知っていた。

「君の嫁ぎ先は、エルデ王国。あそこがどんな国かは、説明するまでもないね？」

「はい。エルデは先の戦争でデューミオン帝国に侵攻され、その支配下に置かれました。我が国サンクセリアも同様に帝国に侵略されましたが、我々はその後諸国から有志を募って連合軍を結成。エルデは私たち連合軍によって解放された国です」

「そうだ。帝国に支配されたエルデを解放して、一年半。オスカー新国王と同盟を結び、あちらにも復興の兆しが見えてきた。この機に私の信頼する臣下である君を嫁がせることで、今後の二国の繋がりをより強固なものにしようと思っての提案だ」

エルデ王国はサンクセリア王国の南の国境沿いにある小国だ。先の戦争で当時の国王一家はデューミオン帝国に処刑され、王弟とその娘は捕虜となった。優秀な騎馬兵を抱える騎士団も丸ごと帝国に吸収されてしまい、服従を余儀なくされていたのである。

そんな中、当時はまだサンクセリアの王子だったヴィルヘルム率いる連合軍は帝国に反旗を翻し、捨て駒として利用されていたエルデ軍と衝突した。エルデ軍を制圧したヴィルヘルムは軍を率いていた将軍を処刑せず、彼もろともエルデを連合軍に引き入れ帝国から救ったのだった。

戦後の今は、処刑された先代国王の弟が即位し、復興に努めている。

フィーネの嫁ぎ先となるエルデ王国は、サンクセリアとそんな繋がりがあるのだ。

ヴィルヘルムはフィーネの反応をじっくりと観察した後、またしてもこちらをおもしろがるような、にやりとした笑みを浮かべた。

「それで、君の結婚相手だけど。……ナルディ将軍だ」

「……え?」

フィーネが被(かぶ)っていた冷静な仮面が、思わず剥(は)がれ落ちた。

今、ヴィルヘルムはなんと？

「ナルディ将軍とは……まことですか、陛下」

「ああ。『黒い死神』とかいう、物騒な名前で呼ばれている若い将軍。エルデ解放戦後には確か、君が彼の治療を担当したはずだ」

「……はい」

フィーネは礼儀正しく答える。なんとか平静を保とうとするが、正面に座っているヴィルヘルムにも聞こえてしまうのではないかと感じるほど、胸が高鳴っていた。

ナルディ将軍――本名、ライル・ナルディ。国王を失ったエルデ軍を率(ひき)い、帝国の指示のもと連合軍と交戦した若き将軍である。

後方支援として従軍していたフィーネは、治療の際に彼と顔を合わせていた。

「我がサンクセリア王国は、エルデ王国と同盟を結んでいるが、彼の国を帝国の支配から救ったという優位性がある。だから決定権はサンクセリアをはじめとする連合軍にあり、エルデは基本的に逆らえない……それは君も知っているね」

ヴィルヘルムに尋ねられ、フィーネは頷(うなず)いた。なかなかえげつない『同盟』内容だが、連合軍の盟主であるサンクセリアが持つ権利としては、妥当なものだ。

フィーネは姿勢を正し、頭を垂れた。

「おっしゃる通りでございます。――この縁談についても、私に異存はございません」

「話を受けてくれるのだね」

「謹んでお受けします。祖国のためとあれば、喜んでエルデに参りましょう」

「君ならそう言ってくれると思っていた。ではさっそく、先方へ使者を送ろう。それで良いな、フィーネ」

「はい」

フィーネは再び深く頭を下げた。

その後、今後の打ち合わせをしてからフィーネは国王の執務室を辞した。向かったのは、自身の仕事場である詰め所。

仲間たちは現在、全員外へ仕事に出ているので、部屋にいるのはフィーネだけだ。

後ろ手でドアを閉め、辺りに誰もいないことをしっかりと確認する。

右よし、左よし。もう一度右よし。窓の向こうにも、人影はない。

「……くっ……う、うううううぅぅ……」

緊張の糸が切れたフィーネは、ずるずるとその場に崩れ落ちた。純白のローブの裾が床に擦れているが、そんな些事に気を配る余裕なんてない。

国王の御前では、なんとか平常心を保つことができた。ここに戻ってくるまでも、落ち着いた風を装えていたと思う。

だが一人きりになると、体の震えを止めることができない。

（まさか、まさかライル殿と……！）

ああ、と悲鳴を上げるフィーネ。もし今誰かがここにいれば、それは嘆きの声であると思っただろう。けれど、それは勘違いである。

ライル・ナルディ将軍。

軍服から鎧まで全身真っ黒なその姿から、『黒い死神』などと呼ばれる彼。

（まさか、ライル殿と結婚できるなんて！　ああ、ありがとうございます、神様！）

そう、フィーネは喜んでいた。

これ以上ないくらいの、大喜びである。


――今から十年近く前。

当時九歳だったフィーネは、母と二人、サンクセリア王国の田舎で暮らしていた。母親は薬草師をしており、娘のフィーネも薬を煎じたり薬草を摘んだりと母を手伝う日々。

そんなある晩、夜だけ咲く薬用花を求めて自宅近くの薬草園を訪れていたフィーネは、そこで負傷した少年騎士が気を失っているのを見つけた。倒れた周囲の草花の様子から、彼が歩くこともままならず、ここまで這ってきて力尽きたのだと分かる。

フィーネはすぐさま母を呼び、二人でその少年騎士を最寄りの小屋に運んだ。そして多忙な母に代わり、フィーネが彼の看護にあたった。

彼はどこもかしこも傷だらけだったが、一番重傷だったのは額。そこは皮膚が薄いため、少し切れた程度の怪我でも血が噴き出てしまう。そのせいで彼の顔面は血まみれで、助け起こしたフィーネの方が衝撃のあまり失神するかと思ったものだ。

少年は数日後の夜に目覚め、看病していたフィーネを見てぎょっとした表情をした。

「て、天使⁉」

「え？　……あっ、目が覚めたのね！」

「……ああ。……その、ここは？」

フィーネが事情を説明すると、なぜか少年はむっつりと黙ってしまう。フィーネはそんな少年の顔をじっと見つめた。

暗がりで光る赤紫色の目がとてもきれいだ。寝顔を見ている時から思っていたが、とても整った顔立ちの少年である。

「ねえ、あなたの名前はなんていうの？」

「……教えない」

「えー、いじわる。じゃあ私も教えてあげないからね！」

そんな軽口をたたき合ったのも、ほんの束の間。その夜のうちに、彼は小屋を出ていった。止める彼女に、助けてくれてありがとう、と言って去っていった彼の背中を、フィーネはいつまでも見送っていた。

以来、その不思議な美少年が再び薬草園を訪れることはなく、フィーネもまた一年後に『とある才能』が発現したことがきっかけで故郷を去り、サンクセリア王城へ上がった。例の少年が軍服を着ていたことを思い出し、ひょっとしたら——と思ったフィーネは、折に触れて王城の少年騎士たちを探ってみたのだが、彼が見つかることはなかった。

会えないのは残念だが、どこか遠くで元気にしているならそれでいい。

そんな風に少年のことを幼き日の思い出として昇華しかけていたフィーネは、ある日思いがけない形で、彼との再会を果たすことになった。

実はフィーネの特技は、母譲りの薬草の知識と薬や包帯で治療することだけではない。

——聖魔法。

サンクセリアでもごく一部の人間のみが持って生まれる、天賦（てんぷ）の才能である。

その才能をもって、一年半前に終結した戦争で、フィーネは連合軍に所属する聖魔法使い——つまり聖魔道士のリーダーとして戦場を駆け回った。

そして、連合軍がエルデ王国軍を吸収した後、フィーネは部下たちを連れてエルデ兵の治療を行ったのだ。元敵兵とはいえ、こうして連合軍の一員になったからには治療が必要だと、ヴィルヘルムに命じられたからだ。

「連合軍聖魔道士フィーネ・トラウトです。ナルディ将軍の治療に参りました」

部下たちを一般兵の治療に向かわせ、リーダーであるフィーネは護衛の騎士を連れてナルディ将軍のテントに向かった。彼は捕虜とはいえ上級士官のため、個人用のテントを与えられていたのだ。

そこで治療を待っていたライル・ナルディ将軍は、おおざっぱな応急手当を受けただけのようで、体のあちこちに巻かれた包帯には血が滲（にじ）んでいた。

やや長めの煉瓦色（れんがいろ）の髪に赤紫色の目。年齢は二十代半ばくらいだろうか。がっしりした体つきに反してその容姿は優男（やさおとこ）風で、怪我の痛みでしかめている顔を緩めれば、相当の美男子だろうとフィーネは思う。

彼女を迎えた将軍は、手伝われる前に自（みず）ら衣服を脱いだ。

「よろしく頼む、フィーネ殿」

「はい。では……」

そうして治療を始めたフィーネだが、途中から不思議な既視感を覚えるようになった。将軍の体に残る古い傷痕が、記憶の中にある少年騎士のそれと一致していたのだ。数日の間に何度も包帯を替えたので、時間が経った今も、少年の傷は形も位置もしっかりと覚えている。

まさか、と思ってさりげなく将軍の前髪を掻き上げた。すると前髪の生え際に、斜めに走る白い傷痕がある。

その瞬間、フィーネは確信を持った。将軍の顔に、額を切った少年の顔が重なっていく。

(あなたが……あの時の男の子なの？)

髪と目の色、特徴的な傷の位置。そして整った顔立ち。全てが一致していた。

けれどフィーネは余計なことは何も言わず、淡々と治療を進めていく。その間ナルディ将軍は、むっつり黙ってあさっての方向を向いていた。

ひょっとしたら、彼はフィーネのことなど忘れてしまったのかもしれない。

(でも、それでも)

フィーネは嬉しかった。つい最近まで敵同士だったとはいえ、こうして無事に再会で

きたのだから。

（ライル殿が思い出の少年であることは、シャルロット様にしか話していない。ということは、シャルロット様がヴィルヘルム様に相談してくださったのね）

フィーネの友人であり、現在はサンクセリア王妃という位にあるシャルロット。彼女から話を聞いて、ヴィルヘルムはフィーネの縁談を発案したのだろう。国王という立場上、フィーネ一人を気に掛けることができない彼は、この婚姻を『サンクセリアとエルデの繋がりを深めるための政略結婚』と見なし、聖魔道士団団長を務めるフィーネを『政略結婚の駒』として扱うことにしたのだ。

この話を聞く人の中には、エルデの『死神』に嫁がされるフィーネを哀れむ者がいるかもしれない。国のために涙を呑んで話を受けた健気な女性だと、同情する者もいるだろう。

だが、フィーネにとっては、この縁談は降って湧いた幸運だった。

（あとは、エルデ側が承諾してくれるかだけど……）

そこで急に不安が襲ってきた。

自分はライルのことを覚えているが、おそらく彼はフィーネを忘れている。となれば、彼からすればサンクセリアからとんでもない『重荷』を押しつけられることになるのだ。

（ライル殿には本当に申し訳ないけれど……）

了承してもらえたならば、すぐに準備を整えよう。

（ライル殿に好意を持ってもらえるよう、精一杯、頑張ろう）


後日、フィーネの予想を超える速さでエルデから諾の返事があり、二人の婚約が内定した。

そのためフィーネはしばらく聖魔道士団の引き継ぎ作業に追われることになったが、ようやく目処が立ち、今は花嫁修業としてダンスや作法の練習を行っている。

ヴィルヘルムは上機嫌で仕度を進め、フィーネのドレスなどはシャルロットが先陣を切って準備してくれていた。

（ライル殿って、どういう服装が好みなのかしら？）

王妃の部屋で着せ替え人形にされながら、フィーネはふと思った。将軍に思いを馳せるフィーネの前では、サンクセリア王妃シャルロットが、色とりどりのドレスに目を輝かせている。

シャルロットは青みがかった銀髪に紫の目という、目立つ容姿の美女だ。年はフィーネの二つ下で、可憐でたおやかな見た目に反してなかなかの肉体派である。先の戦いでは、ヴィルヘルムを守って勇ましく剣を振るう戦乙女として戦場を駆けた。

　そんなシャルロットは、自分のおしゃれにはあまり頓着しないくせに、フィーネの嫁入り衣装に関しては目の色を変えて熱心に取り組んでいる。

「わたくしが、フィーネに最高のドレスを用意して差し上げるわ！」

　よく通る声でそう宣言するシャルロットを、フィーネは慌ててなだめた。

「何をおっしゃいますか。サンクセリアの財政も、まだそれほど余裕があるわけではございませんのに」

「フィーネこそ何を言っているの？　あなたはサンクセリアが帝国の手に落ちてからずっと、わたくしと陛下の面倒を見てくれたじゃない。あなたがいてくれたからこそ連合軍が成立し、無事デューミオン皇帝を討つことができたのよ。今、こうして連合軍の諸国が帝国から賠償金をぶんどれるのも、あなたのおかげ。今こそその恩を返させてほしいの」

　そこまで言われると、フィーネとしても引き下がるしかない。

　あれは三年前の秋のこと。サンクセリア王城はデューミオン帝国の襲撃に陥落し、当時の国王夫妻が処刑された。離宮にいたため難を逃れたヴィルヘルム王子は、伯爵令嬢だったシャルロットと当時見習聖魔道士で偶然離宮で作業していたフィーネ含む少数の供に連れられ、なんとか首都を脱出したものの、その後、極貧生活を余儀なくされた。その間フィーネは、ヴィルヘルムやシャルロットを姉のような立場から守り、支えてきたのだ。そんな過去があるため、国王夫妻になった二人は、今フィーネの恋を応援することで、恩返しをしようと奮起しているのである。

「フィーネ、あなたは青や紫系の服が好きだったわね。でも、たまには明るい色のドレスも着てみたらどう？」

そう言いながらシャルロットが侍女に命じて持ってこさせたのは、華やかなクリームイエローのドレスであるが、それを見たフィーネは、ひくっと頬を引きつらせた。

「あ、あの……確かに素敵な色ですが、その、胸元が」

「胸？　ああ、これくらい普通じゃない。なんならもっと、ぱっくり開いたものが――」

「私が着たら全部見えちゃいます！」

ああいったデザインのドレスは、胸が豊かな女性が着てこそ意味があるのだ。

侍女が掲げたドレスを眺めていたシャルロットは、フィーネの悲鳴を聞いて目を丸くした。

「そう？　でも、ほら……相手のナントカ将軍。もしかしたら彼は、胸元ぱっくりが好みかもしれないわよ」

「将軍が……？」

思ってもみなかった可能性を示され、フィーネはすうっと血の気が引いていくのを感じた。

(本当にそうなら、私を見てがっかりするんじゃないかしら……)

もし、将軍の好みがシャルロットのような美女だったら。

フィーネを見て落胆したら。

(大丈夫よね？　まさか『やっぱりやめた』なんて言われないよね……？)

政略結婚なのだから、たとえそう思ったとしてもそんなことを言えるはずもないのだが、常の冷静さが吹き飛んでいるフィーネは青ざめた。

「シャ、シャルロット様」

「なぁに？」

「輿入れの日までに、胸を大きくする秘術とかってないですか!?」

「……フィーネ、あなたは十分可愛いのだから、そんな努力はしなくていいと思うわ」

「でも、もし将軍がシャルロット様のような体形の女性をお好みなら……」

「大丈夫。将軍がもしそんなことを言ったなら、エルデまでひとっ走りして、私が彼の股間を蹴り上げるから」

　シャルロットは静かにそう言い放った。股間蹴りは彼女の得意技なのだ。戦場でも、何人の兵士がその蹴りを受けて撃沈しただろうか。

　冗談か本気か分からないシャルロットの言葉に、フィーネは肩を落として苦笑した。

「……分かりました。あ、でも、胸元ぱっくりドレスも、候補に入れておいてください……一応」

＊　＊　＊

　出発の日はあっという間にやってきた。

　フィーネは国王夫妻や護衛騎士、そして聖魔道士の部下たちに見送られて、サンクセリア城を発(た)つ。サンクセリア首都からエルデまで、早馬ならば三日ほど。今回のように荷物を積んだ馬車で移動すると五、六日掛かる。

　六日後、国境(くにざかい)にある小さめの中継都市に着くと、サンクセリアの騎士たちの役目は終了した。ここからは、フィーネの護衛は迎えに来ていたエルデの騎士に引き継がれるのだ。

「今後は我々が責任を持って、フィーネ様を首都までお連れいたします」

エルデの騎士を代表してそう挨拶したのは、まだ年若い青年だった。短く刈った髪は麦わら色で、堂々たる体つきに精悍な顔立ちをしている。

「申し遅れました。私はユーク・ロデンスと申します。サンクセリアの聖魔道士の方には、先の戦争で治療をしていただきました。その節は大変お世話になりました」

「そうでしたか。よろしくお願いしますね、ユーク殿」

フィーネはユークに答えながらも、内心その身長の高さに驚いていた。

ユークに限らず、エルデ人は総じてサンクセリア人より背が高い。それは男性騎士だけではない。休憩中の馬車の周囲にいる世話係の者たちは皆四十絡みの中年女性だが、彼女たちもフィーネよりずっと背が高かった。一説によると、サンクセリアのように聖魔法が盛んな国の人間は身長が低くなりやすく、エルデやデューミオンのように聖魔道士が生まれにくい国の者は身長も体格も大きめになるとのことである。

護衛を交代した一行は、エルデの大地を進んでいく。

（もう、二年か……）

馬車の車窓からエルデの荒漠とした大地を見つめ、フィーネは小さく吐息を漏らす。

約二年前、連合軍はこの大地を行軍した。その頃のエルデは帝国の支配下にあり、反抗を企てた疑いであちこちの農村が焼き払われ、国民も憔悴しきっていた。先ほど出発した中継都市も、二年前に訪れた時には帝国兵が幅を利かせており、さびれた様子だったのを思い出す。

それが今、戦争の傷痕はまだ残っているものの、復興の兆しが見えている。この都市の修復費用の大半をサンクセリアが負担しているので、フィーネたちは都市の人から感謝の眼差しを向けられた。

（私が嫁ぐことでこの国はさらに変わっていくのかしら）

流れゆく景色を眺めつつ、フィーネは膝の上でぎゅっと拳を握ったのだった。

国境を越えて数日後、フィーネ一行はとうとうエルデ王国首都に辿り着いた。

首都はサンクセリアのそれと比べると規模が小さい。復興も中継都市よりは進んでいるといった程度で、崩れかけた家屋があちこちに残っていた。

そんな中、エルデの国民たちはフィーネの乗る馬車に大挙して押し寄せてきた。外を窺っていたフィーネはそのあまりの勢いにぎょっとして、思わずカーテンを閉めてしまう。

「ようこそ、フィーネ様！」

「サンクセリアに感謝を！」

周囲は歓声に包まれ、御者はやや動きにくそうに馬を操(あやつ)っていた。感極まって道に飛び出してくる者を轢(ひ)いてしまわないように、気を遣っている様子だ。

そんな風に国民たちを掻(か)き分けながら馬車は王城へ向かった。

やがてなだらかな斜面が見え、そこに等間隔に並んだ城門をくぐる。その頑丈な石製の門のうちいくつかは、根本からポッキリ折れてしまっていた。王城自体は、国の象徴だけあり最低限の体裁(ていさい)が整えられていたが、こちらまではまだ修繕の手が回らないようだ。

馬車を降りたフィーネは、案内係のユークに続いて廊下を歩く。そうして向かった先は、王の執務室だ。本来ならば謁見の間に通されるのが通例だが、現在復興作業中のため入室できないのだと、ユークに説明された。

執務室の壁にはいくつか崩れかけた箇所があり、床もところどころ穴が空いているが、それでもソファセットやデスクはきれいに磨(みが)かれている。その部屋でエルデ国王は、わざわざ立ち上がり、にこやかな笑みでフィーネを迎えてくれた。

「お初にお目に掛かります。私はエルデ王国国王オスカー・エルディート。遠路遥々(はるばる)ようこそお越しくださいました」

「初めまして、オスカー陛下。サンクセリアのフィーネ・トラウトでございます」

フィーネは左手を差し出し、オスカーが跪いて手の甲に額を押しつけることを許した。男性が女性に対して敬意を示すために行う、エルデ風の挨拶だ。

国王オスカーは四十代前半の男性だった。長い艶やかな栗毛を首の後ろで束ねた彼は、目尻に皺を寄せ、緑の両目を優しく細めてフィーネを見つめている。武人というより文官という印象の、穏やかそうな男性である。

エルデ人らしく背は高いが、腕も脚も腰も異様に細い。そこには、兄王を殺され、娘と共に帝国に囚われていた頃の苦労の名残が見て取れた。

「此度は、我がエルデ王国のために嫁いできてくださったこと、国民一同感謝しております。……道中で民たちの様子をご覧になりましたか？」

「ええ。あんなに歓迎されて、かえって申し訳ないくらいでした」

フィーネは彼らの顔を思い出す。

もしかしたら、自分を安心させるために演技させられているのかもしれない――当初はそんな可能性も頭を過ったが、皆の顔を見ているうちにそうではないと気づいた。

エルデの国民は、フィーネを心から歓迎してくれている。

聖魔道士の持つ医療技術と持参金、そしてサンクセリアからの信頼。これらを一気に運んできたフィーネの嫁入りを喜んでいるのだ。

一通り挨拶が終わると、エルデ人の侍女がやってきて、フィーネの前に温かい紅茶を置いた。匂いはサンクセリアのそれとは若干違う。侍女に礼を言って一口飲むと、優しい果実の香りが鼻孔いっぱいに広がった。

「……そうそう、フィーネ嬢の結婚相手のことですが」

そうオスカーが切り出したため、フィーネは小首を傾げて上品な仕草で口元を拭う。

――危なかった。

なんとかごまかしたものの、いきなりの話題に、彼女はあやうく国王の顔面に紅茶を噴き出すところだったのだ。

「ライル・ナルディ将軍ですね」

「はい。彼は現在、辺境の砦におります。フィーネ嬢がお越しになるまでには帰還できる予定だったのですが、期間が延びてしまい……申し訳ありません」

「お気になさらないでください。私も、ナルディ将軍に会う前に心の準備をしたいと思っておりましたので」

フィーネはしっとりと微笑みつつ答えた。

『心の準備をしたい』なんて建前だ。本音を言えば、すぐにでもナルディ将軍の姿を確認したい。叶うことなら、今から会いに行きたいくらいだ。

だが首都にいないのならば仕方ない。フィーネにできることは、大人しく彼の帰還を待つのみだった。


それから今後の予定などを打ち合わせして、フィーネは国王の執務室を辞した。向かうのは、結婚式までの生活場所――王城内の客室である。

ライル・ナルディ将軍は貴族生まれではないので、フィーネを迎え入れるにあたり急遽伯爵位を与えられ、屋敷を持つことになった。使用人も大勢雇い、フィーネが不自由なく過ごせるように準備してくれているという。

わざわざ申し訳ないと思うが、ここで彼女のためにしっかり金を使うことは、『花嫁を大切にしております』というサンクセリアへのアピールになる。また、職を失い路頭に迷っていた者を使用人として雇い入れたので、エルデ側にとっても新たな雇用を生むという利益があるのだとユークが教えてくれた。

そのまま彼はフィーネを客室へ案内し、専属侍女として、エルデ人の若い娘を一人紹介する。

「リゼッタ・ヴィシュと申します。フィーネ様の身の回りのお世話をさせていただきます」

フィーネに向かって、娘が挨拶をした。

年はフィーネと同じくらいだろうか。エルデ人らしく背が高く、緩やかなウェーブを描くミルクティー色の髪が腰まで垂れている。やや吊り気味の目は澄んだ茶色で、シックな黒のお仕着せがよく似合う、ほっそりとした美人だ。

「こちらこそ、よろしく。……今回、たくさんの人が雇われたと聞いたのだけど、もしかして使用人教育の途中で来てくれたの？」

「いえ、わたくしは戦前から侍女として王城にお仕えしておりました。新たに雇われた者たちと違い、引き抜きを受けてフィーネ様の専属になったのです」

「まあ……私のためにありがとう」

「とんでもないことです。救国の英雄でいらっしゃるフィーネ様にお仕えできるなんて、身に余る光栄でございます」

そう言ってリゼッタは深く頭を下げた。

救国の英雄と言うなら、フィーネではなく連合軍の指揮官を務めたヴィルヘルムの方が適切ではないかとフィーネは感じたが、エルデの民にとっては、貴重な聖魔道士である彼女も、英雄と呼ばれるべき存在なのかもしれなかった。

（リゼッタ、ね……）

フィーネは部屋の換気を始めたリゼッタの姿を観察する。彼女には結婚後もナルディ将軍の屋敷へ付いてきてもらう予定なので、仲良くなっておいて損はない。

エルデ人の中に、頼りになる味方を早いうちに作っておくべきだ。

「――リゼッタ、いくつか質問をしたいのだけれど」

「はい、フィーネ様」

フィーネが呼びかけると、リゼッタは作業を中断して素早くこちらへやってきた。

その場に跪いて真剣な目でこちらを見上げてくるものだから、フィーネは苦笑する。

「ああ、そんなに堅くならないで。仕事についてではなくて、ほんの雑談だから」

「しかし……」

「お願い、リゼッタ。どうか、そこに座って」

懇願するような言葉にリゼッタの瞳が揺れたが、気を取り直したのかすぐに一礼し、フィーネの側にある椅子に腰掛けてくれた。これで、先ほどよりは話しやすくなった。

「リゼッタは、ナルディ将軍がどんな方か知っている？」

フィーネはさっそく切り出した。

十年前の思い出の少年であり、かつて敵国の将軍だったライル・ナルディ。

大人になったフィーネが彼と共に過ごしたのは、連合軍で共闘したほんの僅かな期間のみ。その時も互いにゆっくり話すことも、顔をじっくり見ることさえできなかった。

（昔から王城に仕えているリゼッタなら、将軍のことをよく知っているかも）

フィーネの意図を察したらしいリゼッタは、ゆっくり頷く。

「はい。ナルディ将軍はエルデでは戦前から有名な、大変優秀な騎士様です」

「それほど優秀で、あんなに見目麗しいなら、彼に想いを寄せる女性はいらっしゃらなかったのかしら。もしくは将軍が想いを寄せている方とか……？」

「……ああ、そういえばフィーネ様は既に将軍と会われたことがあるのですよね」

それまで緊張しているような様子だったリゼッタの目つきが、ほんの少し和らいだ。

「わたくしが聞き及んだ限りでは、将軍に想い人や恋人はおりません。……将軍は平民出の叩き上げ。そのお姿に恋をする娘は多くおりましたが、交際や結婚までは踏み切れなかったようです」

いくら格好良い将軍といっても平民出身。貴族の令嬢は彼を遠くから愛でることはあっても、結婚相手として見ることはなかったそうだ。

「それに将軍は紳士です。騎士としての名を汚すような行為は一切なさいません」

「そう……なのね」

リゼッタの力強い言葉に、フィーネはほっと息をついた。

この政略結婚は、サンクセリアがエルデに押しつけたようなものだ。オスカー国王やナルディ将軍に『否(いな)』の選択肢はなかった。

もし彼に想う女性がいたなら、恋人たちを引き裂いてしまったのではないかと心配していたフィーネは、リゼッタの情報でひとまず安堵(あんど)した。

（ナルディ将軍……早くお会いしたいな）

＊＊＊

フィーネがエルデ王国にやってきて数日が経(た)った。

この間、彼女のしていたことといえば結婚式に向けた勉強くらいだ。フィーネとしては一日でも早く治療などの仕事に手をつけたいのだが、まだ立場が不安定なため、ナルディ将軍と結婚し、正式にエルデの民になるまでは仕事は保留とされていた。

暇をもてあましたフィーネは、国王の許可をもらって客室で薬の調合をすることにした。

フィーネは聖魔法はもちろん、薬で治療することもある。そのための薬草の知識は母から一通り叩き込まれていた。調べてみると、エルデにはサンクセリアにはない薬草が生えていて、興味は尽きない。逆にエルデにはない薬草もあるのだが、サンクセリアから種を持ってきているので、植えて育てれば、いずれ使うことができるはずだ。

リゼッタは、最初の頃こそやや堅苦しい雰囲気だったが、数日もすればだいぶ肩の力を抜いて接してくれるようになった。さすがに人前ではピシッとした侍女の姿を見せているが、周りに人がいない時は、だいぶ饒舌になってくれるのがまた嬉しい。

ライル・ナルディ将軍の帰還が知らされたのは、フィーネがリゼッタと一緒に調薬用の鍋を囲んで談笑していたその時だった。

「帰ってこられたのね！」

護衛の騎士――ユークから将軍の帰還を知らされたフィーネは、喜びで跳び上がる。ユークが部屋を出ていくと、リゼッタも急ぎ立ち上がって、フィーネの身支度を始めた。

「フィーネ様。将軍は陛下への報告を終えた後、王城の自室に戻って着替えをされてからフィーネ様とお会いになるそうです」

説明しながら、リゼッタはフィーネの薬臭い服を一気に脱がせ、サンクセリアから持ってきたドレスに着替えさせてくれた。

背が高く釣り目気味の者が多いエルデ人に対し、純サンクセリア人であるフィーネは、彼らよりずっと背が低くて目も丸い。化粧を施しても、同年代のエルデ人よりもかなり子どもっぽく見えてしまう。

「……将軍、私を見てがっかりしないかしら」

「まあ！　そんなことあり得ませんよ」

フィーネの内巻きの髪をセットしつつ、リゼッタは言い切った。

「なぜ将軍がフィーネ様を見てがっかりされるなんて思われたのですか？」

「いえ……その、私はどう見てもサンクセリア風の顔立ちだし、エルデ人の女性と比べると背も低いから」

「背が低いのは悪いことではありませんっ！」

「そ、そうなのね」

リゼッタが鼻息荒くそう宣言してくれたので、フィーネの気分はかなり楽になった。なんとも心強い侍女である。

準備を整えたフィーネはリゼッタに連れられ、部屋を出た。そこには数名の騎士たちが控えており、その先頭に立っていたユークはフィーネを見て、ぱっと笑顔になる。

「わー、やっぱり可愛い！」

これまでの態度からは想像もしなかった彼のくだけた物言いに、フィーネは面食らった。一方、リゼッタは眉をひそめている。

「やめなさい、ユーク。フィーネ様が穢(けが)れます」

「穢(けが)れるって酷(ひど)くないか!?」

「フィーネ様はナルディ将軍の婚約者です。みだりに話しかけないでください」

「小さくて可愛いって褒めるのもだめなのか？」

「だめです」

リゼッタはつんと顔を背(そむ)けた。

そんな風にひと悶着(もんちゃく)あったものの、ナルディ将軍のいる場所までは、ユークたち護衛騎士とリゼッタが案内してくれた。

「サンクセリア王国のフィーネ・トラウト様をお連れしました」

ユークが代表してドアの前で朗々(ろうろう)と告げる。先ほどリゼッタと言い合いしていた時とは打って変わって、きびきびとした男らしい声だ。

部屋の中にいた侍従が返事をし、ドアを開けた。フィーネの入室に合わせ、ソファに座っていた男——ナルディ将軍が立ち上がる。

将軍は長い煉瓦色(れんがいろ)の髪を結わえており、吊り上がった目はサンクセリアでもエルデでも滅多に見られない、赤紫の不思議な色合いをしていた。エルデ軍の制服らしい黒の軍服越しに、肩幅と胸の厚み、腕の筋肉などが見て取れる。

（やっぱり格好良い……！）

フィーネは思わず口元に手を当て、視線を逸らす。そうして興奮で鼻血が出ていないか確認した後、おそるおそる将軍へ視線を戻した。

「フィーネ・トラウト嬢。ご挨拶が遅れてしまい申し訳ない」

将軍は胸に手を当ててお辞儀をした。軍で共に行動していた頃はさほど意識していなかったが、彼の声は、少しだけざらついたテノールボイスだ。そのせいか優しく囁かれると、腰にぞわぞわと妙な違和感が湧いてくる。彼は容姿だけでなく、声にも艶があるのだ。

フィーネは歓喜の悲鳴を上げそうになるのを懸命に堪え、淑女らしい優雅なお辞儀を返した。

「めっそうもございません。再びお会いできて光栄です、ナルディ将軍閣下」

「私のことは、どうかライルと呼んでほしい。戦時中のあなたは、私を名前で呼んでいたはずだ」

将軍に指摘され、フィーネは当時のことを思い出す。

軍では基本的に、お互いをファーストネームで呼び合うのが暗黙の了解だった。堅苦しいことは苦手なヴィルヘルム王子の意向である。

よってフィーネは将軍のことを『ライル殿』と呼び、将軍もフィーネのことは『フィーネ殿』、もしくは役職で『聖魔道士殿』と呼んでいた。

これから夫婦になるのだから、お互いファーストネームで呼び合おうという申し出自体は不思議なものではない。

（でも、いきなり呼び捨てってのもハードルが高い……高すぎる……）

というわけで。

「……かしこまりました、ライル殿」

フィーネは、まだ馴染みのある戦時中の呼び方を採用することにした。

彼もそれに納得したのか、表情を緩めて微笑んだ。

（ライル殿、こんな風に微笑まれるんだ……）

戦時中のライルは、国主を失い絶望するエルデ王国の希望の星といえる存在だった。

重責を負っていた彼は基本的にむっつりと黙り込み、険しい顔をしているのが常だったらしい。言われてみればエルデ兵に聖魔法を施すフィーネにも礼こそすれ、こうして表情を緩めることはなかった。

初めて見るライルの微笑みにフィーネが喜びをかみしめているうちに夕食の時間になったので、二人は食堂へ移動した。

ライルはフィーネと同じ平民階級出身ということだったが、彼の洗練されたナイフ捌きにフィーネは目を丸くした。もしかすると、花嫁修業の一環として練習を積んだ自分より優雅な所作かもしれない。また復習しなければと、フィーネは心に決めた。

食後、ライルは遠征の事後処理が残っているらしく、フィーネを部屋まで送った後は再び騎士団に戻らなければならないという。

「……もうじき、結婚式ですね」

城の廊下を歩きながら、ふと会話が途切れた時、フィーネはそう呟いた。

その声を聞いて肩をぴくっと震わせたライルはフィーネに視線を寄越し、眉根を寄せる。

「……不安なのか?」

「そうですね……全く不安がない、と言えば嘘になります」

フィーネは正直に答えた。

(ライル殿が私のことをどう思っているのか、まだ見えてこない。今日だって、本当は無理して付き合ってくださっているのかも……)

そもそも表情がいまいち読めないのだ。以前は見られなかった笑みを見せてくれたとはいえ、心の底ではこの政略結婚を快く思っていないかもしれない。

（これから歩み寄っていきたいな。エルデの将軍とサンクセリアの聖魔道士としてではなくて、夫婦として）

一人決意を固めたフィーネは、その隣でライルが目を伏せ、悩ましげなため息をついていたことに気づかなかった。

＊＊＊

結婚式までの日々は、飛ぶように過ぎ去っていった。

「おきれいですよ、フィーネ様」

そう言って鏡の前に立つフィーネを励ましてくれるのは、リゼッタだ。彼女も明日から、フィーネと一緒にナルディ伯爵の屋敷へ移り住む。

リゼッタに太鼓判（たいこばん）を捺（お）してもらったフィーネだが、不安を隠せず鏡の中の自分を睨むように見つめた。

「……私ってやっぱり、童顔なのね」

そう言ってフィーネはため息をつく。花嫁には似つかわしくない、深い絶望を感じさせる吐息だ。

結婚式用のドレスは、エルデの服飾文化を取り入れたデザインとなっている。サンクセリアのように裾が広がっておらず、一枚の筒状の布を巻くようなマーメイドラインに似た形状だ。だがこれだけだと自分にはシンプルすぎるので、フィーネはサンクセリアのデザインも取り入れた。腰を締めるサッシュ部分には絹製の造花をふんだんに飾り、少しでも裾がふんわりとして見えるよう、サンクセリアから持参した薄いレースのガウンを上から纏う。それはシャルロット一押しの高級品で、日光を浴びるとおとぎ話に出てくる妖精の羽根のように七色に輝くという代物だ。

サンクセリアの式では、花嫁の髪が長い場合、たいていティアラの形に結い上げる。だがエルデでは美しい髪を見せつけるために、結い上げたりはしないらしい。その風習に従って、フィーネの髪もハーフアップにまとめるだけにしておいた。

式の段取りは既に頭の中に入っている。サンクセリアと違って、エルデでは指輪の交換や誓いのキスはしない。二人で皆の前に立ち、国王の祝福の言葉を受けて新郎が新婦にベールを被せるだけだ。これは『これからこの女性は俺のものだから、見るな』という意味にあたるらしく、分厚いベールを被った新婦の顔は、以降参列者からは見えなくなってしまう。

式の後にダンスパーティーなどを開くこともない。参列者からの祝福の言葉を受けたら新郎は新婦を抱きかかえてさっさと馬車に乗り、屋敷に戻るのだそうだ。

（……うん、大丈夫。たぶん大丈夫）

フィーネは険しい顔でうんうんと頷く。

さらに式の予行練習などもしないらしい。不安に思ってライルにそれとなく聞いてみたところ、『大丈夫だ。フィーネ殿を抱きかかえる練習はしている』との答えが返ってきた。彼は個人的に練習しているようだが、それで誰を抱えて練習しているのか、気になるところである。

考え込むフィーネをしばらく見つめていたリゼッタが、ふとなんとも言えない微妙な表情になった。

「……あの、フィーネ様。フィーネ様はしばしば、将軍とご自分が釣り合うかなどと懸念されていらっしゃるようですが、本当に心配ご無用ですからね」

「……そう？」

「ええ。その……ユークからも、将軍の様子は伺っておりますので」

「ライル殿の？」

どういうことかと問おうとしたが、リゼッタに視線を逸らされてしまったため、追及は諦めた。

と、侍従が移動するよう告げてくる。フィーネは巨大な姿見に別れを告げ、リゼッタと共に廊下に出た。

そこにはいつものように、ユークたち護衛騎士が待っていた。騎士団の制服姿のユークはフィーネを見て、おおっと声を上げる。

「フィーネ様、お迎えに参りました。……いやぁ、それにしても本当におうつく――」

「それ以上言うと、そのよく回る舌を引っこ抜きますすよ、ユーク」

リゼッタがぴしゃりとユークを制した。

「フィーネ様を一番に褒める男性はナルディ将軍です。ユーク、あなた、将軍の剣の錆になりたいのですか？」

「わわ、分かったから、フィーネ様の前で物騒なことを言うのはやめてくれ！」

「二度目はありませんよ」

リゼッタはツンとそっぽを向く。頭をぽりぽりと掻いたユークは、彼女の視線が逸れている隙にフィーネとの距離を詰めてきた。

「……フィーネ様、どうかライルをよろしくお願いします」

「ユーク殿？」

「俺はあいつの部下ですが……戦友でもあります。だからこそ分かるんですけど、あいつ、冷静そうに見えて今も緊張しまくってるんです。フィーネ様が微笑んでくだされば、きっとあいつもすごく安心するんで」

（ライル殿が緊張？　私が微笑むと安心する？　……まさかね）

真に受けるつもりはないが、フィーネは頷いた。

「……そう、なのですか。分かりました。心がけます」

花婿と花嫁は、式場である聖堂前で合流することになっている。

ユークやリゼッタをはじめとしたお付きを従えて、フィーネは聖堂へ向かった。そこには既に、黒い制服姿の青年が待っている。

彼がゆっくり振り向いたのを見て、フィーネはとっさに鼻を啜った。今回も鼻血は出さずに済んだようだ。

ライルは長めの煉瓦色の髪をリボンで結わえている。整えた前髪からは切れ長の目が露わになっていた。光沢のある黒の軍服は彼の体形を引き立たせる絶妙なラインを描いており、妙な色気が滲み出ている気がして、正直目のやり場に困る。

（私より全然目立つじゃない！）

花嫁より麗しい花婿。予想はしていたが、やはり虚しい。

敗北感とライルへの羨望に埋め尽くされつつも、フィーネは微笑みを浮かべてしずしずとライルに歩み寄る。彼は目を細めてフィーネを見つめていたが、その薄い唇が震えているような気がした。

「……お待たせしました、ライル殿」

フィーネがガウンの裾を摘んでちょこんとお辞儀すると、ライルは緩やかに首を横に振った。

「……確かに待ったが、今のフィーネ殿を見ればその甲斐があったと感じる」

「えっ？」

「美しい。あなたのような花嫁を迎えられて、俺はとても幸せだ」

美しい。

その言葉が、声が、フィーネの耳朶をくすぐり、胸を甘く溶かす。

不意打ちの褒め言葉で動揺する彼女の腰に、ライルの腕が回った。がっしりとした腕に抱き寄せられて、ぎくりとフィーネの体が震える。

「……行こう」

低くざらつきのある声で囁かれ、フィーネは真っ赤になって頷くことしかできなかった。

＊＊＊

——幸せになるのよ、フィー。

——あなたには、幸せになる権利があるわ。

そう囁いたシャルロットの眦には、微かな水滴が輝いていた。

彼女は今、遠い空の下で何を思っているのだろうか。

式を終えたフィーネとライル——二人の寝室は夕闇に包まれていた。

まともな光源はサイドテーブルの上にあるランプのみ。ゆらゆらと揺れる火は頼りなく、今にも儚く消えてしまいそうだ。

フィーネは一人でそこにいた。全く馴染みのない風景、馴染みのない匂いの、新居の寝室。

彼女は本日、無事にライル・ナルディ将軍と夫婦になった。今日からフィーネの名はフィーネ・ナルディ。ナルディ伯爵の妻である。

結婚式の後、リゼッタに念入りに体を洗われ、髪の手入れには貴重な香油を使われた。

おかげで肌も髪もつやつや、特に太もも辺りの肉はもちもちとして肌触りが良いはずだ。

フィーネは手持ち無沙汰になった左手で自分の太ももを摘んでみる。

リゼッタはフィーネにナイトドレスを着せると、「頑張ってくださいね」と耳打ちして自室に下がっていった。

これからフィーネは、夫と共に夜を迎える。いわゆる『初夜』だ。

エルデでの『閨の作法』はリゼッタから聞いていた。その点に関しては二国とも大差ないらしく、新妻は夫が来るのを寝室で待てばいいだけだそうだ。

（それで、ライル殿が来たら全てをお任せする……のでいいのよね？　そうよね？）

フィーネはそわそわとナイトドレスの胸元を指先で弄る。いつの間にか、手の平にじっとりと汗を掻いていた。

（大丈夫、きっと大丈夫）

——そうしていると、寝室のドアがノックされた。ライルだ。

「……待たせた」

「ライル殿」

フィーネは怖々振り返った。顔が強張りすぎて鬼の形相にならないよう、笑顔の仮面を貼り付ける。

きりりとした制服から一転、ラフなシャツとズボン姿になったライルは、薄着になった分だけ、滲み出る色気が増したように感じられた。

普段は詰め襟で隠れている喉仏が露わになり、ランプの光で微かな陰影を作り出している。シャツ一枚になった上半身には、しっかりと筋肉が付いていた。

先ほどの結婚式でもフィーネを抱えて難なく馬車まで連れていった彼のこと、ぶ厚い筋肉の鎧を纏っているのも当然だ。

ライルはフィーネを見て、一瞬息を止めたようだった。だがすぐに表情を改め、ベッドまでやってくる。

彼がフィーネの隣に腰掛けると、ギシリとベッドが軋んだ。マットレスが沈み、フィーネの体が傾いて彼の方へ倒れ込んでしまう。

「あっ」

「フィーネ殿」

傾いだ体を支えようと慌てて片腕を突っ張ったフィーネは、結果として夫となったばかりの男の腰に抱きつくような姿勢になった。

しばし呆然としていたフィーネだったが、ぎょっと身を強張らせてライルから距離を取る。

「し、失礼しましたっ！」

「……いや、いい」

フィーネに抱きつかれてもライルに動じる様子はない。彼はそわそわと意味もなく手を振るフィーネの両肩に手を置き、自分の方に向き直らせた。

二人はベッドの上で向かい合う。

赤紫色の目が妖しげな光を湛えているようで、直視してしまったフィーネの顔が熱くなる。なぜかへその裏辺りがチクチクと痛み出した気がした。

「……フィーネ殿」

「あ、はい！」

「住み慣れた故郷を離れ、遥々エルデまで嫁いできたことを、後悔させない」

決意に満ちた声。それでいて、どことなく甘い響きを含んだテノールボイス。

ずくん――と胸に衝撃が走る。

（な、なんなの、この痛み……？）

ただの緊張による高鳴りとは全く違う未知の感覚に、フィーネの顔は赤くなったり青くなったりと忙しい。

医術書に、こんな症状は書かれていなかった。シャルロットもリゼッタも、教えてくれていない。

（これは、何――？）

戸惑いの表情を浮かべるフィーネをライルは静かな眼差しで見つめていた。けれどやがて、上掛けを引く。

「……フィーネ殿も疲れただろう。無理は言わない。今日はもう休もう」

「……え？　あ、あの、でも、ライル殿」

「大丈夫、時間はいくらでもある。それより俺は、あなたの気持ちを優先させたい」

優しくなだめられ、フィーネは反論できずに黙った。

（ライル殿は、サンクセリアからの『贈り物』である私に遠慮しているのね）

ここでライルがフィーネを強引に押し倒し、フィーネがもう嫌だとサンクセリアに泣いて帰るようなことがあれば、エルデはサンクセリアから見放されるかもしれない。ライルは、それを恐れているのだろう。

所詮政略結婚で結ばれた縁なのだ。立場の低いライルが遠慮するのもおかしな話ではない。

（でも――）

落ち込んでいく心とは裏腹に、フィーネの体は大人しくライルに従った。靴を脱ぐと、彼に抱き寄せられてベッドに入る。

力なく横たわったフィーネを、ライルはそっと上掛けで覆ってくれた。ライルが横になると、またしてもベッドが軋んだ。

（愛されているから――ライル殿が私を好いているから気遣ってくれるのだと、そう思いたい）

贅沢は言えない。憧れの人と結婚できただけでも、神に感謝しなければならないことだ。それなのに、彼に愛されたいと願ってしまう。自分が一方的に彼を愛するだけでは足りないのだ。

ランプの明かりが消えた。

「……おやすみ、フィーネ殿」

心地よい闇の中で、ライルの囁きがフィーネの耳を、胸を、震わせる。

「……はい。おやすみなさい、ライル殿……」

いつか、彼と歩み寄ることができたら。

そして、心から彼に愛されたら。

フィーネは真っ暗な闇の中、そっと目を閉じた。

第2章　政略結婚から始まる――

朝起きたら、隣に愛する人がいて。

『おはよう』と微笑み合って頬にキスをもらって。

「……そんなの、期待しすぎよね」

フィーネは虚ろな声で、そう呟いた。

でも隣から、返事があるわけがない。

彼女が朝目覚めた時、そこは既に無人となっていた。

手を這わせてみるが、シーツはもう冷え切っている。彼が――夫となったライルが起床してから、かなりの時間が経っているのだろう。

(せめて、おはようの挨拶をしたかったのに……)

「おはようございます、フィーネ様」

「あっ……おはよう、リゼッタ」

すっかり落ち込んでベッドの上で悶々としていたフィーネだが、控えめなノックに続くリゼッタの声に、慌てて返事を返す。

入室してきたリゼッタはベッドの上のフィーネとベッドの様子をちらっと見やり、小さく肩を落とした。

「……フィーネ様、その——」

「——ううん、言わなくていいわ、リゼッタ」

リゼッタの視線の意味に気づき、フィーネは苦笑する。

「気づいた時にはもうライル殿のお姿が見えなかったのだけど……私、寝坊しちゃった？」

「いえ、まだ八時前です。将軍——旦那様は、朝日が昇るより早く起床なさって、六時頃には既に城へ向かわれました」

「そんなに早く!?」

フィーネは思わず目を瞠る。夫の起床と出勤は予想以上に早かった。

（まさか、起きてすぐに私の相手をするのが嫌だから……ってわけじゃ、ないよね……？）

リゼッタは猫の仔のようにベッドの上を転がるフィーネに、躊躇いがちに声を掛けてきた。

「……フィーネ様、そろそろお仕度を始めましょう。執事のビックスが、フィーネ様に何か用事があるとのことでしたので」

「執事さんが？」

そこでようやく動きを止めたフィーネは、ベッドに伏せた格好のまま、横目でリゼッタを見つめたのだった。


ぼさぼさの髪に櫛(くし)を入れ、顔を洗い、用意されたドレスを身に纏(まと)う。

サンクセリアでのフィーネの普段着は、聖魔道士団所属の証(あかし)であるローブだったが、今ここにいるのはナルディ伯爵夫人。普段着も当然ドレスだ。

パステルイエローの可愛らしいドレスに似合わぬしょぼくれ顔で階段を下りたフィーネだったが、屋敷の使用人たちが並んで迎えてくれたのを見て、気を引き締めた。

そういえば、昨夜は彼らとまともに話をする機会がなかった。

「私は執事のビックス・ミルと申します。旦那様と奥様の身の回りのお世話をさせていただきますので、何卒(なにとぞ)よろしくお願いします」

初老に差し掛かった年頃の男性から挨拶(あいさつ)を受けたフィーネは、伯爵夫人の顔でにこやかに頷(うなず)く。

「ええ、こちらこそよろしく。ビックス、皆様」

「それでは、まずは朝食を。旦那様からも、奥様の体調管理には特に気を配るようにと仰せつかっております」

ビックスが恭しく告げた言葉に、フィーネの胸はほわんと温かくなった。

社交辞令だろうし、夫として当然の責務だという思いから言っただけかもしれない。

(それでも……ライル殿が気遣ってくれたことが、嬉しい)

ビックスに案内されて向かった食堂では、既に朝食の仕度が整っていた。

物資不足のエルデでは、貴族といえども豪勢な食事を摂ることはできない。それはこのナルディ家も同じである。

だが「旦那様に採用されて、路頭に迷わずに済みました」と語る中年シェフや、「旦那様のご厚意でこちらへ就職できました」と語る料理補助の使用人たちが丹誠を込めて作った料理は、どれもこれもおいしかった。むしろ、野菜の切れ端や筋の多い肉でこれだけおいしい朝食を作れるのなら、あえて贅沢しようなんて思えない。

「奥様、旦那様からの伝言でございます」

食事を終えたフィーネのもとに、ビックスがしずしずと歩み寄ってきた。そこでフィーネは、そういえばリゼッタから、用事があると言われていたと思い出した。

逸る気持ちを抑えて口元をナプキンで拭い、しとやかに答える。

「まあ、ライル殿はなんと？」

「出発される前に、奥様にメモを残していかれました。わたくしが読み上げましょうか、それとも奥様ご自身でご覧になりますか？」

「よかったら、私に読ませてください」

声が震えそうになるのを堪え、フィーネはビックスからおそるおそる小さな紙切れを受け取った。

紙の切れ端に走り書きしただけの、本当に『メモ書き』程度の内容だ。急いでいたのか、字もあちこち掠れている。

そこには、『フィーネ殿が起きるまで待っていられなくて申し訳ない』『起こすのが憚られた』『ゆっくり体を休めるように』『なるべく早く帰る』と、ライルの直筆で書かれていた。

フィーネはその筆跡を目で追いかける。内容を暗記してしまってもなお、何度も何度も夫の文字を見つめた。ライルらしい、角張った生真面目な筆致。

急いでいるのに、それでもフィーネのためにメモを残してくれた。使用人に言付ければ済むところを、わざわざ時間を割いて。眠っているフィーネを起こさないように――

（ライル殿……）

じわじわと胸が温かく、そして熱くなる。

朝起きてベッドにひとり取り残されたと知った時はがっかりしてしまったが、ライルは忙しいのに、こうしてフィーネのことを気遣ってくれているのだ。

(少しは想われていると……そう自惚れても、いいのかな?)

フィーネはしばし硬直していたが、やがて我に返るとビックスに礼を言う。そして側にいたリゼッタに、きれいな空き箱を持ってくるよう頼んだ。

——今日は、なんだか良い一日になりそうだ。

午前中に、今後の仕事の打ち合わせで城へ行ったフィーネは、夕方には屋敷に戻り、使用人たちと屋敷での役割分担について相談した。

フィーネは聖魔道士としての仕事があるので、その間の屋敷のことは任せること、リゼッタは基本的にフィーネに同行すること、何かあればビックスに用事を言付けてほしいことなどを皆に説明する。

(今夜は、ライル殿とゆっくり話ができるかしら)

話し合いの後でお茶を飲みつつそう考えていたフィーネだったが、夕方になって城から連絡が入った。

ライルに急ぎの仕事が入ってきたのだという。いつ帰れるか分からないので、フィーネは先に食事をして寝ていてほしい、とのことだった。

夜、湯浴み(ゆあ)をしたフィーネはしょぼんと肩を落とす。

「ライル殿とお話できなかった……」

背後でフィーネの髪をタオルで拭いていたリゼッタも、残念そうに眉根を寄せた。

「そうですね。今後の予定なども、フィーネ様からお伝えしたかったですね」

「ええ……予定の方は後日でもいいけれど、ライル殿とお話がしたかったな」

帰宅を待ちたい気持ちは山々だが、寝ずにいるとかえってライルを心配させる……かもしれない。

(ライル殿のメモにもあったものね。ゆっくり体を休めるように、って)

今朝、ライルが残していったメモはリゼッタが持ってきた箱にしまい、大切に保管している。同じ屋根の下で暮らす夫婦なのだから、メモなんてたいしたものでもないのかもしれないが、こうしておくことで二人の心が繋(つな)がっているようで、安心できるのだ。

(手紙……そうだ！)

フィーネは顔を上げた。

「……あの、リゼッタ。後で持ってきてほしいものがあるのだけど」

そうしてリゼッタにあることを頼み、フィーネはその夜、一人眠りについた。


ぱたぱたと、何かがベランダの庇を打つ音にフィーネは眠りから覚めた。

どうやら今日は朝から雨模様のようだ。昨日の夕暮れ時は良い天気だったのに。

(今日こそ、ライル殿の出勤を見送らないと――)

フィーネはもぞもぞと体を捩る。そこへ――

「……フィーネ殿?」

低い吐息が、フィーネの肌をくすぐった。

フィーネはごろんと体を反転させ、重い瞼を持ち上げる。寝起きの視界は不鮮明で、辺りの世界はぼやけて見えた。

「フィーネ殿、おはよう」

「……む?」

「寝ぼけているのか?」

「……むぅ」

フィーネは目を瞬かせ、眉間に皺を寄せた。

ベッドの反対側。昨日の朝は既にもぬけの空だったそこに、枕に肘をついてこちらに体を向け、フィーネを見つめる美青年の姿がある。

「ん……う、あああっ！　お、おはようございます、ライル殿っ！」

（……ライル殿？）

「慌てて起きなくてもいい。心臓が驚いてしまう」

跳ね起きようとしたフィーネの肩にライルの手が載って、そのままベッドに押し戻された。寝起きでまだ体の自由の利かない彼女は、あっさりベッドへ逆戻りする。

枕にぽすんと頭を載せたフィーネは、己の胸元に手を宛てがった。

朝一でいきなり夫のご尊顔を目にしたことで、心臓が激しく脈打っている。

（び、びっくりした！　何も、こんな間近で見つめなくっても……）

「あ、あの、ライル殿はいつから起きていたのですかっ」

「ああ。しばらく前に目が覚めてから、ずっとフィーネ殿の寝顔を見ていた」

至極真面目な表情であっさり言われ、フィーネはぎょっと目を瞠った。

（ね、寝顔を見られていたなんて……!?）

なんということだろう。きっと今の自分の髪は、寝癖でぼさぼさなのに。

「す、すみません。見苦しいものを……」

「何を言うか。寝ているフィーネ殿は、まるで――」

そこでライルは中途半端に言葉を切り、何か考え込む様子を見せた後、唐突に話題を変えてきた。

「……昨日は早く帰れなくてすまなかった」

「え？　……ああ、いえ。お仕事ですもの、仕方ありませんよ」

フィーネはベッドに寝転がった状態、ライルは上半身を起こした状態で、言葉を紡ぎ合う。フィーネの心臓は徐々に落ち着きを取り戻してきていた。

「それに、私も今日から外回りの仕事が始まるので、色々ご面倒をお掛けするかと思います。私も同じですから気にしないでください」

「そうか……今日からフィーネ殿の勤務も始まるのか」

ライルは首を捻って窓の外を見やった。

「……かなりの雨だ。これでは日課の早朝トレーニングができないが、おかげで今朝はゆとりがある。よかったら……朝食を一緒に摂らないか」

最後の一言を、ライルはフィーネをしっかり見つめながら言った。

（ライル殿と朝食……！）

まだ少しだけ瞼が腫れぼったいのを自覚しつつも、フィーネはふわりと微笑み、飛び起きた。

「本当ですか？　ええ、もちろんです！　私、ライル殿とご飯を一緒に食べたりお話ししたりしたかったのです！」

「俺も同じだ。意見が一致したな」

ライルはベッドサイドに置いていたベルを鳴らしてリゼッタを呼び、「また後で」と言って部屋を出ていった。

「おはよう、リゼッタ。今日はこれからライル殿と一緒に朝食を摂るの。朝の仕度をお願い。気合を入れるわ！」

「おはようございます、フィーネ様。もちろん、このリゼッタにお任せください！」

リゼッタは元気に挨拶を返し、さっそくフィーネの仕度を始めた。昨日よりも仕度に力が入っている。

ライルを待たせないように急ぎつつも、化粧を施し、髪を鏝で軽く巻いていく。ドレスは食事のしやすそうな、袖が短めで、晴れ渡った青空を思わせる色のシンプルなデザインだ。

「お待たせしました、ライル殿」

通りかかったビックスたちが満面の笑みで見送るほどの完璧な装いで、フィーネはリゼッタと共にリビングへ下りる。

ライルは既に仕度を済ませていた。黒いズボンに、はからずもフィーネと同じ色の青いシャツという出で立ちの彼は、彼女の姿をじっくりと見てきた。上に下に、彼の視線が移動する。

「……色が揃ったな」

「あ、はい、そのようですね。……ひょっとして、お嫌でした？」

「まさか。……出勤前には制服に着替えるが、その間だけでもフィーネ殿とお揃いなのは、なんだか嬉しい」

その返事にほっと胸を撫で下ろし、フィーネはビックスが引いてくれた椅子に座った。

昨日は一人での食事だったが、今日は前の席にライルがいる。

（……昨日よりももっと、ご飯がおいしく感じられる）

バスケットに盛られたパンは、サンクセリアの王城で食べたものよりも硬くて膨らみが悪い。手で引きちぎるのも一苦労で、温かいスープに浸さないと歯で噛み切るのに難儀する。

けれど今、向かいの席には同じように硬いパンで苦戦する夫がいた。

フィーネが自分を見ていることに気づいたのだろう、ライルが視線を上げる。彼はばつが悪そうに視線を逸らした。

「……悪いが、エルデのパンは、かなり硬い」

「これはこれで味わいがありますよ。サンクセリアのパンは柔らかくてふわふわですけど体積のわりに食べ応えがなくて、非常食などには向かなかったのです。サンクセリアで非常食や遠征食として作られるパンは、エルデの製法を元にしているのですよ」

「なるほど。エルデの夏はサンクセリアよりも湿度が高いため、食品が腐りやすく、その保存方法に長年研究を重ねてきた。肉でもなんでもカチカチになるまで乾燥させ、食べる時に湯で戻す」

「保存食ならではの調理方法ですね」

「ああ。何代にも亘って練り上げた保存方法は、軍でも重宝されており――」

不意にライルの言葉が途切れる。

料理人にサラダを取り分けてもらっていたフィーネは、急に黙ってしまった夫を見つめた。

「ライル殿？」

「……すまない。軍のあれこれや食物の保存方法などを話しても、あなたにはつまらなかろうと思ってな」

躊躇いがちな夫の言葉を聞き、フィーネは目を丸くする。ライルは料理人からサラダの皿を受け取り、何やら考え込むように黙ってしまっていた。

（……それってつまり、私のことを気遣ってくれた……のよね？）

胸の奥が温かくなる。

フィーネはいったんカトラリーを置き、膝の上に両手を重ねてライルの顔を見つめた。

「そんなことありませんよ」

「フィーネ殿？」

「私とて連合軍に所属していた身。正直なところ……お化粧やドレスの話題より、今ライル殿と話していた内容の方が話しやすいのです」

ライルはフィーネに向かって歩み寄ってくれている。

彼が今何を思っているのか、どんな知識を持っているのか——彼の姿を見せてくれた。

（今度は私が彼に歩み寄る番ね）

「ライル殿との会話で、無駄なものなんてありません。だって、こうして色々なお喋りをすることで、ライル殿との距離を縮められるのですから」

「……そう思ってくれているのか？」

「ええ。日常のさりげないことや、その時思いついたことで盛り上がれるのなら、どんな話題かなんて関係ないでしょう？」

フィーネはにっこり微笑む。

「ライル殿、またこうやってたくさんお喋りしましょう。今、私はとっても嬉しい気持ちなのですから」

ライルと二人、温かい空間での朝食。話題は軍の階級とか、建物の造りとか、エルデ軍の鎧の形状とかで、世間一般の新婚夫婦がするような話ではなかった。

それでも食事が終わる時、フィーネは『もっと喋っていたかった』と本音を零してしまいそうになる。それくらい、ライルとの話は楽しかったのだ。

「今日こそ早く帰る」

食事の後、ライルは騎士団の制服に着替え始めた。先日フィーネと再会した時に着ていたのと同じ、美麗な黒の軍服だ。

「もし帰れなくても、早めに連絡を入れる」

「はい。私の方も何かあれば、ライル殿にお知らせしますね」

フィーネとライルは先ほど食事の席で、いくつかの約束をした。

深夜を回っても相手が戻らない日は、リビングなどで待たずに寝室で休むこと。寝室で相手を待つのならば夜更かししてもよいとする。

可能な限り、帰宅時間を前もって知らせること。ただし急な呼び出しを受けた時などは、致し方ないとする。などなど。

フィーネは軍服を着るライルをぼんやりと見ていたが途中で思い立って、夫の着替えを手伝うことにした。

（シャルロット様が教えてくれた『新婚夫婦のやり取り極意』には、こういうのがあったはず）

フィーネはさっそく、ビックスからライルの上着を受け取る。装飾類を極限まで取り払ったデザインのわりに重い上着を腕に抱え、仕度をするライルのもとまで行った――まではよかった。

フィーネは忘れていたのだ。

自分とライルとでは、かなりの身長差があることを。

「……フィーネ殿、気持ちは嬉しいから、無理はしなくていい」

とうとうライルからそう言われてしまった。

フィーネは女性としては平均的な身長である。ただしそれは、サンクセリア国内での話。

エルデ人は総じて身長が高い。女性でさえフィーネより十センチは高く、男性とは二十センチ近くの身長差が生まれてしまう。

その上、ライルはエルデ人男性の平均より少し身長が高い。フィーネとの差、約三十センチ。結局ライルに屈んでもらうことになり、フィーネは内心ショックを受けていた。

（お手伝いするはずが、手間を掛けさせてしまうなんて……）

フィーネはライルが上着のボタンを留める姿を虚しい気持ちで見つめる。けれど、上着を着終えたライルがフィーネに向かって手を伸ばし、ぽん、と肩に載せてきた。

「フィーネ殿、気落ちしないでいい。フィーネ殿の身長ならば、できないことがあって当然だ」

「……お役に立てず、すみません」

「だから、身長なんてどうしようもない話だ。それに、フィーネ殿はそれくらいの背の方がまるで――」

ライルはまたしても、途中で言葉を切った。そして再び、話題を終了させてしまう。

「……手伝い、感謝する。では、行ってくる」

「……あ、はい。お見送りします」

ライルは背を向け、大股でさっさと玄関に向かってしまった。慌ててフィーネも彼を追う。

悲しいかな、身長差約三十センチによって歩幅の違いが生まれた。フィーネは急がないと、脚の長い旦那様の出発に間に合わないのだ。

フィーネは急ぎ、廊下の角を曲がる。

（……あれ？）

予想外なことに、ライルはまだフィーネのすぐ前方にいた。彼の歩幅なら、もうドアまで辿り着いていてもおかしくないのに。

首を捻るフィーネだが、すぐにその理由に行き着いた。

（ライル殿、私の歩幅に合わせてくれたんだ……）

現に今も、ライルは歩幅は大きいもののゆっくりと足を動かしている。『お見送りする』と言ったフィーネを置いていかないように、速度を調節してくれたのだ。

どことなくぎこちなくて。

遠慮がちで。

そんなライルの背中が、これ以上もなく愛おしい。

ドアの前でライルが振り返る。フィーネはスカートの裾を摘み、微笑んだ。

「行ってらっしゃいませ、ライル殿」

（お帰りを、お待ちしています）

ライルの赤紫色の目が見開かれる。

薄い唇が何か言いたそうに開き、そしてゆっくりと、口の端（はし）が笑みを象（かたど）った。

「……ああ、行ってくる。フィーネ殿も、仕事を頑張れ」

「はい！」

フィーネは元気よく返事をし、ライルの出発を見送った。馬車の車輪の音が遠のいていく。

（……よし！　ライル殿にも言われたんだから、仕事を頑張らないと！）

フィーネは一人っきりになった玄関でこっそり、拳（こぶし）を固めた。

ビックスたちに屋敷のことを任せ、フィーネはリゼッタと共に馬車で王城へ向かった。

彼女がナルディ伯爵夫人となって初めての、聖魔道士としての仕事である。これまでは部屋で薬を煮るくらいしかできなかったので、久々の実地任務に腕が鳴った。

「本日は予定通り、城下町の集会所で一般市民の治療を行ってもらう」

登城（とじょう）してすぐにオスカー国王に挨拶（あいさつ）すると、そう命じられた。

彼はフィーネの前に数枚の資料を差し出す。そこには本日のタイムスケジュールと、フィーネの診療予定者の名前が書かれていた。

「一般市民向けの治療は基本的に予約制で、診療できない患者には医療器具の提供という形で埋め合わせようと考えている」

　そこでオスカーは顔を上げ、少しだけ困ったような表情になった。

「……伯爵夫人ともなると、よからぬことを企む者たちが近づいてきかねない。知っての通り、エルデは聖魔道士が非常に生まれにくい。他国から嫁いできた貴重な聖魔道士であるあなたには、自衛に努めてもらわなくてはならないのだ。行動範囲を制限することになるが、了承してほしい」

「もちろんです。もしよろしければ、地方の住民には医療器具だけでなく私の作った薬なども配布できるようにしてくだされればと思っております。エルデは自然豊かなので自生の薬草が多く、そこから薬を調合することもできますので」

「もちろん、そういった案も積極的に取り入れていきたい」

　そうして世間話を挟みつつオスカーから一通りの説明を受けたフィーネは、騎士に囲まれて馬車に向かった。小雨が降る中、別の騎士たちが整列してフィーネを出迎えている。

　どうやら例のひょうきんな青年騎士ユークがフィーネの担当に選ばれているらしく、彼は被っている制帽をちょこっとずらし、人の良い笑みを浮かべて挨拶した。

「おはようございます、フィーネ様。今日から俺たちが将軍に代わって、フィーネ様の御身をお守りします」

「ええ、よろしくお願いします」

フィーネはスカートの裾を摘み、優雅に腰を折る。

今の彼女は、エルデ王国唯一の聖魔道士だ。新婚モードから頭を『清廉な聖魔道士』に切り替える。

馬車には、身の回りの世話係兼助手としてリゼッタと、エルデ人の医師が同乗した。

「聖魔道士様がいらっしゃって、安心いたしました。何分、我々の力では及ばぬ事態がございますので」

髪も眉も髭も真っ白なエルデの老年医師はそう言って眩しそうに目を細め、向かいの席に座るフィーネを見つめる。

「ヨシュア・ヘリンと申します。どうか、よろしくお願いします」

「はい、こちらこそよろしくお願いします、ヨシュア殿」

フィーネは胸に手を当て、向かいの席に座る医師に挨拶を返した。

ヨシュアはオスカーの父の代から王家に仕えていたベテランの宮廷医師だ。寄る年波のために戦時中は城で待機しており、そのおかげでか生き延びた。彼より若い現役の医師たちの多くは、従軍し、帝国兵に虐殺されたのだった。

馬車は城門を抜けて大通りへ下りていく。

「本日フィーネ様が拠点となさるのは、城下町南西ブロックの集会所です」

そう言ってリゼッタが膝に地図を広げる。「戦火にあちこちやられ、この地図はあまり参考にはなりませんが」と前置きをし、リゼッタは『南西ブロック』の文字を指でなぞった。

「南西ブロックは、城下町南側の大門の目と鼻の先です。よって、先の戦争で帝国軍が首都に乗り込んだ際、軍の通り道になったのです」

「……負傷者の状況は、どのようなものなのでしょうか」

フィーネが尋ねると、ヨシュアは顎髭を撫でつけつつ答えた。

「一年前までは悲惨な状況でした。物資も医師の数も足らず、救えない患者が多くて……。その後、サンクセリア王国から医療物資の提供があったため、今はなんとか持ち直しています。現在診療待ちの患者の多くは、戦争による負傷者ではなくその後の生活で発病した者や復興作業で負傷した者ですね」

「……戦争時の負傷者のほとんどは既に亡くなっているということですね」

「……はい」

戦後すぐは、サンクセリアも近隣諸国に手を差し伸べられるほど回復していなかった。その間に、どのくらいの人の命が失われたのだろう。

（でも、戦後一年で、サンクセリアは聖魔道士をエルデに送ることができた。エルデも戦後すぐよりは国政が整い、国民の体力も戻ってきている）

聖魔法は人間の自己再生能力を一時的に引き上げることで傷を癒すので、聖魔道士本人よりも術を受ける側の体力が求められる。術を受ける者があまりに弱っている状態だと、聖魔法に耐えられない。終戦直後は無理だったが、ある程度復興の目処が立った今ならば、フィーネの治療が役に立つだろう。

馬車は、南西ブロックに入ってすぐの小さな建物の前で止まった。ステップを降りたフィーネはリゼッタが差してくれた傘の下で、ゆっくりと辺りを見回す。

歪な材木で作られた民家。抉れたままになっている大通りの煉瓦道。あちこちに焦げ跡のある壁。至る所に戦争の爪痕が色濃く残っている。

集会所に集まったエルデの民たちは、フィーネの到着を静かに待ってくれていた。いつぞやのように大歓声を受けるとフィーネが戸惑うからと、事前にオスカーが連絡してくれたそうだ。

集会所には最低限の準備が整えられており、フィーネたちは比較的清潔な大部屋に通された。部屋には騎士たちが配置され、治療者であるフィーネとヨシュアはふかふかの椅子に座る。

「聖魔道士の治療が必要な重傷者はフィーネ様のところへ、ヨシュア殿に任せられる者はそちらへ誘導いたします」

ユークが彼らに、今後の流れを軽く説明してくれた。フィーネとヨシュアの距離は机一つ分離れており、フィーネの方にはリゼッタを含めて護衛が六人、ヨシュアの方には二人付く。

「患者の並び順などは全て、俺、ユークをはじめとした騎士団で決めます。フィーネ様は俺たちが通した順に患者の治療をお願いします」

「分かりました」

フィーネは隣に立つリゼッタから清潔なタオルを受け取り、自分の両腕を拭った。そして持参した薬箱から小瓶を出して、中身を両手に垂らす。ややツンと鼻を刺す匂いのあるこれで手を消毒してから治療を行うのだ。

（……よし、ライル殿に良い報告ができるように、頑張らないと！）

フィーネははりきって治療を始めた。

「……今日は朝食を摂られましたか？　体調はいかがですか？」

何人目になるか分からない患者に、フィーネはまずそう尋ねる。フィーネの背後では護衛の騎士が、患者の回答をカルテに書き込んでいた。

四十絡みの女性患者は、左腕を三角巾のような布で吊っている。骨折しているようだが、ぐるぐる巻きの包帯の端から覗く指が時折ぴくぴく震えているので、全く動かないわけではないようだ。

「今日は……ええと、黒パンとミルクを少し。昨日の夜は少しだけお腹を下してしまったけど、今朝は昨日よりはましです」

「分かりました。食事を摂られたのなら、体力面では大丈夫そうですね」

フィーネは頷き、女性の左腕に触れて目を軽く伏せた。

呼吸を整え、指先から女性の腕へと『治療の手』を伸ばす。皮膚を通過し、筋肉、骨と、内部へ『手』を這わせた。

これが聖魔道士の力の一つだ。被術者の体に不調や異変がないか調査し、不具合がある場所を探り当てる。仮病などはすぐに分かってしまうのだ。

この女性は、左腕の大きな骨にヒビが入っており筋肉も一部腫れ上がっている。詳しく聞いてみると、街の建物の修繕作業中、梯子から足を踏み外して左腕から落下したそうだ。

「それではヒビが入った骨を優先して治療します。治療を受けた後は、必ずまっすぐ帰

宅してください。もしご自宅が遠い場合は、どこか近くに一泊してくださいね。術をかけた後は体が疲れ、一日ほどは眠気や体のだるさが続きます。その時に無理に体を動かそうとすると、聖魔法の反動で体を傷(いた)めてしまうんです。十分な睡眠と休息を取るようにしてください」

この注意事項は、全ての患者に対して述べている。

聖魔法で治癒能力を高められた体は、激しく疲労するのだ。だが体が求めるだけの休眠を取ったならば、必ず術前よりもずっと体が軽くなる。その作用について丁寧に説明した。

女性の了承を得てから、フィーネは治療の手を骨のヒビが入った部分に伸ばす。弱っている女性の自己再生能力を高め、骨とその周囲の筋肉を回復させるよう、『指示』を出すのだ。

聖魔法が発動した時に、光が溢(あふ)れるとか音がするとか、そんなことはない。だから傍(はた)目(め)から見ていると、フィーネは目を閉じ女性の腕に触れた格好で硬直しているように思われる。

だが女性は明らかな手応えを感じているらしく、小さく息を呑んだのがフィーネにも分かった。

「……終わりました。どうですか？　腕を動かしてみてください。痛みは？」

「……あっ、すごい……痛みがなくなっています」

女性は目を輝かせ、左腕を上下にぶんぶん振りだした。フィーネは苦笑し、女性の肩に手を置く。

「先ほども申しましたが、あなた自身は気づいてなくとも、体は休眠を欲しているはずです。今日の活動は控えて、ゆっくり休んでください。目が覚めて、体がだるくないならば通常の行動を取っていただいて結構です」


そんな感じで治療は続いた。

フィーネの勤務時間はきっちり決まっている。もし予定人数がこなせなくても、時間が来たらそこで切り上げる約束だった。

重病者が後回しにならないように騎士団が予定を組み、今日仕方なく帰らせた人たちは数日後の診察の日に来てもらうことになる。

「いやぁ、やはり聖魔法はすばらしいですね。隣で見ていて感動しました」

帰りの馬車で、ヨシュアが上機嫌に言う。

「フィーネ様がエルデにいらっしゃって、我々も助かります。ありがとうございます」

「まあ、そんなこと。ヨシュア殿も素早く適切な処置を行っていらっしゃったではないですか。私ではヨシュア殿のようにてきぱきと薬を処方できませんもの」

フィーネは心からそう告げる。

休憩時間などにヨシュアを観察していたのだが、彼は医薬品を駆使して治療にあたっていた。長い間宮廷医師をしているだけあり、頭の中に詰まっている薬の知識は凄まじい。患者の状況をよく観察し、薬箱から適切な薬を素早く選び取る。その鮮やかな手つきに、フィーネは舌を巻いた。

ヨシュアと一緒に活動するのは、城下町訪問の時だけだ。城内に戻る前にフィーネは彼と別れる。

「お疲れ様です、フィーネ様」

オスカーへの報告も終え、ナルディ家の馬車に乗って一息つくとリゼッタが声を掛けてきた。

「お屋敷に戻ったらマッサージをしますね」

「ええ……頼むわ」

フィーネは大きく息をつく。

先ほどと違い今、馬車の中にはリゼッタしかいないので、体を弛緩させて足を伸ばす。

リゼッタの前で『清廉な聖魔道士』の仮面を付けることは、とうの昔にやめていたので、フィーネは素の姿でくつろげた。

「今日こそ、ライル殿は早く帰ってくるかしら」

「去り際にユークに確認したところでは、旦那様は日が沈むまでに帰られるそうです。もし火急の用事が入っても俺がなんとかするから、と珍しくユークが頼もしいことを言っていました」

「まあ……それは有難いわ」

フィーネは微笑む。ユークも、フィーネたちのことを気遣ってくれているのだ。

「……そういえば、リゼッタ」

「はい」

「リゼッタはユークと仲が良いの？」

「よくはありません」

軽い気持ちでした質問は、思いがけないほど冷たい声でぴしゃっとはねのけられた。

フィーネは小さく息を呑む。まずいことを聞いてしまったかと口をつぐむと、逆にリゼッタの方が目を見開き、がばっと頭を下げてきた。

「も、申し訳ありません！　フィーネ様に無礼を」

「いいえ、気にしないで。私こそ無遠慮なことを聞いてしまって……」

「そんなことはありません。ただ、なんと申しますか……ユークとは腐れ縁なのか、昔からあんな調子で、彼がちょっかいを掛けてくるもので――」

「……なるほど」

「決して嫌いではないのですよ。ただ、あまりにも緊張感がない男なので……その、イラッとくることが多々あり……ま、まあ！　フィーネ様、笑わないでください！」

「くっ……ふふ、ごめん、リゼッタ」

なんとかとりつくろおうとしたのに、笑っていることがバレてしまった。

（リゼッタのこんな焦った顔、初めて見たかも）

ライルにしても、リゼッタにしても。

一緒に過ごすうちに、いろんな顔が見えて楽しい。

フィーネはリゼッタに詫び、窓の外を見やる。

朝から降っていた雨はいつの間にか止み、淡いオレンジ色の光がエルデの街並みを優しく照らしていた。

フィーネが屋敷に戻り、湯浴みをしてリゼッタのリラックスマッサージを受けた後。

「旦那様のお帰りです」

執事のビックスが、リビングでくつろいでいたフィーネのもとまで教えに来てくれた。

すぐさま立ち上がると、リゼッタがそれとなく髪やドレスの裾を直してくれる。

「良かったですね、フィーネ様。今日は夕食も将軍とご一緒できそうですよ」

「ええ！　……ねえ、私ちゃんとした格好になっている？」

ドアに向かう前に振り返り、フィーネはリゼッタに尋ねた。

彼女が着ているのはあまり体を締め付けない部屋着用のドレスだ。この後食事なので、袖口があまりひらひらしていないものを選んでいる。

「もちろんです。よくお似合いですよ」

実は、このドレスはライルからの贈り物だった。

ライルに金はあるが、今この国ではそれに見合うドレスを作れない。絹糸も布も、量が足りていないのだ。

したがってフィーネが着ているドレスも装飾は可能な限り取り払われていた。サンクセリアの舞踏会には到底着ていけそうにもない。

それでも、夫がフィーネのために用意してくれたシンプルで飾り気のないそのドレスは、リゼッタに見せてもらった瞬間からフィーネのお気に入りだ。どことなく、ライルらしさを感じるところもいい。

　ふいに庭の方から馬車の音がした。フィーネは背筋を伸ばし、玄関に向かう。

　結婚して三日目。初めての『お迎え』だ。

　ビックスが玄関のドアを開けた。外気が吹き込んできて、先ほどリゼッタが整えてくれたフィーネの前髪を跳ね上げる。

　玄関に入ってきたライルは目の前にフィーネがいるのを見て、上着の襟に手をやろうとした格好のまま、硬直した。

「お帰りなさいませ、ライル殿」

　フィーネは膝を折ってお辞儀をする。

　ライルの手がゆっくり落ちた。ビックスに急かされて玄関に足を踏み入れ、「あー」と小さく唸る。

「……待っていてくれたのか」

「はい。夕食をご一緒したくて」

「俺と？　……そうか……それは、嬉しい」

「上着、お持ちしますね。あ、屈まないで大丈夫ですよ」

　フィーネは一歩前に出て、ライルの肩に手を伸ばす。

今、フィーネは石段の上にいた。今なら少し腕を伸ばせば段の下にいる彼の肩に手が届く。

彼は大人しくフィーネのなすがままになった。目的を達成した彼女は、ずっしりと重い上着を腕に抱えて会心の笑みを浮かべる。

（よし、今度はちゃんと一人でできた！）

小柄なら、ちょっと工夫すればいいのだ。

ふふん、と自慢気になったフィーネを、ライルはしばし不思議そうに見つめた。

「……それじゃあライル殿、行きましょうか」

「……ああ」

彼女が声を掛けても、しばらく動かない。

フィーネは振り返る。何か、忘れ物でもしたのだろうか。

だがライルはすぐに石段を上ると、フィーネの前で足を止めた。そして、右手を持ち上げてフィーネの頬に触れる。

剣を握る、大きくてタコだらけの硬い手だ。

「……その、ただいま、フィーネ殿」

最後は吐息にかき消えてしまいそうなほどの掠（かす）れ声だった。

頬をほんの少し赤く染め、照れたように目線を逸らしたライルの帰宅の挨拶――

「……はい、お帰りなさい」

フィーネは心からの笑みを浮かべた。

ライルと一緒に食事を終えた後、リゼッタに送り届けられフィーネは寝室に入った。

この後は、第三者のいない夫婦だけの時間である。

フィーネはベッドに腰掛け、そっとシーツを手でなぞった。

(不思議ね。結婚して三日なのに、ここでの生活がもうしっくりきているなんて)

所詮は政略結婚。フィーネの方は望んで彼を受け入れたが、相手のことは分からない。

サンクセリアの後ろ盾があるため、夫に蔑ろにされることはないだろうが、心を通わせるのは難しいかもしれないと思っていた。いや、今でも、表面上夫婦を演じても真に愛されることはない可能性を考えている。けれど――

今日で、結婚後三度目の夜。

いつまでも清い関係のままではいられない。ヴィルヘルムもオスカーも特に何も言ってこないものの、どちらもライルとフィーネの間に早く子どもが生まれてほしいと願っていることだろう。サンクセリア聖魔道士とエルデ将軍を両親に持つ子は、両国どちらにとっても非常に貴重な『駒』になる。いつかライルと本当の夫婦になって――

ゆっくりとフィーネは体を傾け、ベッドに横たわった。まだ人肌の温もりを吸っていないシーツはひんやりと冷たい。

(『いつか』は、一体いつ訪れるのかしら)

十年前に一度出会ったきりの少年は、フィーネの夫になった。だがまだ、完全な夫婦にはなれていない。それは体の面だけではなく、心の面でも同じだ。

ぐるぐると考えごとをしていたフィーネは、足音が近づいてきていることに気づかなかった。ドアが開き夫の声を聞いてようやく、彼がここまで上がってきたことを知る。

「フィー……ど、どうした、体調が悪いのか?」

「……あ、ライル殿」

焦ったような夫の言葉に、フィーネは急ぎ身を起こした。湯上がりのライルが大股で歩み寄ってきて、ベッドにしどけなく寝転がっていたフィーネの前にしゃがむ。

「……驚いた。てっきり、気分が優れないのかと……」

「いえ、ごめんなさい。体調は大丈夫です」

フィーネは慌てて首を横に振る。確かに、傍目からは力尽きて倒れていると思われても仕方のない体勢だった。彼女はこれ以上夫に心配をかけないように姿勢を正して微笑む。

フィーネがちゃんと目が覚めている状態でライルと共にベッドに入るのは、これで二回目。

二人は靴を脱ぎ、結婚式の日の夜と同じようにベッドに並んで座る。やはり体重のあるライルの方にベッドの板が傾ぎ、少しだけフィーネの体はライルに寄った。

今、周りにはリゼッタもビックスもいない。

（ちゃんと、話をしないと）

「ライル殿、その、少しお話ししてもよろしいでしょうか」

改まってフィーネが許しを請うと、ライルは体ごと彼女の方に向いた。フィーネの体は前のめりに倒れそうになる。

「もちろんだ。……何か？」

「……その」

フィーネはぎゅっと、寝間着の胸元を握りしめた。リゼッタが出してくれた可愛らしい純白のナイトドレスが、微かな音を立てる。

（言いたいことは、ちゃんと口にしないと。頑張れ、フィーネ！）

己を激励し、フィーネは大きく息を吸う。

「……まだ、ちゃんとライル殿にはお話ししていませんでした。今回の結婚は、いわゆる政略結婚。サンクセリアは私をライル殿に嫁(とつ)がせることで、エルデの信頼と同盟を得る。エルデは聖魔道士の力を得て、サンクセリアの庇護(ひご)を受ける——そうでしたよね？」

フィーネの言葉に、ライルは頷(うなず)く。

これが政略結婚だなんて、誰もが分かっていることだった。ライルもこの結婚によって自国にもたらされる利益をよく理解しているはずだ。

「ですが……私はあなたに嫁(とつ)いだことを、ただの手段にしたくないのです。確かに、私たちの婚姻は国同士の結びつきを強める。それはとてもすばらしく、サンクセリアの国民として非常に名誉なことです」

それでも。

「……あなたは私を押しつけられて迷惑なのかもしれません。でも、私は——」

「すまない、ちょっと待ってくれ、フィーネ殿」

ここからだというのに、彼女の言葉は突然遮(さえぎ)られた。

フィーネはぽかんとして、いきなり鋭い声を上げたライルを凝視(ぎょうし)する。一度勢いを削(そ)がれたため、次の反応が鈍(にぶ)くなってしまう。

ライルは目尻を吊り上げ、ほんの僅(わず)かにフィーネの方へ己(おのれ)の体を近づけた。

「人の話は最後まで聞くものだが、さすがに今のは見過ごせなかった」

「……というのは？」

「少なくとも俺は、フィーネ殿が嫁いできて迷惑だとは一度も思っていない」

鋭く言い切られた。ひくり、とフィーネの腰が震える。

「むしろ……俺はフィーネ殿の方が、ヴィルヘルム王に命じられて嫌々ここまで来たのかと考えていた。最終的には連合軍側に付いたとはいえ、エルデは敗戦国だ。これからさらに発展するだろうサンクセリアから離れ、涙を呑んで鄙びた国に来たのだとばかり……」

「嫌々なんて……とんでもないです。私は、ずっと前からあなたに会いたかったのです。……ずっと昔、怪我をしたあなたを治療したこと――覚えていますか？」

「……連合軍にいた頃のことか？　それならもちろん覚えている」

あっさりとしたライルの返答に、フィーネはひゅっと息を呑んだ。

違う、それではない。

（……やっぱり、ライル殿は覚えていないんだ）

十年前、サンクセリアの田舎で出会ったことを。

お互い名乗らなかった上、彼はあっという間に去ってしまったので、覚えていなくても仕方ない。

けれど、やはり忘れられていたことに、地味にショックを受ける。

(でも、何も生まれなかったわけじゃない)

覚えていないのなら、それでも構わない。

ここから一つずつ積み上げていけばいいのだから。

そんな彼女の思いをよそに、ライルは目つきを和らげてフィーネの顔を覗き込んできた。

「……あなたは俺との結婚が嫌ではないのだな」

「もちろんです！　私が望んだものです！」

「……そうか。……フィーネ殿、エルデまで来てくれて……俺との結婚を喜んでくれて、ありがとう」

くっ、とフィーネは息を呑む。

顔を上げると、ランプの明かりに照らされて輝くライルの双眸が眼に映る。片頬に明かりを受け、くっきりとした影の差す、男らしく整った顔立ちが。

「……俺たちは、互いのことを勘違いしていたのだな」

「ライル……殿」

「俺は、恋愛ごとが得意じゃない。女性の気持ちはよく分からないから、あなたに不自由な思いをさせてしまうだろう。それでも、一緒にできることを一つ一つ積み重ね、あなたとよき夫婦になりたい」

フィーネは思わず口を手で覆った。

胸から湧き上がる様々な感情。たくさんの想いが溢れ、フィーネを満たす。

（嬉しい）

「……私も、その――あなたの良い奥さんになりたいです」

「そうか……それは、嬉しい」

「あの……今さらかもしれませんが……」

「……私のことを、愛称で呼んでくれませんか？」

フィーネはいったん話を止める。そして、思い切って言った。

「……ん？」

「フィーネ殿、の方が馴染みがあるとは思います。それに、本名があまり長くないので省略の効果はないのですが、昔ヴィルヘルム様とシャルロット様だけが呼んでいた愛称があって……それをお願いしたいのです」

「なるほど。確かに愛称で呼んだ方が距離が縮まりそうだな」

フィーネは真面目なライルの顔を見てほっと息をつく。『いや、フィーネ殿の方がいい』と言われるかもしれない、と少しだけ弱気になっていたのだ。

「ありがとうございます。……どうか、私のことはフィーと呼んでください」

「……フィー」

ライルの薄い唇から、その名が紡がれる。

――それだけで、かあっと胸の奥が熱くなった。

何度もヴィルヘルムやシャルロットに『フィー』と呼ばれたことがある。だからその呼び名自体は、新鮮なものではないのに――

(体が、熱い……)

ライルの低い声で囁かれると、それだけで体の芯に火が灯り、呼吸さえ苦しくなる。

それはヴィルヘルムやシャルロットに呼ばれていた時とは全く違う感覚だった。

「っ……ありがとう、ございます……」

「フィー、どうか俺のことも普通に名前で呼んでくれ」

「あ……えっと、ライル……様?」

さすがに呼び捨てはよろしくないだろうと思ってそう呼ぶと、ライルは嬉しそうに破顔し、もう一度「フィー」と優しく囁いた。

「……やっと、『聖魔道士』と『将軍』を卒業できたな」

「は、はいっ」

「これからよろしく、フィー」

耳朶に唇が触れるか触れないかの位置で、囁かれた名。

それだけで体が甘く疼いて、フィーネは涙が溢れそうになった。

「……はい。よろしくお願いします、ライル様」

間章

話はライルとフィーネが無事結婚式を終えた翌日に戻る。

「はいはい、こんにちは、将軍閣下ー。書類君が遊びに来ましたよー」

間延びしたユークの声が将軍の執務室に響いた。

どかどかと入ってきた彼は、抱えていた書類の束を手近なテーブルに置く。そして、上の数枚が落下していったのを、「あー、もう」とぼやきつつ拾った。

デスクに向かっていたライルは、いつも通りやかましい部下兼親友をちらりと見て、すぐに視線を手元の書類に戻す。

「ご苦労、ユーク。手を貸せ、おまえの知恵も借りたい」

「いや、ちょっとは休憩入れろよ。朝の訓練後、一度も休んでいないだろう」

昼飯にも来なかったし、とユークは自分の後ろに付いていてきていた若い騎士を呼ぶ。飯抜きで書類と格闘していた上司のために、彼に食事を持たせてていたのだ。

「天下の『黒騎士』も人間なんだから、ちったぁ休め。ほら、書類は没収没収」

「ちっ……」

すぱん、と手元から書類が引き抜かれ、ライルは三白眼で部下を睨む。だがユークはそんな凶悪な視線をものともせず、若い騎士から受け取った軽食セットをデスクに広げた。

「はい、将軍閣下の休憩じかーん。まず食え、ライル。飯を食わないと効率が落ちるって陛下からも言われているだろ」

「……そうだな」

ライルはユークのもっともな言い分に早々に白旗を掲げた。ペンを片づけ、部下が持ってきた食事に手を伸ばす。彼らが来るまではそうでもなかったのに、目の前に食事を出されたら遅れて空腹がやってきた。

ユークは手近な椅子に座り、黙って昼食を摂るライルを見ていた。だがふと思いついたように顔を上げて、にんまりと含みのある笑みを浮かべる。

「休憩時間だから聞くけど……ライル、嫁さんとはどんな感じだ？」

からん。

ライルはフォークを落とした。彼にあるまじき失態である。

（こいつ……からかっているのか⁉）

拳をぶるぶる震わせて睨んでやるが、ユークはけろっとしている。

「……なぜそれを聞く」

「ん、単なる好奇心ってのが強いけど、やっぱりサンクセリアからの大切な御方だから、気になるじゃないか。嫁さんとうまくいってるかどうかにエルデの未来が懸かってるんだし」

ユークの言う通りである。

好奇心、という最初の言い訳もあるだろうが、ライルが妻のフィーネとうまくいっているのかどうかはユークに限らず、エルデ王国の民たちが皆気にしていることだ。

部下から新しいフォークを受け取ったライルは黙って食事をしていたが、しばしの後に呟いた。

「……相当、嫌われているようだ」

「は？」

椅子の後ろ足だけ床につけ二本立ちになってゆらゆら揺れていたユークは、がたん、と音を立てて体勢を直す。

「嫌われている？　なんで？」

「……俺が遠征から帰った日。あの時、ユークも護衛でいただろう」

「ああ、フィーネ様を部屋からおまえのところまで護衛したんだっけ」

「……その時、フィーネ殿は俺を見て、こう……吐き気を堪えるように口元に手を当てて、視線を逸らした。その時は気のせいかと思ったんだが、昨日も、フィーネ殿は正装した俺の姿を見て今にも泣きそうに鼻を鳴らしていた。泣きたくなるほど、俺の姿は醜かったのか？」

「そりゃないって。たぶん嫁さんは見目麗しいおまえを見て、感激の涙を零しそうになったんだろうよ」

可憐な花嫁が鼻を啜った理由は、花婿の見事な正装姿を目にして興奮し、鼻血が出そうになったから——なんてことは露程にも思わない男たちである。

「なんだかんだ言ってるけどさぁ、おまえもちっさくて可愛い嫁さんにメロメロなんだろ」

「メロメ……ま、まあ確かに可愛らしい。大切にしたいとは思う」

「だろー？　おまえ、結婚式を成功させようと練習や準備に必死だったよな。フィーネ様に見立てた土嚢を抱えてうろうろするおまえの姿、マジ傑作だった」

「……フィーネ殿は小柄で可愛らしい。俺のようにでかいだけの男が不用意に触れれば潰してしまいそうで緊張する」

「ふーん、へーぇ、ほー？　んなこと言いながら今朝は、その華奢な嫁さんがベッドから起きられないくらいまで抱き潰したとか、そういうパターンだろ？　んん？」

「……」

ライルは沈黙している。

ユークはフォークを握ったまま硬直してしまったライルを怪訝そうな顔で見ていたが、やがて椅子を蹴倒す勢いで立ち上がった。

「……え、まさかライル、嫁さんに何もしてないの？　初夜なのに？」

「……嫌っている相手に抱かれたくはないだろうと」

「だーっ！　だからなんでそんなところで妙な騎士道精神を出しちゃうわけ!?　てか、フィーネ様を見てたら分かるし！　フィーネ様は絶対、おまえのことを嫌ってなんかかないから！」

「……なぜ分かる？」

ライルは心底不思議そうに尋ねた。自分の知らないところで、妻とユークは親しくなっていたのだろうか。

疑うような眼差しになっていたのだろう。ユークが頭を掻いて嘆息する。

「……んな顔するなって。俺は護衛としてフィーネ様と接することが多かったんでな。あとリゼッタにも聞いてるんだ。フィーネ様はおまえのことに興味津々だったらしいし、自分がライルに釣り合うかって、結婚式まで結構悩んでたみたいだぞ」

「フィーネ殿が？」

ライルは目を瞬かせる。

（俺一人だけじゃなくて、フィーネ殿もそんなことを考えていたのか？）

結婚式の彼女は落ち着いており、昨夜もやや緊張している様子ではあったが、悩んでいる様子は見られなかった。

（いや……もしかして、俺に隠れて悩んでいたのか？）

難しい顔になったライルを見、ユークは再び椅子に座ってゆらゆら揺れながら言う。

「そう。ただ、部外者の俺があーだこーだ口を挟むもんじゃない。それに、考えてみろよ。嫁さんがおまえに歩み寄りたいと思っているのに、当のおまえがウジウジしてたらそりゃ、彼女も不安になるだろ」

「ユーク……」

「分かったなら、今日は早めに仕事を切り上げてさっさと新居に戻ってやれ。今すぐにアレしろとかコレしろとかまでは言わねぇから、まずはちゃんと話をしてみろ」

話は終わりだ、とユークは投げやりにまとめる。

ライルはフォークを握ったまま何やら考え込んだ。

部下が持ってきてくれた昼食は、もうとっくの昔に冷え切ってしまっていた。


その日の深夜過ぎ。

「……戻った」

「お帰りなさいませ、旦那様」

やや窶(やつ)れ気味の表情のライルを、執事のビックスが出迎えた。

ほとんどの使用人は既に休んでいるようで、廊下の明かりなども消されている。物資不足のエルデでは、飲み屋など以外は夜間の照明を極力落とすように言われていた。ライルも無駄遣いはしたくない質(たち)なので、ビックスが持ってきたランプの明かりを頼りにリビングに向かう。

「フィーネ殿はもう寝ているのか」

「はい、リゼッタが奥様の就寝を確認しました」

「それは……良かった」

ライルは疲れたように呟く。

(ユークの言葉に甘えて早く帰ろうとしたのに……まさか夜になって仕事が立て込んでくるとは)

フィーネは既に寝ているという。早く帰れなくて申し訳ないが、先に寝てくれているのなら一安心である。

薄暗いリビングで夜食を摂っていると、側で給仕をしていたビックスがしずしずと歩み寄ってきて、テーブルに小さな封筒を置いた。

「……これは?」

「奥様からのお手紙です」

からん。

本日二度目、ライルはフォークを取り落とした。

すかさずビックスが二本目のフォークを握らせてくる中、ライルはテーブルに置かれライルはいったんフォークを置き、フィーネの手紙を受け取った。リゼッタが用意した封筒を凝視する。

「……フィーネ殿から？」

「はい。……奥様は今朝のメモをご覧になって、それはお喜びになってらっしゃいましたよ」

「喜んだ……あの紙切れで？」

ライルは今朝早く出勤したので、フィーネが目覚めるのを待ってやれなかった。だから簡単な書き置きをしたため、ビックスに託しておいたのだ。

（あんな走り書きのメモを……喜んでくれただって？）

ビックスはゆっくりと首を横に振り、諭すように言った。

「どんな字、どんな紙であろうと、奥様にとっては旦那様の肉筆で記された『手紙』です。奥様は旦那様のメモを小箱に入れて、保管なさっているそうですよ」

（保管している……だと？　あんな紙、すぐに捨てられると思ったのに）

絶句するライルの傍ら、ビックスは白い封筒を少しライルの方に寄せた。

「奥様はお休みになる前に、こちらをしたためられました。ご覧くださいませ」

「……ああ」

たのだろう、紙質はそれほどでもないが、小花模様が描かれた可愛らしいレターセットだ。

ライル殿
お仕事お疲れ様でした。お帰りをお待ちすることができなくてごめんなさい。
また、ライル殿の時間が合う時にゆっくり話ができたらと思います。
どうかお体には気をつけてください。おやすみなさい。
フィーネより

ライルは何度も何度も、妻の手紙を精読する。傍らで茶の準備をしていたビックスがこっそりと、「朝の奥様と同じですね」と呟いていたが、ライルの耳には届かない。

初めて見る、フィーネの肉筆。決まった文字だけ少しだけ斜体になる癖がある、愛らしい字。

自分を気遣っている手紙。

それを読んでいると、胸の奥が温かくなる。

（……そうか、フィーネ殿も今朝、今の俺のような思いになったのか）

この手紙を大切に保管しておきたいというフィーネの気持ちが、痛いほどよく分かった。

「……ビックス」

「箱ですね」

「なぜ分かった」

「分かりますとも」

ビックスは小さく笑う。

紅茶が、良い香りを漂（ただよ）わせていた。

寝る仕度をしたライルはビックスに後を任せ、そっと寝室に上がった。音を立てないようにドアを開け、妻が眠るベッドに歩み寄る。

フィーネはライルに背中を向ける形ですやすやと眠っていた。癖（くせ）のある赤茶色の髪が枕に広がっており、ライルはその巻き毛に遠慮がちに触れてみてから妻の寝顔を覗（のぞ）き込む。

（……幸せそうな寝顔だ。サンクセリアにいる頃の夢を見ているのだろうか？）

ライルはフィーネが目覚めないように気をつけつつベッドに潜（もぐ）り込（こ）んだ。

昨夜はフィーネと同じベッドに寝ているというだけで緊張してしまったので、彼女に背を向けるようにして眠った。

（だが、今日は……）

ライルは左腕を枕にし、ベッドに横になる。ライルの視線の先には、フィーネの後頭部が。石けんの香りに混じり、別の匂いがする。

（フィーネ殿の匂い……か？）

そう思うと無性に気恥ずかしくなり、ライルはぽりぽりと頭を掻く。

そんな彼に見つめられているとは知らないフィーネは、幸せそうな寝息を立て続けていた。

第3章　近づく距離

サンクセリア王国の南方に位置するエルデ王国は、サンクセリアよりも四季の変化がはっきりとしている。特に夏は、湿度もありやや過ごしにくい。

フィーネがエルデに嫁いでから、半月が経った。気温が徐々に高くなっていく中、ナルディ家の庭に植えた薬草類はすくすく育っている。これから夏を迎えるため、ますます気温は上がるだろう。エルデに自生（じせい）しているものはともかく、サンクセリアから持ってきた種から育てているものは、気候の変化に順応できずに枯れてしまうかもしれない。それもまた実験である。

本日フィーネは王城内勤務で、近衛騎士団の治療を行っていた。城内勤務時は、ヨシュアは同行しない。一緒に行動するのは、侍女のリゼッタやユークである。

「フィーネ様のおかげで、訓練にも集中できるってものですよ」

しばしの休憩時間。治療用の小部屋を出て風通しの良い開放廊下に出ると、ユークがそう言って笑い、手に持った『本日の治療予定者リスト』をめくる。

「擦（す）り傷（きず）や打ち身は医師から処方される薬でもなんとかなるんですけど、骨までいっちゃうとなぁ。なのに、騎士団には『骨折くらい、動いていれば治る！』って豪語するやつもいまして」

「えっ、そんなことをしたら余計骨に負担がいきますよ」

思わずフィーネが口を挟むとユークは苦く笑い、リストの端（はし）を指の先で弾（はじ）いた。

「ええ、もちろんそうですよ。で、偉そうに言い張ったくせに無駄に悪化させて、全治までの日が延びる――そんなのが、フィーネ様が来られる前まではザラにあったんです」

「……それはまあ、なんというか」

「ヨシュア殿にも注意されてたんですけどねぇ。今はフィーネ様のご指導で、無理をしないってのが大原則になりましたから、こっちも助かってます」

ユークが言うように、フィーネは聖魔道士としての治療や薬師としての手当ての他に、生活習慣改善のアドバイスや健康についての知識を国民に広めてもいた。

エルデは衛生面での知識の普及がやや遅れており、その代わりに妙な民間療法がまことしやかに広まっている。中には黒魔術じみた療法もあり、リゼッタからそれを聞いたフィーネは思わず頭を抱えてしまった。

（まさか本当に、熱が出た時に大量の井戸水を飲む人がいるなんて……）

サンクセリアでは、生水は飲まず、一度煮沸（しゃふつ）消毒することが奨励（しょうれい）されている。だがエルデの民間療法では、井戸水を飲むことで体の毒素が排出でき、風邪菌を追い出せるそうだ。

（それって、ただ単にお腹を下してしまっているだけだと思うけど……）

そんなエルデなので、騎士団に妙な治療方法が蔓延（はびこ）っているのも仕方のない話だった。

「城の侍女の間でも噂になっていますよ。フィーネ様のおっしゃる通りに肌の手入れをすると、なんだか肌が若返ったような気がすると」

「……実はそれも、サンクセリアで得た知識なんですよね」

リゼッタに褒められたので、フィーネは曖昧に答えた。

シャルロットは戦争中でも美意識を忘れておらず、洗顔の際にちょっと工夫することで肌をボロボロにせずに保っていたのだ。その方法をエルデでも教えただけ。こればかりはフィーネの力云々の話ではないので、褒められても素直に喜ぶのはお門違いな気がする。

そうぼんやりと思っていたフィーネだが、突如ユークが声を上げたため、そちらに意識を向けた。

「あ、フィーネ様！　こっちを見てください！」

「ユーク？」

ユークはいつの間にか、開放廊下の反対側の手摺りに身を乗り出していた。

「こっち、練兵場が見えるんですよ。今ちょうど、ライルが模擬訓練を始めるところなんです」

「ライル様が!?」

思わず声を張り上げてしまったが、リゼッタもユークも咎めたりはしなかった。むしろリゼッタも興味を惹かれたように、「行きましょう、フィーネ様」と手を引いてくれる。

フィーネはユークの隣に並んだ。エルデ人基準で造られているため、廊下の手摺りも少々高さがあり、フィーネの身長では手摺りというより、顎載せ台といったところだ。

それに気づいたユークがいったん廊下の奥に引っ込み、丈夫な箱を持ってきてくれた。

「この上にどうぞ、フィーネ様。リゼッタ、フィーネ様の手を支えておけよ」

「ええ」

「あ、ありがとう、ユーク、リゼッタ」

フィーネは二人の厚意に甘え、お立ち台に乗った。これでリゼッタと肩を並べられるくらいになる。箱から転がり落ちないようリゼッタが腰と手を支えてくれている中、フィーネは手摺りに腕を乗せ、ユークが示す先を見やった。

この開放廊下は地上三階、城の建物同士を繋ぐ位置にあるので、広々とした練兵場を障害物なしに一望することができた。

「ほら、あそこの真っ黒な甲冑の、あれがライルですよ」

ユークが丁寧に教えてくれる。

ライルは味方からは『黒騎士』、戦時中の連合軍からは『黒い死神』と呼ばれていた。というのも、彼は軍の中でもよく目立つ漆黒の甲冑を纏っているためだ。

エルデ王国軍の大半の兵は、銀やくすんだ灰色の鎧を身につけている。それだけでは他国兵と乱戦状態になった際に見分けが付かないので、背にはエルデを示す赤銅色のマントを纏う。

そんな中で、ライルは唯一黒の甲冑。マントは皆と同じ赤銅色だが、それでも目立つ。

エルデでは、将軍の鎧は黒と決まっているそうだ。ライルの他にも多くの将軍がいたが、帝国軍来襲の際にライル以外は戦死している。

先の戦いでのライルは連合軍にとって『黒い死神』という、攻略の難しい敵将だった。季節と気候が連合軍に味方しており、聖魔道士が自軍に所属していたことが勝機を掴むきっかけとなったが、まともにぶつかっていれば、おそらく連合軍は尋常でない死者を出していたことだろう。

従軍中のフィーネは完全な後衛で、戦闘中は正直足手纏いにしかならなかったので、他の聖魔道士たちと一緒に後方のテントで待機していた。だから、ライルの戦いぶりを人づてには聞いていても、実際に目にしたことはなかった。

フィーネはわくわくと、黒い甲冑の騎士を見つめる。

（やっぱり、強いんだよね？　どんな感じなんだろう……）

黒い甲冑の騎士が、練兵場の中心に歩み出る。彼が剣を構えると、反対側からやんやの歓声を受けて鈍い銀色の鎧を纏った騎士が出てきた。彼がライルの対戦相手だろうか。

「……賭けるか、リゼッタ」

「フィーネ様の御前(ごぜん)です、自重なさい」

「なんのこと?」

自分を挟んで交わされた会話に、フィーネがユークとリゼッタを交互に見ると、リゼッタがばつの悪そうな顔で唇を窄(すぼ)めた。

「……すみません、フィーネ様。旦那様が模擬試合をなさる時、何勝するかを賭(か)ける者がおりまして」

「……はあ、賭(か)けね」

そこでユークが口を挟む。

「ちなみに今までの最高は、三十七勝です。といっても、三十八人目で負けたわけではありませんよ。時間切れになっただけで、ライルはまだ余裕そうな顔してましたから」

「やめなさい、本当に。……ほら、始まりますよ」

その時、練兵場でライルが剣先を騎士に向けた。

相手の騎士が先に動き出す。重い甲冑(かっちゅう)姿でも俊敏に駆け、ライルの懐(ふところ)に切り込んだ。

だが、ライルは動かない。フィーネがはらはらするほど、動かない。

——そして、あっという間に決着がついていた。

(……え?)

騎士の剣が、ライルの脇の空を切った——と思うと、ライルの体が僅かに傾ぎ、閃く剣が相手の腰を薙ぎ払ったのだ。騎士が尻餅をつき、判定員がライルの勝利を朗々と告げる。

（ライル様……すごい……）

二人目、三人目、とライルは次々に対戦相手を蹴散らしていく。数度剣戟を続けると、次の瞬間にはライルの刃が騎士の首筋に当てられていた。鎧と鎧の継ぎ目に刃を差し込まれたら肉を断つことになるのだ。

隣ではユークが指を折りつつ連勝数を数えているようだが、フィーネはただただ、夫の奮闘ぶりに目を奪われていた。どうやったら、あんなに重そうな甲冑を纏いつつ機敏に動けるのだろうか。

「三十二……ああ、もう時間切れか。ちえっ」

「あら、こちらに気づいた者がいるみたいですね」

リゼッタが教えてくれた方に視線を向けると、練兵場の隅に待機していた数名の騎士がこちらを見て、背伸びしたり遠くを見るように目の前に手で庇を作ったりしていた。将軍の妻が廊下から見学していることに気づいたようだ。

そうこうしているうちに黒甲冑もこちらを向き、両手で兜を脱いだ。フルフェイスのそれを取ると、長めの煉瓦色の髪の青年の顔が微かに見える。

ライルはフィーネがいることに驚いたのか、そのまま固まってしまったようだ。

「……フィーネ様、手でも振ってあげてください。あいつ、喜びますよ」

ユークがアドバイスしてくれる。フィーネは頷き、顔の横で小さく手を振った。だがそれだけでは見えないかもしれないと思って、次に大きく右手を振る。

（格好良かった！　すごかったですよ、ライル様！）

大声で歓声を上げるのはさすがにはしたないから、家に帰ったら讃えよう。

するとライルは兜を小脇に抱え、片手を軽く上げる。

ちゃんと反応してくれた。それだけのことで、ふんわりと胸が温かくなる。

「今、ライル様も返事をしてくれましたよね？」

「ええ、そのようですね。旦那様も、フィーネ様が見に来てくださって喜んでらっしゃることでしょう」

「間違いないっすね」

リゼッタとユークに言われ、フィーネはにっこりと二人に微笑みかけた。

（よし、今日屋敷に帰ったら、たくさんライル様とお話ししよう！）

さて、フィーネたちが治療用の小部屋に戻った後の練兵場では。

「……今、聖魔道士様が手を振ったよな？」

「ああ。あれって将軍に向かって、だよな」

「やっぱり可愛いな、聖魔道士様」

「ばっか、俺たちより年上だぞ」

「えっ、あんなにちっさいのに？」

ライルの周りでは騎士たちがフィーネのことをこそこそと話題にしている。

ライルはそんな部下たちを一瞥した後、先ほどまで妻が立っていた廊下を見上げた。

「良かったですね、将軍。奥様も将軍の勇姿をご覧になって、改めて惚れ直されたのでは？」

近くにいた中年の騎士がそう言って、兜の庇の向こうで茶目っ気たっぷりに片目をつぶってみせた。

ライルは彼に短く相槌を返し、兜を被る。

そうしないと、だらしなく緩んだ顔を部下に見られてしまいそうだったのだ。

夕暮れ前に、フィーネは城を出た。ユークたちは門の前で見送り、馬車に一緒に乗るのはリゼッタだけである。

今日のライルは夜勤らしく夜まで戻れない、と昨日のうちに聞いている。そのため今日の夕食は別々だ。ライルは城にある使用人用の食堂で済ませるという。

食事の後、寝る仕度をしたフィーネはリビングでくつろいでいた。正面のテーブルには可愛らしい装飾が施(ほどこ)された小箱が置かれ、そこから小さな紙を取り出して順に読んでいる。

「旦那様からの手紙、だいぶ溜まりましたね」

「そうね。……もう、結婚して半月経(た)つもの」

お茶の準備をしてくれるリゼッタに微笑みかけ、フィーネは紙に記(しる)された字を指先で撫(な)でる。

ライルは仕事で遅くなる日や、フィーネが起きるまで待っていられない日の朝などは必ず手紙を残してくれていた。フィーネ自身も、早めに寝る日はライルへ手紙を書いてビックスに託(たく)している。ちなみに、ライルもフィーネと同じようにフィーネからの手紙を箱に保管しているそうだ。ライルは口にしなかったが、ビックスがそれとなく教えてくれた。

フィーネは目を細めて夫の字を見つめる。軍人らしい、トメ、ハネがはっきりとした文字。ペン先を紙にくっつけたまま内容を推敲（すいこう）していたのか、ところどころインクが滲（にじ）んでいる箇所がある。忙しい朝には、文章全体が斜めに走り書きになっていることもあった。

（こうして手紙を読むだけでも、ライル様の気持ちが伝わってくる）

面倒くさがらず、まめにフィーネに手紙を残してくれるライル。ビックスは笑顔で手紙を渡し、周りの使用人たちも微笑ましそうに見守ってくれる。

フィーネとライルは互いの気持ちを伝え合い、良き夫婦になろうと話した。だが、己（おのれ）の体はまだ乙女の純潔を守っている。夜は互いに寄り添い合って、時にはライルに腕枕をしてもらって眠る。そこに艶（つや）めいたものは存在しない。

（私は、今は満足。でも、ライル様も同じなのかしら？）

ふと、不安になる。

フィーネは女性なので、男性の気持ちやら愛情に対する思いやらに疎（うと）い。現状のまま満足している自分と違い、ライルは焦（じ）れったく思っているのではないか。

だが、それを聞く勇気はない。今の関係に甘んじて、流されている。そんな感じだ。

「……フィーネ様、旦那様がお帰りになりました。お風呂に入られてからこちらにいらっしゃるそうです」

リゼッタがそう教えてくれてから約半刻後、リビングのドアがノックされる。

入ってきたライルは、フィーネが自分の書いた手紙を持っていることに気づいたようだ。こちらにやってきた彼の顔が赤いのは、湯上がりのせいだけではないのかもしれない。

「……ただいま、フィー」

「お帰りなさいませ、ライル様。すみません、片づけますね」

「ああ。……その、あなたは俺の手紙をそうやって、読み返しているのか？」

「ええ。……少し、寂しくなることもあるので」

フィーネは言い訳しつつ、手紙を入れた箱を棚の上に置いた。

フィーネがライルの方を振り返ると、彼は唇の端を微かに曲げ、やや困った顔をしている。

「……寂しいのか」

「ええ。でも、今夜はライル様が帰ってきたので、もう寂しくありませんよ」

そう囁き、フィーネはライルの右手を両手で包み込む。

いつも思うが、大きな手だ。彼の手はフィーネの手をすっぽり隠してしまえる。逆にフィーネが彼の手を包み込もうとすれば、両手でやっと覆えるくらいだろう。

「今日のライル様はとっても格好良かったです。応援していたの、気づいていましたよね？」

「え？　……ああ、昼の練習の時か」

ライルは一瞬不意を衝かれたようだが、すぐに思い出したらしく微かに表情を緩めた。

「驚いた……まさか、あんなところから見られていたとは」

「お嫌でしたか？　ユークが教えてくれたのですが」

「いや、嫌ではない。ただ……なんというのだろうか。今までにも御前試合など、多くの観客に見られながら戦うことはあったし、戦争ではそれこそ、試合などとは比べものにならない緊張の中で戦っていた」

フィーネは頷く。きらびやかで華やかな御前試合と違い、戦争は醜い方法を取り、卑怯でも、生き延びた方の勝ちだ。前線兵ではないフィーネだが、戦の苛烈さは知っていた。

「だから色々な意味で、見られることには慣れていた。……慣れていると、思っていた」

「え？」

「……あなたに見られていると気づいたら、どうしようもなく焦る自分がいることに気づいた。フィーの存在に気づいたのが戦った後で、本当に良かった。先に気づいていたら……おそらく、緊張してまともに戦えなかったと思う」

「まさか」

フィーネは息を呑む。

だってライルは、興奮して腕を大きく振るフィーネを見て軽く腕を上げただけだった。特に焦ったとか緊張したとか、そういう風には見えなかったのだが。

けれど、ライルはばつが悪そうに視線を逸らす。

「……本当だ。フィーが見ている前で負けていたらどうしようかと……負けなくて良かったと、俺らしくもなく弱気になっていた」

「うっ……それじゃあ、私は見ない方がいいんですね」

「そうじゃない。見られるのは確かに緊張したが――」

ライルはいったん口を閉ざした後、ゆっくりと告げた。

「……妻に応援されているというのは、とても嬉しいことなのだと気づいた」

「まあ……」

「フィー、今日の俺はそんなに格好良かったのか？」

「ええ、とっても！」

「そうか。では、妻の期待に応えられるよう、明日からも訓練に励まなければならないな」

そう言って、ようやくライルは微笑んでくれた。長めの前髪の向こうで、赤紫色の目が笑っている。

「……ああ、そうだ。寝る前に伝えなければならないことがある。陛下から、急ぎの用があるので明日の午前中に俺とフィーとで執務室に来るようにと命じられた」

「午前中……ライル様は、大丈夫なのですか」

「明日の午前中は首都周辺の視察の予定だったから、ユークと仕事を交代してもらう」

つまり、明日の午前中にフィーネの側（そば）にいるのはユークたち近衛護衛ではなく、ライルなのだ。

（……私とライル様が一緒に王城を歩くのって、ひょっとして、これが初めてかも？）

今までそれぞれが城で行動することはあっても、『ナルディ伯爵夫妻』として城を歩いたり、オスカー国王の御前（ごぜん）に参ったりすることはなかった。

「それなら私も、リゼッタにメイクをお願いしないといけませんね。……ライル様、私が仕度する時間もあるでしょうか？」

「もちろんだ。陛下からも、『女性の準備を待つのも騎士の務めだ』と助言をいただいている」

さすがオスカー王だ。彼は戦前に妻を病（やまい）で失っている。生前の妻とはおしどり夫婦だったと聞いているので、女性の扱い方をよく分かっているようだ。

話を終えたところでライルの腕がフィーネを抱き寄せ、寝室へ誘う。

靴を脱いで二人でベッドに横になり、いざ就寝と思ったのだが。

ベッドに腰掛けたライルが、じっとフィーネを見ている。上掛けを引っ張り上げようとしていたフィーネは手を止め、どことなく熱っぽい眼差しを向けてくる夫をしげしげと見つめ返した。

（ライル様……？）

やがてライルの右手が伸び、フィーネの髪を優しく掻き上げた。左手でフィーネの腰を遠慮がちに抱き寄せてくる。

最近、ライルはこういったスキンシップを取るようになった。

ぎこちなく髪に触れ、腰を抱き寄せ、頬を撫でる。体格差があるため、フィーネの体は夫の腕の中にすっぽり収まり、彼の体温とせわしない鼓動に包まれるのだ。

（でも、緊張しているのは私も同じね）

心臓は先ほどからドクドク鳴りっぱなしだし、頬が熱い。

ごまかすようにライルの胸元に頬を押しつけると、彼はフィーネのつむじにため息を落とした。

「……そんな可愛いことをされたら、俺が困る」

「え？」

「昼間、俺に向かって手を振っているあなたの姿を見た時から思っていたんだ。……フィーは、すごく可愛らしい。今すぐ抱きしめたいって」

「……え？」

思わずフィーネは気の抜けた声を出してしまった。

今日のライルは、いつになく積極的だ。今までにもこうしてベッドで触れ合うことはあったが、少しすればそのまま横になって眠っていたのに。

（なんだか、恥ずかしい。でも……離れたくない）

夫の背中に腕を回してぎゅっとしがみつくが、ライルは腕を軽く伸ばし、フィーネの腕を外してしまった。急に温もりから引き剥がされてフィーネは唇を尖らせるが、自分のすぐ目の前までライルの顔が迫ってきているのに気づき、ひっ、と息を呑む。

フィーネの反応をしばらく見つめていたライルは、「目を閉じてくれ」と掠れた声で言ってきた。

「……閉じないと、だめですか？」

「ああ。閉じてくれないと……」

――めちゃめちゃにしたくなる。

甘ったるい声で囁かれ、フィーネの背中をぞくぞくっと甘い痺れが走る。

（めちゃめちゃに……ですって⁉）

フィーネはぎょっと目を見開いた後、慌てて目を閉じた。ライルの顔が見えなくなった代わりに聴覚が研ぎ澄まされ、彼の息づかいが鼓膜を震わせてくるので、緊張は高まるばかり。

柔らかい吐息が、唇に触れる。

――直後。

「んっ……」

唇が塞がれた。緊張で固く引き結ばれたフィーネの唇の強張りを解すかのように、ライルの唇がフィーネの唇のラインをなぞり始める。

やがて、ちゅっと小さな音を立てて、ライルの唇が離れていく。二人の唇が重なり合っていたのはほんの数秒のはずなのに、フィーネには何時間にも感じられた。

フィーネはおそるおそる瞼を持ち上げる。自分は今にも倒れそうなほどドキドキしているのに、ライルの方は意外なほど冷静な態度だった。彼はベッドの上にへたり込んでしまったフィーネを見つめ、ぽん、と手の平を頭の上に載せてきた。

「……嫌だったか？」

「むっ⁉　い、嫌なわけないでしょう！」

夫との初めてのキス。

それは、おとぎ話に書かれているものよりも優しくて、ロマンチックで、心臓が壊れてしまいそうなほどドキドキして。

――一回だけでは足りなくて。

フィーネはライルのシャツの胸元を掴んだ。

ん？　と問いたげなライルを見上げ、フィーネは彼の首筋に顔を埋める。

「……もっと、してください――」

蚊の鳴くような声で、おねだりする。

恥ずかしくて、顔は見せられない。

ううう、と唸るフィーネは、ライルの表情を窺うこともできなかった。

「もっと……しても、いいんだな？」

「……えっ？　あ、はい……っ……」

顔を上げたとたんに、唇が塞がれる。

温かくて、ちょっぴり恥ずかしくて。

（……幸せ）

フィーネは目を閉じる。

夫から与えられる柔らかな愛情に、フィーネの胸は満たされていった。

＊　＊　＊

翌日、フィーネはいつも以上に気合の入ったリゼッタによって可憐な貴婦人に変身していた。

内巻きの癖のある赤茶色の髪は軽く毛先を整えて結わえ、ガラス石の嵌まったバレッタで留める。本日の衣装は、これまたライルが贈ってくれたパステルオレンジのドレスだ。これでも仕事用らしく、夜会用のそれよりもずっと落ち着いたデザインだが、華やかなオレンジ色が目を惹いた。

最後にフィーネの顔にささっとメイクを施し、リゼッタは会心の笑みと共にフィーネをライルの前まで連れていく。

今日もライルは黒の軍服姿だった。どうやらこれが、エルデ将軍たる彼の正装らしい。

玄関でビックスと話をしながら待っていたライルはフィーネを見て、赤紫の目を見開いた。微かに唇も開いている。

「……ライル様、お待たせしました」

「天使か」

「え」

「いや、なんでもない。……そうか、その格好で陛下の前に行くのか……というか、城内を歩くのか」

「だめでしたか？」

「だめではない。ただ、他の野郎に見せるのが惜しいと思った」

　ライルは低く唸(うな)りながら教えてくれる。

（ライル様の中では、陛下も『他の野郎』に入っちゃうんだ……）

　一瞬突っ込みたい気持ちになるが、ライルの気持ちは嬉しい。お世辞かもしれないが、仕事用のドレスを着てばっちりキメたフィーネを他の男性に見せたくないと、妬(や)いてくれているのだ。

「……そうですか。あっ、ライル様もとっても格好良いです」

「……そうか？」

「ええ。お城にいらっしゃるお嬢様たちも皆、ライル様に心を奪われてしまうかもしれませんね」

「安心しろ。そうなっても、俺はフィー以外を見るつもりはない」

褒め返そうとしたのに、さらなる攻撃を受けてしまった。さすが『黒騎士』。カウンター攻撃の準備も万全だ。

フィーネは熱を孕む頬に手をやり、じとっとした目で彼を見上げた。

「……反則です」

「何がだ？」

「なんでもないですっ」

ついつい子どものようにぷいっとそっぽを向いてしまったが、ライルは苦笑してフィーネの腰に手を宛てがった。フィーネも、夫の腕に身を預けて歩き出す。

そんな伯爵夫妻の姿を、ビックスやリゼッタをはじめとした使用人たちが温かい眼差しで見守っていた。

使用人たちに見送られ、フィーネはライルと共に馬車に乗り込んだ。今日はリゼッタには自宅待機をお願いしている。その間、フィーネの『薬草調合室』で現在煮込み中の薬湯の様子を見てもらうことになっていた。調合自体は簡単だが、決まった時間に新しい薬草を入れる必要があるので、手慣れているリゼッタにお任せしたのだ。

ちなみにこの薬草調合室、ナルディ邸建設時の当初の予定では物置になる予定だったらしい。らしい。玄関から遠い屋敷北端に位置していて、日当たりが悪い部屋だからだ。風通しが良くて日光も差さないので、フィーネとしては繊細な薬草を扱う場所としてちょうど良かったのだが、建てた当事者たちはまさかここが奥様の仕事部屋になるなんて夢にも思っていなかっただろう。

ナルディ家の馬車で登城した二人を、近衛兵たちが迎えてくれた。まずライルが馬車を降り、フィーネを降ろしてくれる。

――お姫様抱っこで。

「……あの、やっぱり人前では少し、恥ずかしいです」

フィーネは小声で抗議した。

エルデでは、貴族の夫が妻への独占欲を周囲に誇示するために、大勢の男性がいる前ではこうして妻を抱きかかえて馬車から降ろすことが多いとか。要するに、見せびらかしと牽制だ。

フィーネの場合、サンクセリアからやってきた貴重な聖魔道士の花嫁ということで、『近づいたら将軍の刃の錆になる』と威圧しておくという点でも意味がある行為らしい。

恥ずかしがるフィーネをよそに、ライルは涼しい顔でフィーネを馬車から降ろすと、とどめとばかりにぎゅっと抱きしめ、ようやく地面に下ろしてくれた。

近衛兵たちが将軍夫妻に向かって敬礼する中、フィーネとライルは執務室へ上がっていく。聖魔道士の仕事で登城する際はもっとさっさと歩くのだが、仕事用のドレスを纏った優雅な貴婦人が大股で歩けるはずもない。ライルが歩調を合わせてくれるので、扇で口元を隠しつつ、しとやかさを意識して歩いた。

「よく来てくれた、ナルディ伯爵夫妻。座ってくれ」

王の執務室に向かうと、オスカー王が立って二人を出迎えてくれる。

「いきなり呼び出して申し訳ない。昨日の夕方、サンクセリアのヴィルヘルム王から手紙が届いたのだ」

「まあ……ヴィルヘルム様から」

オスカーはヴィルヘルムから届いたらしき手紙を手に、フィーネたちの向かいの席に座った。

「書簡の内容だが、まあ噛み砕いて言えば、前半はナルディ夫人がエルデでも元気でやっているかの確認だ。もし泣かせているようなら、王妃の蹴りが炸裂するとか書かれていたが……これは何かの比喩か？」

「……いえ、それはおそらく言葉通りの意味です」

説明するフィーネの声が裏返る。隣に座るライルも何かを感じたらしく、微かに膝を揺らした。

ライルは先の戦いで、女性でありながら愛馬に跨り先陣を切って敵兵を斬り刻んでいたシャルロットの姿を見ているのだ。『ミンチにしますわ！』が口癖だった女騎士がサンクセリアの王妃になるなんて、ライルも思っていなかったことだろう。

とにかく、フィーネはエルデの人たちに泣かされた覚えはない。よって、シャルロットの蹴りがライルに炸裂することはないはずだ。

「後半だが――めでたいことに、シャルロット王妃が第一子を懐妊なさったそうだ」

「……え？　ほ、本当ですか⁉」

思わずソファから腰を浮かしそうになるフィーネだったが、すんでのところで堪える。

（シャルロット様がご懐妊！　それはおめでたいことだわ！）

シャルロットがヴィルヘルムと結婚して、半年近く。戦時中も仲睦まじかった二人を側で見てきた者として、大変感慨深く喜ばしい話である。

オスカーは喜色を隠しきれないフィーネを見て、表情を崩した。

「ああ。それで、シャルロット王妃の体調が安定する頃に、懐妊祝いの夜会を開催するそうだ。……私は二人に、その場での外交任務を任せたい」

「外交、ですか」

ライルの声が緊張の色を帯びた。フィーネも表情を改め、テーブルの下で夫の手にそっと自分の手を重ねた。

重要な任務を与えられ、骨張った手の甲が強張っている。しばらく夫の手の甲を撫でていると、その強張りも少しずつ解れてきた。

「夜会は来月、サンクセリアで行われる。ナルディ伯爵夫妻にはエルデ王国の代表として、サンクセリアに向かってもらいたい」

オスカーは書簡をテーブルに広げ、ライルとフィーネの顔を順に見る。

「……とはいえ、これは建前にすぎない。表向きは外交任務――ナルディ伯爵夫人として夜会に参加してもらうが、その後の行動は全てサンクセリア国王夫妻にお任せするということは、サンクセリアでヴィルヘルムやシャルロットが許すならば、フィーネも故郷でゆっくり羽を伸ばしてもいいということだ。『サンクセリアの視察』『国民との交流』など、口実なんていくらでも思いつく。

「ナルディ将軍も同じだ。君にとっては異国の地で肩肘を張ることになるだろうが、ヴィルヘルム陛下は是非、君と個人的に話がしたいと仰せになっている。だが、君たち夫妻は正式な外交官ではない。此度の夜会には国家間の条約やら規則やらを結ぶのではなく、国王夫妻と親交を深める目的で行ってもらいたいのだ。加えて、エルデに嫁いできたフィーネ・ナルディ伯爵夫人が元気に過ごしていると……ナルディ将軍との仲が良好であることを示してきてもらう」

オスカーの言葉に、なるほどとフィーネは息をつく。

（つまり、私がエルデでも大切に扱われていることを示し、今後に繋げていくのね）

サンクセリアの聖魔道士は、エルデでも丁重に扱われている。政略結婚相手の将軍は妻を想っており、夫婦仲良く夜会に参加している。

『政略結婚』が順調であることをヴィルヘルムに示し、サンクセリアとエルデの今後の繋がりを再確認するのだ。

フィーネは緊張が解けていくのを感じた。隣のライルも、しっかりと頷く。

「かしこまりました、陛下。有難く拝命いたします。……フィーネも、いいな？」

「はい。エルデの民として恥じぬ働きをして参ります」

夫妻の了承が得られたことで、オスカーは安堵したように微笑んだ。

「そう言ってくれて助かる。すぐにサンクセリアに返事を送ろう。……それと、もう一つ。ナルディ将軍は知っているかもしれないが、近いうちにローレナが戻ってくる」

オスカーの口から放たれた『ローレナ』という名に、フィーネは顔を上げた。

（ローレナ……オスカー陛下の一人娘で、王女様ね。戦争終結後は各国に留学していて、私たちの結婚の時もお祝いのカードだけ送られてきたっけ）

戦前の彼女は国王の姪（めい）ということで王位継承権からはやや遠い位置にあったが、帝国軍によって先代国王一家が処刑されると、彼女は父オスカーもろとも帝国に捕らわれた。

連合軍が帝国を打ち倒したことによってローレナも解放され、父の即位によって正式に王女となった後は、他にきょうだいがいなかったため、彼女が唯一の世継ぎとなっている。

ただし国の法令により、女性であるローレナ自身が王位を継ぐことはできない。ローレナは婿（むこ）を取り、次期国王の妻となることが決まっている。

「来月の頭がローレナの十六歳の誕生日だ。知っての通り、エルデでは十六歳で成人を迎える。一時はローレナの誕生会の延期を考えていたのだが、民たちの支援で決行することになった。ローレナもそれに合わせて帰国する予定だ」

その後、ローレナの誕生会について軽く打ち合わせをしてフィーネとライルは執務室を出た。迎えが来るまで少し時間があったので、それぞれの仕事に向かう前に空いた客室でお茶を飲む。

「ライル様は、ローレナ様と親しくされていたのですか？」

お茶で喉を潤しつつフィーネが尋ねると、ライルは顔を上げてゆっくり頷いた。

「といっても、護衛やお守りをすることがあったというくらいだが。戦争が始まってからは俺は将軍職に任命され、ローレナ様はエルデ陥落後、帝国に捕らわれてしまったので、それっきりお会いしていない」

フィーネは頷く。ということは、夫と王女に個人的な関わりがあるわけではないようだ。

「ローレナ様って、どんなお方ですか」

「どんな……と言われても……まあ、美しい方だ」

ライルは返事に困ったように眉根を寄せて言った。ありきたりと言えばありきたりの回答だ。

「ただ、国民からの支持は高いな。ローレナ様の従兄であった亡き王子殿下はお体が弱く、あまり城下町に顔を出せなかったのだが、その分ローレナ様が積極的に市井に降り、民たちの意見に耳を傾けていた。俺も何度か、ローレナ様の供をしたことがある」

「へえ……とても活動的な方なのですね」

「そうだな。責任感が強くて……いずれエルデの国王になる婿を探すという使命を持っていらっしゃるのだ」

使命。

フィーネは目を瞬かせる。

(ローレナ様は、国のために結婚をしなければならないんだ)

フィーネもまた、政略結婚をした。けれど、その相手はずっと忘れられなかった初恋の人だ。

けれどローレナは――

伯父と従兄が処刑され、父が王位に就き、自分はエルデの血を継ぐ王女となる。

――フィーネは無性に切なくなった。

本日の勤務は、王城内で騎士団の手当てである。

「……前回よりも炎症が治まってきてはいますが……」

フィーネが患者の青年の腕に『治療の手』を伸ばして言うと、体内を確認されている若い騎士はばつが悪そうに頷いた。

「ええ……ただ、その、二日前の夜にちょっと痛みが出まして」

「何か心当たりは?」

「……あー……その」

「ちゃんとフィーネ様にご説明しろ」

フィーネの隣に控えていたユークがぴしゃりと騎士に命じる。一般市民の患者には丁寧な態度を取るユークだが、身内には厳しいようだ。

若い騎士はユークに促され、おずおずと口を開いた。

「……仲間同士で、腹筋大会をしました。その途中に痛みが走ったんですが、負けたら次の日の夕食の肉を奪われてしまうので、我慢していて――」

何をやってるんですか、とのツッコミは喉の奥で留めておいた。仕事中は『清廉な聖魔道士』の仮面を常に被り続けるのがフィーネの主義なのだ。

「だからですか。一度治りかけたのにまた悪化したと、あなたの体が訴えていますよ」

「そ、そんなことも分かるのですか」

「あなたの体に尋ねていると思ってくだされば。……それでは今は痛みだけ取り除きますので、後は塗り薬で治しましょう。無茶な運動は、少なくとも二日後まで厳禁です。ユーク殿、管理を頼みます」

「了解しました、フィーネ様」

ユークが慇懃に答え、騎士の青年はがっくり項垂れた。おそらくこの後、騎士団に戻ってからもユークに叱られるのだろう。

ひとまず治療の手を患部の奥まで伸ばし、痛みが酷い箇所だけ優先的に治療する。聖魔法で体の自己再生能力を引っ張り出されたので、彼も疲れが出たはずだ。今日のところは腹筋大会などせずに大人しく寝てくれるだろう。

「……すみません、フィーネ様。本当になんというかもう、馬鹿ばっかかで」

騎士団の治療を終えて、護衛やリゼッタたちが片づけをする中でユークが謝ってきた。

フィーネはユークを見上げ、苦笑する。

「楽しい人たちばかりじゃないですか」

「……楽しいというか……頭の中が楽しいというか」

「それはあなたもでしょう、ユーク」

「勘弁してくれ、リゼッタ」

リゼッタに辛辣に言われ、ユークが言い返す。

(このやり取りも、もう見慣れてきたわね)

どうもリゼッタもユークも、お互いを異性としては見ていないようだが、周囲からすれば、年の近いお似合いのカップルの喧嘩だ。

片づけが終わり、部屋を出たフィーネは廊下が妙に騒がしいことに気づいた。フィーネが今いるのは王城四階。中央は吹き抜けになっていて、手摺りから身を乗り出すと一階ホールまで見下ろすことができる。

「ローレナ王女殿下がお帰りになりました」

通りかかった使用人が教えてくれたので、フィーネは首を捻る。

「あら……ローレナ様の帰国は、明日の午後の予定だったのではないですか？」

「それが、道中、天候に恵まれたため馬車を急がせて今日中に首都に入れるようになったそうです。十分なお迎えはできないのですが、ローレナ様がそれでもよいと仰せになったので」

使用人の補足を受け、なるほど、とフィーネは頷く。

「私もいずれ、結婚のご報告に伺わなければね」

「ローレナ様も誕生会の準備がございますので、面会はナルディ将軍のお戻り後、夫婦お揃いになってからで構わないとのことです」

「そう、それじゃあ簡単にご挨拶だけしておこうかしら」

フィーネたちがオスカー王のもとに仕事の報告に行き、彼からも「ローレナに是非、一言でも挨拶してやってほしい」と言われて執務室を出た時には、ちょうど王女の一行が城内に入ったところだった。

フィーネは急ぎ、ユークとリゼッタを連れて階段を下りる。階段の途中で鉢合わせしたりすれば、フィーネが高みから王女を見下ろす形になってしまうからだ。

急いで一階まで下りると、はたしてそこに若い娘がいた。屈強で体格の良い騎士たちに囲まれ、荒野に咲く一輪の花のように凛(りん)と佇(たたず)んでいる。

緩やかにうねる髪は艶(つや)やかな栗色。来月で成人の十六歳になるとのことだが、純エルデ人である彼女も例に漏(も)れずすらりと背が高く、顔立ちも彫(ほ)りが深いので、十九歳のフィーネよりずっと大人びて見える。大人の女性の体つきをした彼女は、深紅(しんく)のドレスがよく似合うかなりの美女だった。

ふと、彼女の青い目がフィーネに向けられる。あまりの視線の厳しさに、階段から下りたばかりのフィーネは一瞬怯(ひる)んでしまった。

（いけない。王女様の御前(ごぜん)だ）

フィーネはひやりと汗を垂らしつつ、その場でローブの裾(すそ)を摘(つま)んでお辞儀をする。フィーネに付き従うユークとリゼッタも、フィーネに倣(なら)う。

「お帰りなさいませ、ローレナ殿下。わたくし、フィーネ・ナルディと申します。お初にお目に掛かります」

エルデ人の女性が目上の女性に対する時の礼だ。

「……あなたがナルディ夫人」

甘い、少女の瑞々しさを残した女性の声。元々低めのフィーネとは大違いの愛らしい声だ。

面を上げよ、と可憐な声が命じ、フィーネは顔を上げた。

ローレナ・エルディート王女は護衛の騎士たちを連れ、フィーネたちの前までやってきていた。元々の背の高さに加え厚底の乗馬用ブーツを履いているため、さらに視線が高い。同じような高身長でも、リゼッタやユーク、ライルの時はなんとも思わなかったのに、今は妙な威圧感があった。

「……話は聞いています。わたくしの留学中に結婚式を挙げられたということですね。遅ればせながら、結婚おめでとうございます」

「ありがとうございます、ローレナ様」

簡単な挨拶と自己紹介を終えると、ローレナはもうフィーネに背を向けてしまった。

それも仕方がない。ローレナは帰国したばかりで、これから誕生会に向けて忙しくなる。フィーネごときに時間を取っている場合ではないのだ。

わざわざこちらまで来てフィーネの挨拶に応えてくれただけで、有難いことだった。

ローレナは騎士たちに指示を出し、荷物などを運び込ませていた。これから大型家具などを入れるのだろう。出入り口が封じられる前にと、フィーネたちは騎士たちの誘導で先に外まで出させてもらった。

「……とても美しい方だったわ」

馬車の中でリゼッタと二人きりになると、フィーネはほーっ、と長い息をつく。ローレナと会話をしたのはほんの僅かな間だったのに、緊張のためか体はかなり疲労していた。

リゼッタは顔を上げ、真面目な顔で頷いた。

「そうですね。ローレナ様は戦前から、エルデに咲く一輪の薔薇と讃えられてらっしゃいました。今度の誕生会で十六歳を迎えられますが、十代前半の頃から匂い立つようなお美しさで、数多くの男性を魅了したといいます」

「……容易に想像できる」

「ただ、ローレナ様ご自身は大変身持ちが堅く、ほいほいと男性の甘言に乗るお方ではありませんでした。数多くの男性に愛を囁かれても決してなびかない姿がまた、皆の好感を得ることになっているのですよ」

へぇ、とフィーネは感心の声を上げる。

あの凛とした佇まいなら確かに、そこらの男性に口説かれたってあっさり袖にできそうだ。

「……まさかとは思うけど、ライル様もローレナ様に――」

「ありません！　旦那様は決して、そんな不埒な真似はなさいませんでした！」

「リゼッタ、何か知っているの？」

「それはもう、旦那様――ナルディ将軍の紳士っぷりは戦前から有名でしたから。ユークも、旦那様は若い頃から色欲などに溺れることが一切なく、なんだかつまらなかったとぼやいております」

（……そっか）

ライルがローレナについて特になんとも思っていないというのは、分かっているつもりだ。だが、もしライルがローレナのような高貴な美少女に魅了されていたと聞かされていたら――それが若気の至りだと言われても――きっと胸がざわついたことだろう。

（私、案外嫉妬深い女なのかなぁ）

フィーネは車窓から外を見やった。

オレンジ色の夕暮れ時の空を、ライルも別の場所で見上げているのだろうか。


数日後、屋敷の前に数台の馬車が停まった。城下町の高級仕立屋を名乗った彼らは、ドレス入りの箱を運び出してくる。

　これらはフィーネが、サンクセリア訪問やローレナの誕生会に向けて一から仕立ててもらったものだ。それまではサンクセリアから持参したものかライルに贈られたものしかなかったので、屋敷に仕立屋を呼んで作ってもらったのは初めてだった。

「さっそく試着なさいますか？　やや着付けが難しいデザインのものもありますので、本番で手伝いをされる侍女の方にも是非、方法をお教えしたいのですが」

　仕立屋の中年女性がそう申し出たので、フィーネは了承してリゼッタと共に隣の客室に移動した。

　仕立屋の助手が箱を開け、まず取り出したのは、目の覚めるようなブルーのドレス。こちらは、サンクセリアの夜会で着る用だ。

ドレス自体はエルデ風のデザインだが、裾から覗くパニエ部分など、随所にサンクセリアの風習を取り入れている。エルデのものよりもやや腰回りを膨らませて左側の腰には造花の薔薇をあしらっているのも、ポイントの一つだ。

「本番の御髪はどうなさいますか」

「サンクセリアではたいてい、長い髪の女性は結い上げます。男性も、ライル様くらい長ければリボンで結びますね」

「なるほど。よろしければ、サンクセリアに出立されるまでにナルディ伯爵とお揃いのリボンをご用意いたしますが」

「いいのですか？」

「もちろんでございます」

仕立屋はそう言って微笑む。傍(かたわ)らで助手が、リボンの柄で論争を始めていた。

続いて二着目。こちらはサンクセリアへの道中用だ。

三着の中では一番裾(すそ)が短く、下に履(は)くブーツが覗(のぞ)くデザインとなっていた。腰はコルセットではなく幅広のベルトで締める。ジャケットもドレスもシックな茶色系だが、その分胸元の大きな白のリボンが目を引いた。

「リボンを結ぶ際は、きつくしないことがポイントです。こう、ふんわりと膨(ふく)らみを持たせた方が愛らしさが増します」

フィーネの胸元のリボンを結びながら仕立屋が説明した。リゼッタは先ほどから頷(うなず)きっぱなしで、目も爛々(らんらん)と輝いている。覚えることが大量にあって大変なはずなのに、メモを取る彼女はとても楽しそうだ。

そして、三着目。次に出てくるドレスがどんなものなのか分かっていたので、フィーネは助手が箱を開けるのをわくわくしながら見守った。

華やかなパステルオレンジの生地に、左右アシンメトリーのデザイン。スカート部分は右側が床に擦れるほど長く、左腰側は極端に短い。三角形に切り取られたそこからは漣のように幾重にも重なったレースが覗いていた。

袖は春に咲く花の花弁のように広がっており、喉元はストイックな詰め襟になっている。エルデの夜会では女性は髪を結わないことが多い。手でさえ、本番は絹のグローブを着用する。

フィーネは鏡に映る自分の姿を見つめた。

これは、ローレナの誕生会に着ていくドレス。三着の中では最初にライルの目に触れるものだ。

(私は……ライル様にふさわしい妻になりたい)

鏡の中の女性が、まっすぐな目でフィーネを見つめ返した。

第4章　誕生会での出来事

ローレナ王女の誕生会当日は朝から王城も大忙しで、フィーネの仕事もお休みだ。しかしそれでは午前中が暇になってしまうので、在庫が少なくなった薬を調合することにした。

「フィーネ様、トモン草がかなり伸びてきました」

薬草調合室で薬湯(やくとう)を煮込んでいたフィーネのもとに、植木鉢を手にしたリゼッタがやってきた。植木鉢には青々とした若葉が生(お)い茂っており、好き勝手な方向に伸びた葉の先がリゼッタの頬をくすぐっている。

「そろそろ葉の先端が黄色く変化してきたので、採り頃かと」

「そうね。それじゃあ先端三センチ程度のところで切ってしまって。切りすぎると次の葉が生えなくなるから、適度な量で」

「かしこまりました」

リゼッタが植木鉢を置き、トモン草に鋏(はさみ)を入れていく。トモン草は乾燥させると解熱剤の材料になるが、エルデに自生(じせい)していないので、サンクセリアから持ってきた種から殖(ふ)やすしかなかった。

フィーネの目の前では、フラスコに入った鉛色(なまりいろ)の液体がクツクツと煮えていた。今は見るのもおぞましい色合いだが、もう少し煮れば透明感が出てきて、仕上げにある薬草の搾り汁を入れると、とたんに目の覚めるような澄(す)んだ青色に変わる。

現在のエルデで一番消費量が多いのは、鎮痛剤や解熱剤だ。戦時中は化膿止めや止血効果のあるゼリー状の薬の消耗が激しかったが、今は直接血を流すような怪我よりも、演練などでの捻挫や打撲が増えているので、フィーネたち治療師は、需要に合わせた供給をしなければならない。

そうこうしているうちに日が昇ってきた。

「奥様、そろそろご準備を」

薬草調合室のドアが開き、ビックスが顔を覗かせた。フラスコの液体も澄んだ青色に変化している。あとは火を消し、ゆっくり時間を掛けて冷ませばいい。明日の朝には良い感じにとろみがついているだろう。

リゼッタとビックスにも手伝ってもらって部屋を片づけ、出る際にはしっかり鍵を掛ける。風でドアが開くことなどがあれば、熟成途中の薬に雑菌が入って劇薬になってしまうかもしれない。作成途中の薬はなかなか繊細なのだ。

しっかりと部屋を確認して、入浴を済ませた後、肌に良い香りのする香油を擦り込む。

「……本当にフィーネ様はお肌が柔らかいですね」

カウチに寝そべるフィーネの背中に触れたリゼッタが、感心したように言った。

「吸い付くような肌、とはこういうのを言うのでしょうね。……お尻の方、失礼します」

「ありがとう。……といっても、今日は顔以外見えないようなドレスだけれどね」

「あら、でもドレス越しの感触が全然違うものなのですよ。旦那様はフィーネ様をエスコートされるのですから、腰にも腕にも触れることになります。その時に、男性におおっと思わせるのがミソなのです」

「おおっと、ね……」

ライルが実際にフィーネの肌に触れて『おおっ』と思ったとして、さて何が変わるのだろうか。

フィーネは首を捻るが、リゼッタは一人上機嫌でフィーネの体に香油を擦り込み、しっかりとマッサージを施してくる。太ももの肉などを絞り上げられ、揉まれている間は痛いが施術後はびっくりするほど体が軽くなるのだが——

「あだだだ！　太ももが千切れるっ！」

「はい、それくらいがいいのです！　……フィーネ様は太ももまでおきれいですね」

「……スリットの入ったドレスとかを着ると、ライル様は喜ぶかしら……ってて！」

「……喜ぶには喜ぶでしょうが、その日は外に出させてもらえないかもしれません」

マッサージを終えると、いよいよドレスを着る。

別の侍女が例のオレンジ色のドレスの箱を持ってきて、それをリゼッタが着せてくれた。一度仕立屋に着せ方の講釈をしてもらったからか、やや難しい造りのドレスを難なく着用できた。

「……ライル様、喜んでくれるかしら」

鏡の前に座っていたフィーネが呟くと、チークを練り合わせていたリゼッタは顔を上げて大きく頷いた。

「ええ、このリゼッタが保証します。今日の主役はローレナ様ですが、旦那様にとっての一番はいつだってフィーネ様です。お化粧をいつもよりは控えめにしますが、必ずや旦那様をときめかせるように頑張ります」

「……ええ、ありがとう」

元々ライルは女性の厚化粧が苦手だそうなので、チークは薄めに、唇にはほんのり潤いを持たせる程度にグロスを塗り、瞼には色つきの真珠の粉を叩く。どれもこれもエルデでは最高級品だが、『富裕層はケチってはならない』という考え方がこの国には根づいているようなので、サンクセリアからの持参金を大いに活用することにした。

髪はハーフアップにしてバレッタで留める。このバレッタはライルがフィーネのために用意してくれた宝飾品の一つで、初夏に咲く花を模したガラス製のチャームが可愛らしい。

リゼッタをはじめとする女性陣の合格をもらい、フィーネは大きく息を吸った。鏡の中には、パステルオレンジのドレスを着こなす淑女の姿がある。

「さあ、旦那様がお待ちです。参りましょう、フィーネ様」

リゼッタに促され、フィーネは怖々足を進めた。パンプスのヒールはそれほど高くないのに、緊張のために足がガクガク震える。

(大丈夫よね？　きれいって……言ってくださるよね？)

ライルは廊下で待っていた。いつもの騎士団の制服姿だが、活動中には見られない肩章や豪奢なマントが目を惹く。胸元のバッジは、フィーネには分からないがエルデ軍の将軍位を示すものらしい。

だが、そんな軍服を着こなすライルの方が何よりも眩しい。黒の軍服に、白の手袋。長めの煉瓦色の髪を飾るのは、斜めに被った黒の制帽。後で知ったのだが、制帽も階級によってデザインが違い、知るものが見れば一瞬で彼が将軍だと分かるそうだ。

切れ長の怜悧な赤紫の目はとろりと甘く光っている。彼はその眼差しをフィーネだけに注いでいた。

「……お、お待たせしました」

「天使だ」

「え？」

「……いや、なんでもない。……そのドレス、よく似合っている。なんだか……今まで着ていたどのドレスよりも、フィーによく似合っている気がする」

「ライル様……！」

ライルのぎこちないながら想いの籠もった褒め言葉に、じわじわと胸の奥から歓喜が湧き上がる。

（ライル様に褒めてもらった！）

フィーネは腕を伸ばし、そっと夫の腕に触れた。大きな腕がぴくっと震えるが、すぐに彼女が掴まりやすいように脇を少しだけ開いてくれる。

（……よし、それじゃあ気合を入れてお城に行こう！）

夫の腕に掴まり、フィーネは甘く胸をときめかせた。

フィーネは「これくらいの段差なら大丈夫」と主張し、ライルは「ドレスに泥が付いたらどうする」と抗議し、結局フィーネは馬車の乗降時や煉瓦道を歩く時など、専らライルに抱きかかえられて移動することになった。

ちょっとの距離ならまだしも、城に着いて衛兵たちが敬礼する中でも下ろしてくれない。つまり、馬車から降りて王城に入るまでの間も、お姫様抱っこ状態なのだ。

（恥ずかしい……いや、嬉しいけど。これもわりと普通だって、知ってるけど）

フィーネが真っ赤になってライルの胸に顔を擦り寄せている一方、ライルは涼しげなもので、フィーネを抱えたまま堂々と入城していった。

ローレナの十六歳の誕生会ということで、城内は華やかに飾られている。昨日退勤した時にはなかった肖像画や美術品、花瓶に生けられた花の数々。

金に余裕がないながらも、国民全体でローレナの成人を祝っている。本人やオスカー王は資金の面で誕生会を延期しようとしたが、国民が決行を要請した。二人の人徳と人気の表れだ。

城内に入るとさすがにライルもフィーネを下ろしてくれた。ホールには既に多くの招待客が集まっているが、フィーネは彼らの名前と顔が一致しない。だが多くの者は自分から名乗ってくれたため非常に助かった。

ホールに入ったライルとフィーネを、招待客のほとんどは興味津々といった目で見てくる。

（それもそうね）

夫は、先の戦いで雄々しく戦った若く美しい将軍閣下。妻はサンクセリアから嫁いできた貴重な聖魔道士。新興の伯爵家ではあるが、この国でその名を知らない者はいない。

フィーネは皆のことをあまり知らないのに、彼らは自分のことを知っているという状況は、なんだかくすぐったいものだ。

招待客たちは外国から来た使者以外は全員エルデ人なので、言わずもがな長身だ。ライルも平均より少し高い程度の身長なので、彼よりずっと高い男性がやってくるとそれだけで威圧感があり、顔が強張らないようにするので精一杯だ。

「こんばんは、ナルディ伯爵。これはまた、愛らしいご夫人同伴で」

「ありがとうございます、ヴェニー侯爵閣下。フィーネは私の自慢の妻です」

ライルはほとんどの客とは一言二言挨拶するだけだが、たまに長く会話をする者もいた。そういった相手は例に漏れず屈強な体躯の男性なので、ひょっとしたら軍事関係者なのかもしれない。

ヴェニー侯爵は大きな体を折りたたんで、今度はフィーネに挨拶してきた。

「お話は伺っております、フィーネ・ナルディ伯爵夫人。わたくしはルドルフ・ヴェニー。侯爵位を賜っておりますが、エルデ軍では中級士官として将軍にお仕えしております」

エルデ軍の階級制度はサンクセリアとほぼ変わらなく、上級士官、中級士官、下級士官と分かれている。

ライルはエルデ軍で唯一生き残った将軍で、戦後新たな将軍は誕生していない。よって現在の軍のトップはライルであり、その下にユークやヴェニー侯爵たち中級士官たちが付き従う。そのためヴェニー侯爵も軍ではライルの部下にあたるのだ。

　身分と年齢、軍事階級。これらは必ずしも比例しない。なんとも世知辛いことである。

「いやはや、しかし将軍の花嫁がこれほど愛らしいお方だとは」

「本当に。……ほら、あなたが熊のように恐ろしい形相ですから、奥様も怯えてらっしゃいますわよ」

　がはは、と笑うヴェニー侯爵の隣で、夫人が呆れたように言う。どうやら彼女はフィーネが侯爵の巨体に驚いていると気づいたようだ。

「おや？　これはこれは失礼。ナルディ将軍、これほど小柄で可憐な奥方なのだから、決して手放したりなさらぬよう」

「ご忠告痛み入ります。もし皆が許すなら私も、妻を会の間中ずっと抱えていたいくらいです」

「ライル様っ⁉」

　ライルが真顔で衝撃発言を投下するものだから、フィーネはぎょっとして夫の顔を見上げた。だがライルはきょとんとして、フィーネを見つめてくる。

「嫌か？　俺はあなたが今にも誰かにかっさらわれそうで、気が気でない」

「そ、そんなこと……」

（妙だわ……）

フィーネは熱くなった頬に手を当てる。

今日は妙に、ライルが『押して』くる。もしかして、このパステルオレンジのドレスのおかげだろうか。仕立屋がドレスに、魅了の魔法でも掛けてくれたのかもしれない。

その後数名の軍事関係者と挨拶をした頃、司会者が開会を告げた。いよいよローレナ王女の誕生会が始まる。

会場の明かりが落ち、フィーネは夫の腕に掴まる力を強める。暗くなると、目立つ色合いのフィーネはともかく、ほぼ黒一色のライルは他の男性たちに紛れてしまいそうだ。そうなったら、背の低いフィーネでは彼を探せないし、ライルもフィーネを探すのが困難になる。はぐれないようしっかりとライルの腕を胸に抱き込むと、ぴくっと夫の腕が震えた。

「……フィー、それはわざとか？」

「えっ？　……あ、すみません、痛かったですか？」

「そうじゃない。このままでいい」

強くしがみつきすぎたかと距離を取ろうとしたら、逆に抱き込まれてしまった。見上げた夫の耳が赤く染まって見えるのは気のせいだろうか。

　そうしているうちに、会場の中央に据えられたステージにオスカーとローレナが上がった。オスカーは娘の成人式だけあり、ライルたちの制服に似た軍服の上に豪奢な深紅のマントを身につけている。

　父親の隣に並ぶローレナは、以前城の玄関ホールで出会った時よりもさらにきらきらと眩しく輝いていた。瑞々しい肌を存分に披露する『胸元ぱっくり』ドレスで、布地の色は淡い黄色。だが、光の当て具合でそう見えるだけで、ひょっとしたらフィーネと同じくらいのオレンジ色なのかもしれない。エルデの風習からは外れているものの、高い位置で結い上げられた栗色の髪の房が微かに揺れる様は、どことなく妖艶な雰囲気を醸し出して彼女の魅力を引き立てている。

「今宵はわたくしの誕生会にお越しくださり、ありがとうございます。本日を無事迎えることができたのも、皆様のおかげでございます」

　王女が愛らしくもはきはきした声で挨拶を述べると、ほうっと辺りから感嘆のため息が上がった。会場はすっかり、ローレナの魅力に巻き込まれていた。

（……あっ、ライル様は）

　にわかに心配になり、フィーネはそっと目線を上げた。

ライルは他の招待客と同じように、ローレナの姿を見つめていた。だが彼はフィーネの視線に気づいたらしく、ゆっくりとフィーネと視線を合わせた。

フィーネの不安な気持ちに気づいたのだろうか。彼は引き結んでいた唇を緩め、微かな笑みを浮かべてフィーネを見つめてきた。

(……ああ、大丈夫)

フィーネは夫の腕に頬を擦り寄せる。ライルはフィーネを見つめ、ふっと小さく笑ったようだ。

とたんに、胸の奥で灯っていた嫉妬の炎が消えていく。

「……今宵、ローレナは十六歳を迎えた。娘が成人を迎えられたことも、全て皆の協力のたまものである。これからもエルデが繁栄し、末永い平穏の時を迎えんことを願っている」

国王と王女による簡単な挨拶が終わると、会場は拍手で包まれた。会場に明かりが灯り、この後は立食パーティー兼ダンスパーティーとなる。

「……フィー。会の間、俺から極力離れないように」

周りがざわざわと動き出した頃、ライルが身を屈めてそっと耳打ちしてきた。

「俺から離れなければならない際は、部下を数名付けようと思う。何かあったら彼らに言うように」

「はい、ライル様」

フィーネは素直に頷く。フィーネも夜会慣れしているわけではないので、ライルとはぐれて目立った行動を取って、厄介事に巻き込まれたりはしたくない。

まずは、夫婦揃ってローレナのもとへ挨拶に伺う。オスカーとローレナは壇上の椅子に座っており、彼らに挨拶をしようとする貴族たちが列を成していた。二人より少し前にヴェニー侯爵夫妻が並んでいる。夫人の方が先にこちらに気づき、侯爵も小さく微笑んでくれたのでライルと揃ってお辞儀を返した。

「私たち、目立っていますね」

フィーネはライルの腕に掴まって呟いた。ライルからの返事はないものと思っていたが、ライルはフィーネに視線を向けて「そうだな」と相槌を打ってくれた。

「きっとフィーの愛らしさに皆、目を奪われているのだろう」

「えっ」

「だが、俺以外の男に注視しないように、フィー」

「……あ、はい――」

返事があっただけでも嬉しいのに、シャルロットもびっくりなカウンター攻撃を放ってくるなんて。

頬の火照りを感じ、フィーネは気恥ずかしさに俯いてしまう。

（いつの間に、ライル様はこんなに甘い台詞を吐くようになったのかしら……）

やがてフィーネたちの番が回ってきた。フィーネはライルと揃って壇を上がり、国王親子の前で頭を垂れた。

「ライル・ナルディ伯爵でございます。今宵はおめでとうございます、ローレナ殿下」

「ライルの妻、フィーネ・ナルディでございます。ローレナ殿下に、心からのお祝いを」

「ナルディ伯爵夫妻、よくぞ参加してくれた」

オスカーは膝の上で手を組み、ゆったりと微笑んだ。

「君たち夫妻の尽力がなければ、今日のこの日を迎えることも難しかっただろう。まずは私の方から礼を」

「身に余る光栄でございます」

「今後も、エルデのために尽力いたします」

フィーネはライルに続き、熱を込めて今後の抱負を語る。

ローレナはそんなフィーネたちを静かな目で見下ろしていた。誕生会の主役にしては落ち着いた態度だが、姿勢を正して椅子に座る姿は、エルデを支えていく王女の威厳に満ち溢れていた。

ローレナも父親に続いて口を開く。

「……わたくしの方からもお礼を申し上げます。ありがとう、ナルディ伯爵、ナルディ夫人」

「はい。ローレナ殿下のためとあらば」

「……伯爵。英雄と名高きあなたに、わたくしから一つ、頼みたいことがあります」

ローレナが切り出した。初めてローレナの方から話題を提供したためだろう。周りの貴族たちも興味津々といった目でこちらを注視してくる。

（ライル様に、お願い……？）

「はい、殿下のお望みとあらば」

ライルは動じた様子もなく、礼儀正しく答える。

ローレナはそんなライルを見て――一瞬だけ、フィーネに視線を向けた後――潤った小さな唇を開く。

「この後、わたくしは皆の前で一曲踊ります。その時の最初のお相手を伯爵にお願いしたいのです」

（……え？）

一瞬、自分の耳が遠くなったのかと思った。

周りのざわめきや衣擦れの音が急に聞こえなくなり、貧血に陥ったかのようにくらりとする。

（ライル様とローレナ様が……ダンスを？）

驚いたのはフィーネだけではなかった。さしものライルも答えに窮したようだったが、彼が逡巡したのはほんの一瞬のこと。彼は恭しく頭を垂れる。

「……謹んで拝命いたします」

「頼みます、ナルディ伯爵」

そう言ったローレナは、小さく手を振った。下がれ、ということだろう。

ライルは体を起こし、フィーネの腰を支えて御前から下がる。途中、オスカー王が横目で娘を見据えていたような気がしたが、呆然としているフィーネにはよく分からなかった。

（ローレナ様が、ライル様にダンスのお願いを……）

エルデでは、誕生会の主役のファーストダンスに誘われるのは非常に名誉なこと。独身でも既婚者でも構わないのだそうだ。それに主役がローレナのような王女であれば、指名された者はどのような身分であろうと、断ることはできない。

だから、ライルの対応は正しい。王女にダンスの相手を乞われたのなら、それを光栄に感じるのが騎士であり、紳士である。

（分かっているのに……）

「フィー」

優しい声に、ひくっとフィーネの体が震えた。フィーネは一瞬だけ俯いてその間に表情を整える。そして、微笑みを浮かべた状態でライルを見上げた。

「ライル様、ローレナ様からダンスのお相手に任命されるなんて、さすがですね！　私は部下の方と一緒に待っておりますから、ローレナ様とゆっくり――」

「念のために言っておくが、俺はローレナ様に命じられたから踊るだけだ。好きで踊るわけではない」

そう言い切るライルの声は硬い。彼がフィーネに対してこれほど強張った声を発するのは、初めてかもしれない。

一瞬だけ息を呑んだフィーネだが、慌てて周囲に視線を走らせた。

（暴言って思われてないよね……？）

衛兵が飛んでこないかとそわそわするフィーネをよそにライルは大きな体を折り、

フィーネの耳元に唇を寄せてきた。湿っぽい吐息が、耳朶を震わせる。

「……できることなら、ダンスはフィーとだけ踊りたかった。ローレナ様に他意がないと信じて、お相手してくる」

「他意……」

「万が一にも、フィーが傷つくことがあってはならない。ローレナ様に限ってそれはないだろうが、もし何かあれば、説教の一つでも二つでもぶちまけてこよう」

「え……ええ……？　相手は、王族ですよ……？」

「ローレナ様が子どもの頃は、何度も叱ったことがある。その延長だ。……では少しだけ離れるが、良い子に待っているんだよ」

掠れた声でそう言ったライルは、そのまま唇をフィーネの頬へと滑らせる。あら！とどこかで誰かが黄色い声を上げた。

フィーネが硬直する中、ライルはフィーネの頬にキスを落とした後、周囲に向かって手招きした。フィーネの護衛をさせる部下を呼んでいるのだろう。

（ライル様……）

周囲の人たちが移動している。そろそろダンスが始まるのだ。

ライルはローレナのファーストダンスの相手を務める関係上、これからローレナを迎えに行ってダンスフロアまでエスコートしなければならない。

(……私、ローレナ様に嫉妬してる)

胸の奥でじくじくと疼くものの正体は、嫉妬。

ライルとダンスを踊れるローレナを、羨んでいる。

(でも、大丈夫。ライル様がそう言ってくれたんだし、私は妻としてきちんと、背中を押さないと)

「……あの、ライル様」

「どうした、フィー……」

フィーネは振り返った夫の腕の中に飛び込み、自らその腰に抱きついた。

……本当なら胸に抱きつきたかったのだが、腕の長さと身長が足らなかったのだ。

「……お待ちしてます。行ってらっしゃいませ、ライル様」

「フィー……」

ライルの声が震えているると感じたのは、気のせいだろうか。

だがそれを確認する前に、ライルはお返しとばかりに、きつくフィーネを抱きしめ返した。いつになく力強い抱擁に、ぐうっ、とフィーネは悲鳴を上げる。

「……行ってくる」

「……はい」

抱擁（ほうよう）はすぐに解かれ、ライルが離れていく。フィーネも大人しく腕を下ろす。

躊躇（ためら）いない足取りで壇上に向かったライルは、ローレナの前に跪（ひざまず）いた。その手を取り、すんなりとした手の甲に唇を落とす。

——きし、とフィーネの絹の手袋が軋（きし）む。少しだけ、力を込めてしまったようだ。

キスを受けたローレナが立ち上がり、ライルのエスコートを受けてダンスフロアへと向かう。つい先ほどまでフィーネが掴まっていた腕に、ローレナの腕が絡（から）められる。

（……大丈夫。ライル様は、お仕事をなさっているだけよ）

『仕事』に向かう夫を送り出すのも、妻の務め。

嫉妬（しっと）に狂う女にだけはなりたくなかった。

その後、ライルが呼んだ護衛と共に、フィーネは壁際のソファ席で大人しく待機することにした。

ダンスホールの方を見る勇気は湧いてこず、護衛からもらったジュースをちびちび飲んで時間を潰（つぶ）しているうちに、一曲目が終わる。

ローレナの相手を終えたライルは体力のある騎士だけあり、一曲踊った程度でくたび

れてはいないようだが、どことなく物憂げな眼差しをしていた。

「お疲れ様です、ライル様」

フィーネは夫を迎え、腕を軽く引いてソファに誘った。

ソファに腰を下ろしたライルはフィーネを見ると、それまで張りつめていた表情を少しだけ緩めた。

「待たせたな、フィー」

「私は大丈夫です。……その、ライル様は、どうでしたか」

「任務は滞りなく済んだ。おそらくローレナ様も、最初に俺と踊ることで、後の面倒な誘いを蹴るつもりだったのだろう。すぐに席に戻られた」

ライルに促されて壇上を見ると、ローレナは既にオスカー王の隣に戻っており、冷静な眼差しで会場を見回していた。ライルが言ったように他の誰かと踊る気はなさそうで、紳士淑女のダンスの見学をしている。

（……でも、ライル様と踊ったのはただの牽制だけじゃないと思うけど……）

不安に思ったが、フィーネの隣で気を取り直したらしいライルの様子に、じくじくと痛んでいた心も落ち着きを取り戻してきた。

その後、フィーネとライルは壁の置物としてお喋りしつつ時を過ごした。フィーネにダンスを申し込もうとする猛者も何人か現れたが、フィーネが何か言う前に退散していく。あえて隣は見なかったが、なんとなくライルが無言の殺人オーラを放っているような気がした。

途中、フィーネはライルの許可を取って手洗いへ立った。護衛たちは皆男性なので手洗いの中までは付いてこられない。彼らには手洗いの手前の廊下で待ってもらうことにした。

手洗い場の鏡に映る自分の顔は、少しだけ疲れた表情をしている。このまま戻ってはライルを心配させてしまうだけだ。

(会場に戻る前に、笑顔の練習をしておかないと)

嘆息したフィーネは、廊下の方が賑やかなことに気づいた。聞こえてくるのはどれも若い女性の声だ。どうも彼女らはフィーネのいる手洗い場に近づいてきているらしい。

(貴族のお嬢様たちかしら)

そう思って振り返った直後、鏡に豪奢なドレスの少女が映った。

淡いオレンジ色のドレス。ホールでは照明の関係で黄色っぽく見えていただけで、やはり彼女もフィーネと似たような鮮やかなオレンジ色のドレスを纏っていた。

フィーネは一瞬息を呑み、すぐに気を取り直してドレスの裾を摘んで頭を垂れた。

(……不意打ちだからって焦ってはだめよ、フィーネ！)

まさかここで鉢合わせするとは思ってもいなかったが、動揺すればライルの名誉にも関わる。

「……失礼しました、ローレナ様。すぐに場所をお空けします」

本日の主役である王女ローレナは、数名の侍女を伴って現れた。侍女たちはローレナに続いて手洗い場に顔を覗かせ、「あら」と口元に手を当ててフィーネを見る。侍女という立場でこそあるが、さすが王女に仕えるだけあり、全員美しいドレスを纏っていた。

しかしローレナはツンと澄ましてフィーネを見ると、「……その必要はありません」と告げる。

「わたくしが後から来たのです。あなたは気を楽になさい」

「……しかし」

「……では、少しだけ雑談に付き合っていただけますか、ナルディ夫人」

きらりとローレナの目が輝く。やや強引な展開であることから、ローレナは最初からそのために来たのだろうと予想がついた。

ローレナがゆっくりと歩み寄ってくる。侍女たちが入り口を固めていることからしても、フィーネを素通りさせるつもりはさらさらないようだ。

（……どうしようか）

フィーネはほんの僅か、逡巡する。

廊下には護衛たちを待たせている。彼らだって王女一行が通ったことに気づいているだろうし、手洗い場でフィーネと王女一行が鉢合わせすることも想定しているはずだ。何かあればライルに知らせに行ってくれるだろう。

だが、そんなことはローレナだって分かっているはずだ。侍女を使って通せんぼをしているが、人通りの多い廊下から近い手洗い場で、何か事を起こすとは思えない。それにもしローレナがそんな暗い企みを腹に抱えているなら、その実行場所に王城の手洗い場は選ばないだろう。

（……それなら、うまくこの場を切り抜ければいいのよ）

フィーネは息をつき、にこやかに微笑んだ。

「はい、私でよければ」

「……本当に、邪気のない人ね」

ぽつんと呟いた後、ローレナはフィーネの側までやってきた。

鏡に、背の高さも体格も全く違う二人の娘が並んで映る。

間近で見るローレナはやはり、迫力があった。背が高く、胸も十六歳とは思えないほどに豊かに張り出している上、『胸元ぱっくり』ドレスのおかげでくっきりとした胸の谷間が覗いていて、同性でも目のやり場に困る。この胸を、ライルはダンスの間中押しつけられていたのだろうか。

「……質問、させていただくわ」

「はい、なんなりと」

「あなたは本当に、ナルディ将軍のことが好きなの？」

そう来たか、とフィーネは震える息を吐き出した。

（ローレナ様はライル様のことを……。でも、嘘をつくべきではないわ）

フィーネは慎ましく目を伏せつつも、しっかりと頷いた。

「はい、心からお慕い申し上げております」

「慕う？　その感情と、好き、愛しているは別ではなくて？」

「お慕いする思いの延長に、ライル様への恋心がございます」

「恋、ねぇ……」

思案するように、ローレナは口元にほっそりとした指先を当てて小首を傾げる。顔立ちはフィーネより大人びている彼女だが、そんな仕草は十六歳らしく初々しい。

「……わたくしも昔は、そうだったのよね」

「えっ？」

「いいえ、なんでもありません。……ナルディ夫人は、政略結婚で結ばれた夫婦に、恋だの愛だのが生じるとお思いですの？」

「……私はそう思っております。どのような形で巡り会って結ばれたとしても、お互いがお互いを尊敬し、想い合うことができている限り」

最初は緊張のあまり舌がもつれそうだったが、話しているうちにだんだんとフィーネの言葉に熱が籠(こ)もり始める。

（そう……私はライル様と巡り会った）

フィーネは最初、行き倒れの少年だった彼と出会った。これが、一度目。

そして約八年の歳月が流れ、フィーネは戦場で彼と再会した。これが、二度目。その時の彼は敗戦国エルデの将軍であり、フィーネとは敵対する立場となっていた。

そして三度目。ヴィルヘルムから政略結婚を打診され、全てを受け入れるつもりでエルデの大地を踏んだ。その時に、フィーネは婚約者となったライルと再会した。

フィーネは子どもの頃から、彼に恋をしていた。恋は、戦時中だった二度目の再会時には切ない刃(やいば)となってフィーネの身を襲い、そして三度目には暖かな日差しとなり、少しばかりの不安を伴って現れた。

ローレナは唇を閉ざし、くるりとフィーネに背を向けた。

「……そう。お話、ありがとう。わたくしは先に会場に戻りますわ」

「ローレナ様――」

「……あなた方の結婚を祝福するつもりは、もちろんありません。……それでもやはり、わたくしはあなたが――」

ローレナの眼差し(まなざし)が、フィーネを射抜く。

決して、悪意の籠(こ)もったものではない。憎しみが感じられるわけでもない。

その視線はただただ――哀しかった。

「……わたくしは、幼い頃に本当に欲しかったものは手に入れられなかった。……結婚おめでとう。いつか……覚えていなさいませ、ナルディ夫人」

そう言い残し、ローレナは今度こそ背を向けた。もう振り返ることはせず、侍女たちを引き連れて去っていく。

「フィーネ・ナルディ様」

黙ってローレナについて手洗い場を出ていく侍女たちの中で、最後尾の者が振り返ってフィーネを呼んだ。青みがかった黒髪をひっつめた、ローレナに負けず劣らず気の強そうな顔立ちの女性である。エルデ人らしく背は高いが、ローレナや他の侍女よりも若干色白なのが特徴的だ。

フィーネを呼ぶ声は落ち着いているものの、その眼差しは鋭い。ローレナの背中をぽかんとして眺めていたフィーネは、ぴっと背筋を伸ばした。

「は、はい。なんでしょうか」

「将軍にふさわしかったのは、姫様の方。あなたはただ運が良かっただけ。……思い上がることだけはなさいませんように」

侍女の言葉は、冷徹な一撃となってフィーネの脳天を殴りつけてきた。

（ローレナ様の方が、ライル様にふさわしい……）

明らかに狼狽したフィーネを一瞥し、侍女はふんっと鼻を鳴らした。そこへ廊下の方からかけられた、「アデル、早く来なさい」というローレナの声に、侍女は踵を返して立ち去っていく。どうやらアデルというのが、彼女の名前らしい。

ローレナたちが去ってしばらくして、廊下の方から今度は「フィーネ様？」と不安そうな男性の声がした。これは、護衛の青年の声だ。だいぶ長居してしまったので、フィーネが王女に何かされたのではと案じているのかもしれない。

フィーネが手洗い場から出ると、やはりそこには不安な表情を隠しきれていない護衛たちがいた。

そんな彼らにフィーネは微笑みかける。

「大丈夫です。ローレナ様とは、少し立ち話をしただけですから」

「ならばよろしいのですが……」

「待たせてしまってごめんなさい、戻りましょう」

そう言って、フィーネは護衛を促（うなが）して会場まで戻る。

「……ライル様には私の方からお話しします」

フィーネが静かに告げると、護衛たちは息を呑んだ。だがすぐに彼らは表情を改め、

「フィーネ様の仰（おお）せの通りに」と了承してくれた。

会場前で控えていた侍従がドアを開ける。

――覚えていなさいませ、ナルディ夫人。

ローレナの不吉な言葉がこだました。

――将軍にふさわしかったのは、姫様の方。

アデルの落ち着いた声が、フィーネの胸を突き刺してくる。

（ううん、今は表情に出したらいけない）

ここからのフィーネは、ナルディ伯爵夫人。

フィーネは目に見えない仮面を被（かぶ）り、にこやかな笑みを浮かべ直した。

フィーネが深夜になる前にライルと二人で屋敷に戻ると、今日一日屋敷で留守番をしていたリゼッタが飛んできた。

「お帰りなさいませ、旦那様、フィーネ様」

「ただいま戻った、リゼッタ」

「リゼッタ……ただいま。お風呂の準備をお願いしてもいい？」

「……もちろんでございます」

玄関に飛んできた時のリゼッタはやや興奮気味だったが、フィーネの心情を察したのか、すぐに気持ちを落ち着けて恭しく頭を下げた。

何か言いたそうにこちらを見てくるライルとは一度玄関で別れ、それぞれの仕度を終えてから寝室で落ち合うことになる。ライルは入浴にはさほど時間を掛けないが、ビックスたちと仕事の打ち合わせをする都合がある。お互いにやることを済ませれば、だいたい同じ時間に寝室で合流できるだろう。

バスルームへ移動し、リゼッタがフィーネのドレスを緩めると、可愛らしいオレンジ色の布地がするすると落ちていき、フィーネは鏡の前で下着一枚になった。

「……今宵はいかがでしたか、フィーネ様」

静かにリゼッタが問うてくる。リゼッタは出発前、相当気合を入れてメイクをしてくれたのだ。オレンジ色のドレスに、フィーネがふさわしくなるように。

（いつも私のために努力してくれるリゼッタになら、相談できるかしら）

フィーネは鏡に映る自分を見る。背が低く、体つきもシャルロットやローレナ、リゼッタよりずっと平板で起伏に乏しい。

「……不安になってしまって」

「まあ……それは、旦那様絡みで？」

「……会の途中に、手洗い場でローレナ様と鉢合わせしたの」

フィーネはローレナや侍女アデルの捨て台詞を伏せつつ、手洗い場での出来事をかいつまんで伝えた。

リゼッタはバスタブに浸かったフィーネの髪を洗いつつ、黙って話を聞いてくれた。

「そうですか。ローレナ様がそのようなことを……」

「私もローレナ様も、同じだったの」

同じ一人の男性を好きになったということが。

フィーネは、ヴィルヘルムたちの手回しによってライルと結ばれた。サンクセリアの国王であるヴィルヘルム直々の命令に反抗することは、ローレナにも不可能だ。

だからローレナがフィーネを憎んだとしても、彼女の侍女が恨みをぶつけてきたとしても、フィーネは彼女らの怒りを甘んじて受けるしかない。

（私は……）

リゼッタの手は滑らかに動いていく。フィーネの髪を洗い終えるとタオルで軽くまとめ、今度はバスタブの縁に寄り掛かったフィーネの背中を、タオルで優しく擦ってくれる。

「……だからフィーネ様は不安に思われているのですね」

「ええ……」

「でしたら、その不安を取り除く方法は一つしかありません」

思いがけずきっぱりと言われたので、フィーネは首だけ捻ってリゼッタを振り返る。

「フィーネ様、今晩は存分に旦那様に甘えなさいませ」

「甘える……？」

「いち使用人にすぎないわたくしが何を言おうと、旦那様の一度の抱擁には及びません。今宵は思いの丈を旦那様に打ち明け、存分に甘えるとよろしいでしょう」

「迷惑がられないかしら……」

「何を今さらっ！　もし、フィーネ様が頑張って甘えたのに旦那様が邪険になさるようでしたら、使用人一同で旦那様をぐるぐる巻きにして玄関前に吊り下げます！」

それは使用人としてどうなのかと思うが、それくらいリゼッタたちは本気でフィーネを応援してくれているということだ。

拳を握って力強く宣言するリゼッタに励まされ、フィーネはほんのりと微笑む。

屋敷に戻ってきて、ようやく笑うことができた。

風呂上がりの体にたっぷり香油を擦り込んでもらい、自慢の太ももはもちもちになった。気分が良くなったので、肌にも艶が出てきたようだ。

フィーネが寝室に入って間もなく、部屋着姿になったライルも上がってきた。

「待たせたな、フィー」

「ライル様」

「ビックスにこってり絞られた」

いきなりライルが執事の名を出した。しかも、彼にこってり絞られたとは一体……

フィーネが目を瞬かせていると、フィーネの隣に座ったライルが真摯な眼差しをフィーネに向けてきた。

「奥様——つまりあなたの元気がない。さては俺がフィーに素っ気なくしたのだろう、と叱られた」

「あ、え、いや、そういうわけじゃ……」

「いや、確かにビックスの言う通り、俺も全くの無関係ではないはずだ。俺がうまく立ち回っていれば、夜会で何が起きていようとフィーにそんな顔をさせることはなかった」

どき、とフィーネの胸が脈打つ。

ライルは左腕を伸ばしてフィーネの背後に手を突き、距離を縮めてくる。気づけばうっとりするほど麗しい夫の美貌が、目と鼻の先に迫っていた。

「……ローレナ様とあの後、何かあったのだろう」

「……護衛の方がそう言ったのですか」

「いいや、あいつらは何も言わなかった。だが、フィーが手洗いに立ってすぐ、ローレナ様が侍女を連れて出ていったと思うと、ローレナ様の方が先に戻ってきた。あの短い時間では遠くまでは行けない。フィーと同じ手洗い場に行ったのだろうと予想はついていた」

ライルにはローレナの行動もお見通しだったようだ。

対するフィーネの沈黙が、肯定を表していた。

ライルはふーっと息をつく。吐息が鼻の先をくすぐり、フィーネの体の奥が甘く疼いた。

「やはりそうなのか……なんだ、嫌味でも言われたのか?」

「いえ、そういうわけではありません。その――」

フィーネを見つめていたローレナ。強い想いに燃えていた瞳。

フィーネは唇を湿らせた。

「……ローレナ様も、ライル様のことを好きだったと――」

「……はぁ？　……あー」

消え入るようなフィーネの言葉に、ライルは拍子抜けしたような声を上げる。そして彼は煉瓦色の髪を掻きむしり、「あの方は、本当に……」と、低く唸った。

「ローレナ様がそんなことを言ったから、フィーはあんなに哀しそうな顔をしていたのか」

「……そう、です」

「……はっきりと言わせてもらう。俺とローレナ様に、個人的な繋がりは一切ない」

ライルはすっぱりと言い切った。

「さっきのファーストダンス、あれだって儀礼的な意味しかない。俺は昔、ローレナ様から『成人後初めてのダンスをわたくしと踊りなさい』と命じられたことがあったから、義理を果たしただけだ。それに、未婚者と既婚者が踊ることも、この国では珍しくもないからな」

ライルは身の潔白を証明しようとしているためか、いつもより早口になっている。

フィーネはぽかんとしてライルの言葉を聞いていた。

「……ローレナ様は護衛に付いた俺のことを気に入ってくださったようだが、二十歳の俺が十歳そこそこの王女を異性として見るはずがないだろう。そんなことをすれば、俺は少女趣味のただの変態だ」

「ラ、ライル様は変態なんかじゃありません！」

「ありがとう、フィー。……まあ、そういうことで、俺はローレナ様のことを自国の王女殿下として尊敬はしているが、恋慕の情を抱いたことは一切ない。先ほどのダンスの間も、会場の隅っこにいるフィーの姿を確認するので忙しかった」

「えっ」

ダンスの間、ライルは目の前で豊かな胸を押しつけてくるローレナではなくて、護衛たちと一緒に待っていたフィーネのことを気にしてくれていたのか。

「ローレナ様がなんと言おうと、俺の想いが揺らぐことはない。俺の妻はフィーだけだ」

力強く言い切ったライルの手がフィーネの両肩を捕らえる。そしてライルは反論の隙さえ与えず唇を塞いだ。

以前より少しだけ性急な、ライルからのキス。最初は小さなリップノイズを立てながら唇を触れ合わせていたのだが、不意にライルのぶ厚い舌がフィーネの唇の合わせに触れてきた。

いつの間にか固く引き結んでいた唇の隙間に舌をねじ込まれそうになり、フィーネは一瞬、身を震わせる。反射的に拒絶しそうになったが、すんでのところで堪えた。

ライルの目は、必死だった。それでいて、怯えているような色も見える。フィーネが自分を信じて受け入れてくれるか、心配なのだろう。

(シャルロット様も言っていたわ……これが、恋人のキスなのね)

フィーネより二つも年下なのに非常に恋愛事に詳しいシャルロットは、フィーネに恋愛のあれやこれやを教えてくれた。知識しかないフィーネだが、ライルはそんな彼女に、男女の愛を身をもって教えてくれる。

「フィー……」

濡れた声でライルが囁く。フィーネは頷き、おそるおそる唇を開いた。

すかさずライルの舌が唇を割り、侵入してくる。奥まで引っ込みかけたフィーネの舌が捕らわれ、湿っぽい音を立てて絡み合った。

「ん……っ……!」

「……鼻で息をするんだ、フィー」

「はいっ……」

窒息しそうになったフィーネにライルがそう教え、フィーネの後頭部に左手を添える。苦しくない程度にフィーネの喉が反らされ、二人の舌はさらに激しく絡まった。

(ライル様……)

ぼんやりと目の前が霞んでくる。赤紫の目に炎を宿すライルの顔が、涙で滲む。体の奥が疼いて、甘い痺れが全身を駆けめぐる。

唇が解放されたとたん、ベッドに倒れ込みそうになったフィーネの体を、ライルの両腕が慌てて支えてくれた。

唇はぐずぐずだ。二人分の唾液で、おそらくみっともないくらいにどろどろになっている。体も気だるく、あちこちが緩く痺れているため、ライルに支えられていないと今にも倒れてしまいそうだ。

(でも……こんなにも嬉しいなんて)

「ライル様……」

「フィー、可愛い」

ライルの薄い唇がニッと弧を描く。彼のそこも唾液で濡れており、なんとも蠱惑的だ。

——甘えなさいませ、フィーネ様。

脳裏に、リゼッタの声が響く。

フィーネはライルのシャツに手を伸ばした。

ん？　とそちらに目をやる夫に、フィーネは震える声で訴えた。

「……もっと、キスして……ください……」

「フィー」

「好きです、ライル様……」

ライルの目が見開かれる。その直後、フィーネは夫に肋骨が折れそうなほど強く抱きしめられ、くらくらするほど情熱的に唇を奪われてしまった。

間章

『おい、四番！』

記憶の中で、生みの親がライルを罵倒している。

他のきょうだいはケタケタ笑いながら、ライルが親に冷遇される様を見てくる。

『ほんっとに役に立たねぇガキだ』

『捨てましょう、こんな穀潰し』

今となっては、その言葉通りになって良かったと思う。

実の親に捨てられたライルは厳しくも優しい養父に拾われ、すくすくと成長した。そうしてエルデの騎士として功績を重ね、若くして将軍位を賜るほどまで昇進したのだ。

――だが、運命の女神はライルに試練を与えることをやめてはくれなかった。

『……生きよ。生きるのだ、ライル』

口の端から血の泡を噴き出した老将軍がそう訴える。

無理だ、俺では無理だ、とライルは呻く。彼ほどではないが、ライルも今や満身創痍だ。体中が焼けるように痛い。

『おまえはまだ若い。私の代わりに、生き延びよ』

なぜそんなことを言う、とライルは叫ぶ。

老将軍には、家族がいたはずだ。妻と、子どもたち。さらにもうすぐ、孫が生まれると嬉しそうに語っていたではないか。

老将軍は泥にまみれたライルを見て、優しく目を細めた。

『おまえは自慢の弟子だ。生きよ、ライル。エルデを、頼んだ』

年頃になり、騎士団に入ったライルを指導してくれた鬼教官が、そう言って笑った――

直後。

『エルデ王国将軍、討ち取った！』

剣が肉を断つ音。老将軍の体が震え、その目から生気が失われる。

倒れ伏す彼を背後から剣で串刺しにしたのは、帝国兵。彼は命果てた将軍の背中を足蹴にし、狂ったような笑みを浮かべている。

その目が、将軍の亡骸の前で膝を突くライルにも向けられた。

『ああ、こっちにももう一人いるぞ！』

『その黒甲冑、そいつもエルデの将軍だ！　討ち取れ！』

屍肉に群がる蝿のごとく、わらわらと湧いてくる帝国兵。

あちこちから黒い煙が立ち上がり、臭いが籠もり始める。

——生きよ、ライル。

老将軍の声が頭の中でこだまする。

ライルは立ち上がった。足元に転がっていた愛用の剣を取り、その切っ先を帝国兵に向ける。

厳しくも優しい先輩将軍を殺めた、その者の喉へと。

——俺は、生きる。

ライルの目に、炎が宿った。

やっとのことで敵兵を斬り伏せ、ぼろぼろになりながらも城へと急ぐ。馬も既に失っていたので、重い体を引きずって歩くしかない。

ライルと老将軍たちは、迫りくる帝国兵を城下町南側の平原地帯で迎え撃つよう命じられていた。結果、ライル以外の将軍は戦死。多くの部下たちも帝国軍の餌食となった。

城下町が、燃えている。帝国兵は南側だけではなく、四方から城下町を取り囲み襲撃していたのだ。

そして、ライルは見てしまった。

王城の城門前。火の手が上がる中、磔にされた国王一家と、先輩の将軍たち。

そのどれも、頭部がなかった。国王も王妃も年若い王子も、屈強な将軍たちも、頭脳明晰で知られた宰相も。

皆、処刑されていた。

『将軍が生き残っていたか！　捕らえよ！』

ライルの甲冑から階級を判断した帝国兵たちがあっという間に群がってきて、茫然自失状態になったライルを拘束する。そうしているうちに、離宮の方からも軍隊がやってきた。

ライルは顔を上げて呻く。帝国兵に引きずり出されてきたのは、王弟オスカーと、その娘である十三歳の王女ローレナだった。オスカーは真っ青な顔で兄一家たちの亡骸を見つめ、王女は半分魂が抜けているかの様子で帝国兵に担がれている。

ライルは二人の名を呼んだ。直後、背後から頭を押さえつけられて地面に鼻をぶつける。

オスカーが何か叫んでいる。ローレナの悲鳴がする。

『帝国兵！　その将軍の助命を願う！　彼は最年少の将軍だ。彼は生かしてやってくれ！』

オスカーがそう懇願しているが、ライルはやめてくれ、と泥の混じった唾液を吐き出した。

あんなことを言って、オスカーが殺されたら。ローレナまで処刑されたら。

だが、エルデ侵略の指揮を執っていた帝国の将軍は、オスカーの言葉に何かを思いついたようだ。処刑一歩手前だったライルを引きずり起こし、その胸を踏みつけて言った。

『将軍、投降せよ。貴様は我らが帝国軍のもとに付け。貴様が我らに従う限り、王弟とその娘は生かしてやろう』

――こうして、オスカーとローレナは囚われの身となり、ライルは生き延びた。エルデ王国はデューミオン帝国の属国となり、エルデ騎士団は帝国のもとに置かれることになった。

将軍職の中で唯一生き延びたライルはエルデの指揮官となり、帝国に服従する一年間を過ごしたのだ。

優しい匂い。

ライルは目を細め、腕の中に収まる妻を見つめていた。

そこでフィーネは静かな寝息を立てている。先ほどキスをねだった時のような艶っぽさは今はなく、あどけない愛らしい寝顔でライルの胸に擦り寄っていた。

――もし、老将軍がライルを励まさなかったら。

――もし、オスカーがライルの助命を申し出なかったら。

――もし、帝国に服従する日々の中で、ライルが生きることを諦めていたら。

――もし、エルデ軍と衝突したサンクセリアがライルを生け捕りにしなかったら。

こうして、妻の温もりを抱いて眠ることはできなかった。

フィーネと結婚してから、あの日々を夢に見てうなされることがなくなった。戦場の悲惨な臭いが鼻孔に蘇ってくるかと思った瞬間、フィーネの甘く清潔な匂いにかき消される。

自分はどれほど、妻に救われたのだろうか。

彼女と再会して、結婚して、どれほど癒されただろうか。

妻を抱きしめる腕に、少しだけ力を込める。苦しいのか、細い喉からぐぅっ、と声が上がった。

フィー、と妻の名を呼ぶ。

『生きよ。生きるのだ、ライル』

ライルは目を閉じる。

ライルが生き延びた価値が、今になってやっと見えてきた。

この腕の中の温もりに出会えて、生きていてよかったと、思えた。

フィーネと一緒に生きたい。側に寄り添ってほしい。

本当はとてつもなく臆病な自分を、これからもずっと癒してほしい。

もういちど、妻の名を呼ぶ。

あと少しだけ、待ってほしい。

いずれ、愛しい妻に全てを打ち明けるから――

第5章　サンクセリアへ

　王女ローレナの誕生会は何事もなく終了した。これからローレナは、結婚に向けた準備を進める。近いうちに、近隣諸国の王族や国内の有力貴族を中心に、婿選びを行うそうだ。婿に選ばれれば次期国王の座を確保できるだけでなく、美しい妃も手に入れることができる。有能な貴公子たちを釣り上げられるように、ローレナも自己研鑽に励んでいるという。

　そして今日、フィーネとライルはエルデ王国を離れ、北の国境へ向かっていた。

　目指すは隣国、サンクセリア。

「道中、そしてサンクセリアでのお二人の護衛ならびにお世話は、我々が責任を持って担当いたします」

　そう頼もしく宣言するユーク。彼の背後には、姿勢を正した騎士、侍女たちが控えていた。そこにはリゼッタやビックスの姿もある。

　これからフィーネたちは、サンクセリア王妃シャルロットの懐妊祝いの夜会に出席するのだ。思いがけず故郷へ戻ることになったフィーネは、仕事だと分かっていても胸の高鳴りを抑えることができなかった。

（……サンクセリアに、帰るんだ。でも、これも仕事なのだからはしゃぐわけにはいかないわ）

そういうわけで、ユークたちの前では穏やかな笑みの仮面を被っていたフィーネだが、馬車の中でライルと二人っきりになった途端、ずばり指摘された。

「……サンクセリアが懐かしいか」

夫に隠しごとはできなかった。いや、きっとリゼッタたちも気づいていたが、口に出さなかっただけなのだろう。

フィーネは、小さく苦笑した。

「……そうですね。やはり生まれ育った国なので、郷愁はありますね」

「やはりそうか」

「でも、戻りたいわけではありませんよ。今の私はもう、エルデに根づいています」

フィーネは向かいの席のライルを見つめ、しっかりと言った。

十九年間の人生の大半を過ごしたサンクセリア。懐かしいかと聞かれたら、答えは『はい』であり、帰りたいかと聞かれたら、『いいえ』と自信を持って答えられる。

ライルは目を細め、フィーネを見ていた。この日のために仕立ててもらった、ショコラ色のシックな旅着。その胸元の大きな白いリボンを、ライルが注視しているような気がする。

「……フィー」

「はい」

「そちらに行ってもいいだろうか」

真面目な表情を崩さず、ライルが問うてきた。

フィーネは微笑み、夫のために座る位置をずらす。

「どうぞ。馬車が動いていますから、お気をつけください」

「ああ」

ライルがフィーネの隣に移動する。彼は体重があるので、みしりと馬車の床板が軋んだ。座面も少し沈んで、フィーネの体が彼の方に傾ぐ。そんな一連の動作にもお互い慣れてきたため、フィーネは差し出された夫の腕に大人しく収まった。

故郷の空は、もうすぐ近くまで迫ってきていた。

エルデとサンクセリアの国境を越えると、空気さえ変わったように感じられる。

「……空が澄んでいるな」

窓の外を眺めていたライルが呟いたので、隣の席で読書をしていたフィーネも顔を上げた。

外は快晴だ。そろそろ季節は夏に向かっている。青々とした草葉が生い茂り、馬車道にまで手を伸ばしていた。道の中央を進む馬車と違い、馬に乗って馬車の周囲を固めるユークたちは、そのせいで若干動きにくそうだ。

フィーネの隣に座るライルは、目を細めてサンクセリアの大地を眺めていた。その横顔は、どこかもの哀しげだ。

「……フィー。あなたの生まれはどこなのだろうか」

そういえば、辺境の町出身と言ってはいたが、具体的にどの町なのか、どんなところだったかは教えていなかった。フィーネも、そこで過ごしたのは十歳になるまでなので、記憶が薄れがちだったのだ。

「そうですね……この馬車道からは少し外れていますが、なだらかな丘陵地帯にある町でした。父が聖魔道士の職に就いていて、薬草師だった母と一緒に町の医療を担当していたそうです」

「父君は、かつて城に仕えていたのか？」

サンクセリアでは聖魔道士の才能が現れると、首都に招集され、そこで鍛えられる。ライルもそのことを知っていたのだろう。

「ええ、若い頃は。母も城下町の薬草師の娘で、父の引退後に結婚して田舎(いなか)に引っ越したそうです。そうして生まれたのが私です」

「なるほど、だからフィーは聖魔道士で、薬草の知識も豊富なのだな」

「子どもの頃はまだ、聖魔道士の素質は現れていなかったのですけどね。でも、『おまえの才能を人のために活かせ』と両親から教わって育ったので」

「……ご両親は既に亡くなっていると聞いたが」

「はい。父は私が三歳の時に。母は私が十歳になる前に、それぞれ病(やまい)で」

「……そうか」

どこか遠い眼差(まなざ)しになるライル。そんな夫を、フィーネは静かに見つめた。

(ライル様は、ご自分の過去のことをお話しにならない)

ライルが貴族ではなく、平民からの叩き上げで将軍職に就(つ)いたことは有名だ。

だが、そんな彼がどこで生まれたのか、家族はいるのか、どんな少年時代を送ったのかなどの話を聞いたことはなかった。聞きたいとは思うが、聞けなかった。

迂闊(うかつ)に彼の過去を探ってはならないと、フィーネの本能が訴えていたのだ。

（いつか、ライル様の口から聞くことができれば）

フィーネはそっと、ライルに寄り掛かった。彼は何も言わず、フィーネの肩を抱いてくれる。肩を支える手にいつもよりも力が籠（こ）もっていると感じたのは、きっと気のせいではないはずだ。

サンクセリアへの旅は天候にも恵まれ、予定通りの日数で首都に入ることができた。大通りは活気に満ちており、エルデとはまた様式の異なる街並みがフィーネを出迎える。物言わぬ建物でさえ、フィーネに『お帰り』と語りかけてくれているかのようだ。

エルデ王国ナルディ伯爵夫妻の馬車を、街の人々は目を皿のようにして見つめてきた。彼らはこの馬車の中にいる伯爵夫人が、元サンクセリア聖魔道士団団長であることを知っている。フィーネの出発の日は、大通りが渋滞するほど皆が押し寄せてきたものだった。

「……サンクセリアは、美しい国だな」

窓から民衆たちの姿を見ていたライルが呟（つぶや）く。

同じ首都でも、エルデとサンクセリアでは復興の具合が違う。サンクセリアは帝国の侵略時、城こそ壊滅状態にされたが、城下町の被害は最小限に食い止められた。物資と文化に優れたサンクセリアの町を、帝国が移動拠点にしたがったからだろう。

一方、エルデは城下町の民衆まで一丸となって応戦したこともあって町には火が放たれ、帝国軍の通り道になった家々は見る影もなく壊されていた。帝国は抵抗してくるエルデを完膚無きまでに潰すつもりだったのだ。

損壊部分が少なく復興の費用も早く調達できたサンクセリアの方が、エルデより復興が早いのも当然だった。

馬車が速度を落とし、城門をくぐる。フィーネの出発時はこの城門の柱もまだいくつか破損していたと思うが、今は小振りとはいえ、ちゃんと石の柱が立っていた。

「エルデ王国、ナルディ伯爵夫妻到着！」

サンクセリアの騎士がフィーネたちの身分を確かめると、朗々とした声を上げた。彼の顔にも見覚えがある。確か下級士官だったと記憶している彼は、今は中級士官の階級章を付けていた。

馬車を降りたフィーネたちは、多くのサンクセリアの使用人たちに迎えられた。最初にフィーネたちの身分を確認した騎士だけでなく、あちこちに見知った顔が揃っている。

（あっ、リリアーナにユーフェミア……あっちには、騎士団のマーク殿にビリジアン殿！

ああっ、あそこにいるのは、シェイリーたち！）

使用人や騎士はもちろん、かつての部下だった聖魔道士の姿を見たフィーネは、立場も忘れて駆け出しそうになった。

廊下の奥にいる聖魔道士たちもやはり、フィーネを見てそわそわしているのが遠目でも分かる。全員、フィーネが亡命中に各地で拾い、部下として育てた聖魔道士の少年少女たちだ。

中にはフィーネと会った時には名前すらなかった孤児もおり、そういう子にはシャロットたちと一緒に考えた名前を与えたので、しばらく会っていないからといって忘れたりしない。

「エルデに嫁がれたナルディ夫人に、聖魔道士団団長から歓迎の言葉があるそうです。……シェイリー、こちらへ」

皆を代表して挨拶をしていた若い宰相に呼ばれ、聖魔道士シェイリーが使用人たちの波を掻き分けて、フィーネたちの前で膝を突いた。

「……ようこそお越しくださいました、ライル・ナルディ様、フィーネ・ナルディ様。このたびフィーネ様に代わってサンクセリア王国聖魔道士団団長に就任いたしました、シェイリー・クラッセルでございます」

深く頭を垂れると、頭頂部で結い上げた栗色の髪が揺れる。

形式張った挨拶を返そうとしたフィーネだが、シェイリーの名を聞いてぴくっと腕を震わせた。

（シェイリー――クラッセル？）

シェイリーは、フィーネが拾った元孤児だ。

彼女には名字がなかったし、戦後もどこかに養子に入るつもりはないと言っていた。

そんな彼女が、クラッセルという名字を持っている。

フィーネはシェイリーの手元を見る。胸の前に当てられた彼女の左手薬指には、真新しい銀のリングが嵌まっていた。

――つん、と鼻の奥が熱くなる。

「……ええ。お元気そうで何よりです」

今のフィーネは、異国の伯爵夫人。そして目の前にいるのも、「フィーネさん！」と無邪気に抱きついてきたシェイリーではなく、サンクセリアの聖魔道士団団長。

（結婚おめでとう、シェイリー）

フィーネはかつての部下に、心からの祝辞を送った。

フィーネたちが到着した翌日の夕刻、シャルロットの懐妊祝いの夜会が開かれた。

ヴィルヘルムたちは多忙らしく、彼らから歓迎のメッセージカードは届いたが、彼らに会えるのは夜会が始まってからになりそうだ。シャルロットも夜会までゆっくり体を休めるようにと医師に言われているという。

「本当に、サンクセリアのドレスは華やかですね」

ナルディ伯爵夫妻に与えられた客室で、リゼッタが感心したような声を上げた。

彼女の前には、鮮やかなブルーのドレスを着たフィーネがいる。リゼッタはサンクセリア風の髪結いに自信がなかったようなので、着付けとメイクだけを担当し、髪結いは戦前から見知っているサンクセリア人の侍女にお願いしていた。

エルデとサンクセリアの特徴を兼ね揃えたドレス。裾からはパニエとレースが覗き、剥き出しになった腕には光沢のあるコバルトブルーの長手袋を嵌める。

侍女にお願いして、髪は冠のように結い上げている。フィーネの髪は肩胛骨までの長さなのだが、サンクセリアの女性にしては短い方だ。シャルロットほど長ければアレンジのし甲斐もあるのだが、フィーネの長さではピンなどで留めないと、あちこちから短い後れ毛が飛び出してしまうので、髪をセットしてくれた侍女も工夫を凝らしてくれた。

その後、フィーネは迎えに来たライルと一緒に夜会会場へ向かう。数名であれば護衛や使用人を連れていってもいいとのことなので、ユークとリゼッタだけ連れていくことにした。ビックスは待機して、部屋に届いた手紙やカード、贈り物の整理をしてもらうことにした。エルデからの客人ということで、既にフィーネたちは貴族の関心を集めていたのだ。

今日のライルも、相変わらずのエルデの軍服姿だ。サンクセリアでも、軍に勤める男性の正装は制服なので、特に問題はない。

ライルの髪を緩く結わえるのは、灰色のリボン。色は地味だが、縁(ふち)には繊細(せんさい)な刺繍が施(ほどこ)されている。見る人が見れば、高級仕立屋が準備したリボンだとすぐに分かるだろう。

このリボンは、ライルとフィーネでお揃いである。ライルは髪を結び、フィーネはチョーカーのように首に巻いていた。

「お揃いですね」

迎えに来たライルにそう言うと、ライルはフィーネの喉元に視線を移し、ゆっくりと頷(うなず)いた。

「ああ、お揃いだ」

「……似合っていますか？　これ、サンクセリアの要素も取り入れてみたのですが」

「ああ。あのオレンジのドレスも道中の旅着ももちろん見事だったが、故郷のサンクセリアの文化を身に纏(まと)うフィーは、とても美しい」

そう言って、ライルが腕を差し出してくる。部屋を出る前にビックスに細々と説明を受けたのだろう。妻をエスコートする仕草は、エルデの作法からサンクセリアのそれに僅かに変わっていた。

「お手をどうぞ、俺の奥さん」

芝居がかった仕草でそうライルが告げる。まるで、姫を迎えに来た王子様のように。

フィーネはくすっと笑い、夫の腕に己の腕を絡ませた。

「はい、私の旦那様」

ローレナの誕生会でも夜会というものを経験したフィーネだったが、シャルロットの懐妊祝いの会はそれ以上の規模だった。

王妃の懐妊を祝うために、近隣諸国からも客を招いている。かつて様々な国を蹂躙し、連合軍の前に敗れたデューミオン帝国からは書簡が届いただけのようだが、それ以外の連合軍に与した国の使者の姿も多く見られた。

「……あら。お久しぶりでございます、フィーネ様」

「お久しぶりです、ジャンヌ様。お元気そうで何よりです」

夫婦で壇上の国王夫妻のもとへ挨拶に向かう際、前に並んでいた島国ランスレイの王太子とその婚約者と出会ったので簡単に言葉を交わす。ランスレイもかつて帝国に支配され、ヴィルヘルムたちの奮闘で解放された小国だ。王太子は幽閉されていたが、その婚約者は連合軍に所属しシャルロットの指揮下に入っていたので、彼女とは顔見知りだった。

そうしてフィーネたちが挨拶（あいさつ）する番になった。

「エルデ王国ライル・ナルディ伯爵ならびに奥方のフィーネ・ナルディ夫人でございます」

ヴィルヘルムたちからすれば分かりきったことではあるが、形式通りに侍従がフィーネたちを紹介する。

ヴィルヘルムたちの前に立ったフィーネとライルは揃ってその場に膝を折り、発言の許可が下りるまで待った。

「よくぞ来てくれた、ナルディ伯爵、ナルディ夫人。面（おもて）を上げよ」

若者の優しい声に、ぎゅうっとフィーネの胸が苦しくなる。

（ああ、ヴィルヘルム様の声だわ）

王の許可を得て、夫婦は顔を上げた。

王座に座るヴィルヘルムは、穏やかな笑みでフィーネたちを見つめていた。三年前の良くも悪くも『王子様』だった彼の面影（おもかげ）は、ほとんど残っていない。

その隣に座るシャルロットは、腹部に手を当てて優雅に微笑んでいた。まだ腹の膨らみははっきりしていないが、体を締め付けないゆったりとしたデザインのドレスを纏っている。母親になったことで、顔つきも柔らかくなったようだ。

「遠路遥々妻シャルロットを祝いに来てくれたこと、心より感謝する」

「こちらこそ、両陛下にお祝いを申し上げられること、非常に光栄に思います」

ライルがよく通る声で答える。続いてフィーネも、笑みを浮かべて国王夫妻に祝福の言葉を贈った。

「これからも、サンクセリアが末永い安寧の時を迎えられますように。陛下、王妃陛下、おめでとうございます」

「ありがとう、ナルディ夫人」

シャルロットもにこやかに応える。だが、これは社交辞令の笑みだと、すぐに分かった。

（ここでは、私を友人扱いすることはできない）

フィーネもそれは重々承知だったので手短に挨拶を終え、リゼッタとユークを伴って壇上から降りる。フロアに降りると、やはりというか二人の——というよりむしろライルの姿は人目を惹いた。

何しろ、ライルはそこらの男性よりずっと背が高い。サンクセリア人は言わずもがな、近隣諸国からの客人でも、ライルと並ぶような背の者はそうそういない。しかもその背後には、さらに長身のユーク、女性としては高身長といえるリゼッタがいるのだから、この三人が立っているだけで目立ってしまう。

「旦那様、奥様。飲み物でもお持ちしますね」

リゼッタがそう言い、傍らにいた侍従を呼び止める。ドリンクが運ばれてくるまでの間、フィーネはライルのエスコートを受けてソファ席に移動した。既にユークが人払いし、怪しい物がないか確認しているので安心して腰掛ける。

「……緊張した」

ライルもフィーネの隣に座り、ぽつんと零した。そちらを見ると、ライルは目を細めて壇上の方を見やっていた。今、ヴィルヘルムたちはどこかの国の使者らしい、恰幅の良い男性と話をしている。

「さすが、ヴィルヘルム王だ。フィーがいなければ、緊張で震えていたかもしれない」

「そんなにですか？」

ヴィルヘルムは確かに威厳に満ちているが、まだ年若い。フィーネより一つ年下だから、今年で十八歳。ライルからすれば七つも年下だ。

ライルは頷き、戻ってきたリゼッタから冷えたジュースを受け取った。フィーネも、薄い黄色のジュースを受け取って口に含む。フィーネが昔から大好きな、リンゴのジュースだ。

「戦場でお会いした時からそうだったが……俺より年若いというのに、指揮官としての威厳に溢れてらっしゃった。フィーはさすがに慣れているのか？」

「ええ、まあ。ヴィルヘルム様とは逃亡生活もご一緒した身ですから」

あの頃はなかなか大変だった。

王子様として不自由のない生活を送ってきたヴィルヘルムは、亡命当時十五歳。物言いは尊大だし、注文は多いしで、フィーネとシャルロットは何度も彼に振り回されてきた。伯爵令嬢でそれなりに発言力もあり、最後には力でヴィルヘルムを制していたシャルロットと違い、フィーネは年上といえども平民の身分。王子に対して強く言うこともできず、難儀したものだ。

(王子様の護衛というよりは、癇癪持ちの子どものお守りをしている気分だったわね)

ソファで休んでいるうちに、会場に楽団が到着した。彼らが音楽を奏で始めると、まずサンクセリアの大貴族夫婦が前に進み出てファーストダンスを踊る。こういう場合、本来ならば主催者である国王夫妻が踊るのだが、王妃は妊婦で、ヴィルヘルムもシャルロット以外と踊るつもりはないらしく、椅子から動こうとしない。

代表者のダンスが終わると、次々にダンスフロアに人が集まってきた。フィーネとライルもマナーとして、皆の前で最低でも一曲は踊る必要がある。

「……ライル様、サンクセリアのダンスは大丈夫ですか」

フィーネはライルに問うてみた。

ライルはエルデの宮廷式ダンスは得意らしいが、エルデにいる間に練習してみたサンクセリア風のダンスは何度も躓きそうになっていた。両国のダンスの違いとしては、簡単に言うとサンクセリアの方が動きが細かい。足捌きも異なるので、エルデのようにゆったりとしたダンスに慣れた者だと体がついていかないのだそうだ。

フィーネは十歳から十六歳までサンクセリア王城で過ごしたので、平民ではあるがダンスも仕込まれてきた。さすがに戦争中はダンスなんてしている暇はなかったが、子どもの頃に叩き込まれた技術は少し練習するとすぐに思い出すことができる。

フィーネに問われたライルはやや不安そうな顔になったが、そこで隣にいるユークが割り込んできた。

「大丈夫ですよ、フィーネ様。こいつ、さっきフィーネ様を迎えに行くまでの間も、ずっとビックス殿に扱かれてましたから」

「ユークッ……」

「いいじゃないか、ライル。……それで、最後にはビックス殿も満足そうに頷いてくれたんですよ。だから、フィーネ様は気を楽にしてライルに身を任せてください」

「分かりました。いざとなったら私がライル様をリードします！」

フィーネは意気込んでそう言ったのだが、ライルは「……そんなことをされたら、俺の面子が」とぼやき、それに対してユークが「じゃあ、そうならないように必死で頑張れよ」と応援していた。

リゼッタとユークをその場に残し、フィーネはライルの手を取った。皆の注目を集めながら、ダンスフロアへ向かう。

（ライル様に恥を掻かせないようにしないと）

楽団が次の曲を奏で始め、ライルの腕がフィーネの腰に回る。そのまま、力強く体を抱き寄せられた。

――ローレナの誕生会では、ローレナがライルと一緒に踊った。

ローレナは見事な体つきだったので、普通に踊っているだけでも胸をライルに押しつけることができていた。

だがフィーネはそこまで自分の胸に自信がない。

（せめて、もうちょっと高さがあれば……）

詰め物をするのは虚しいので、やめておいた。その分胸のボリュームが欠け、体を反らせてもローレナのような芸当をすることはできない。

「……フィー、もっと俺に身を預けて」

くく、と低く笑うライル。そのまま彼は回転しながらフィーネを抱き寄せた。普通、これほど密着する必要はない。当然、フィーネの胸がライルの固い胸板に押しつけられる形になり、フィーネはひっ、と小さく悲鳴を上げる。音楽のおかげで周りには聞こえなかっただろうが、ライルはまたしても低く笑った。その声が艶めいていて、頬に熱が集まっていくのが分かる。

「……こうしていれば、不安に思うこともないだろう？」

耳元でしっとりと囁かれて、フィーネは愕然とした。

（バレてた！）

色々な理由で顔を真っ赤にするフィーネをよそに、ライルは涼しい顔でターンを決める。サンクセリア風のダンスは踊りにくいはずなのに、運動神経が良いからなのか、それともビックスの指導のたまものか、ライルは手本通りの美しいダンスを披露している。

結局フィーネはダンスの間、ライルに抱き寄せられたり耳元で「可愛い」「顔真っ赤」と囁かれたりするたびに赤面することになるのだった。

「ライル様ったら、どうしてダンス中にあんなことをおっしゃるんですか⁉」

「俺は思ったことを口にしただけだ」

「そっ……それにしても、時と場合を選んでくださいっ」

「なぜだ？　周りの者たちはダンスに集中していたし、別にいいだろう」

　ダンスを終えてソファに戻ったフィーネは、夫に先ほどのことを抗議したのだが、ライルはどこ吹く風だ。

「だって……恥ずかしいです」

「恥ずかしがるフィーも可愛い」

「もうっ、ライル様！」

「……あのー、ちょっとお邪魔してもいいですかねぇ？」

　ぺしっとフィーネがライルの肩を叩いた時、おずおずとユークが切り出した。それまではどこか達観した顔でフィーネたちのやり取りを見守っていた彼は、手に銀色のトレイを持っている。

「これ、さっきサンクセリアの侍従から受け取ったカードだ。一つは陛下からライルに、もう一つは王妃陛下からフィーネ様に」

「両陛下が俺たちに？」

フィーネはライルと顔を見合わせた。

頷（うなず）いたユークが片方のカードをリゼッタに渡し、リゼッタはそれをフィーネに差し出した。

「中はわたくしとユークで確認しております。どうぞ」

「ありがとう」

礼を言ったフィーネがカードを開くと、そこには、シャルロットが侍女に命じて書かせたらしきメッセージが記（しる）されていた。

要約すれば、夜会の後で女同士、ゆっくり話をしようとのことだった。

（ということは、ライル様の方は……）

ライルも同じことを思ったらしく、無言でカードを見せてきた。やはりそこには、『奥さん抜きでゆっくり話でもしようよ』という旨の、ヴィルヘルムからのメッセージが記（しる）されている。

（シャルロット様は分かるけど、ヴィルヘルム様もライル様を呼ぶのね……）

旧知の仲であるフィーネとシャルロットとは違い、ライルとヴィルヘルムは特に親しい間柄でもない。まさか二人の間で喧嘩が勃発（ぼっぱつ）するとは思えないが、かつては連合軍とエルデそれぞれの指揮官として軍をぶつけ合った関係である。

「……私はお受けしますが、ライル様はいかがなさいますか？」

「ヴィルヘルム陛下からのお誘いを無下にはできない。もちろん行かせてもらう」

そうはっきりと答えたライルはフィーネを見て、口の端にほんのりと笑みを浮かべた。

「大丈夫。男性の護衛なら付けてもいいとのことなのでビックスとユークを連れていくし、これこそオスカー陛下のおっしゃった『外交』になるんだろう。きっとヴィルヘルム陛下は、俺の出方を探ってこられるだろうな」

「……きっとそうですね」

ヴィルヘルムは基本的ににこやかで愛想も良いが、考え方はなかなかえげつなくて容赦がない。利用価値があると思えばとことん利用し、敵だと判断すれば完膚無きまでに叩きのめす。

ライルの出方次第では、今後のエルデとの関わり方を変えるつもりかもしれない。それが良い方に変わるのか悪い方に変わるのかは、ライルの手際とヴィルヘルムのその時の気分次第である。

（お若い頃から色々容赦ない方だったけど、いきなりライル様に何かするってことは、ないわよね……）

ヴィルヘルムの本性を知っているだけに、フィーネはなかなか割り切ることができなかった。そんなフィーネを、ライルは静かな眼差しで見つめてくる。

「……フィー、決してエルデにとって不利になるような展開にはしない。オスカー陛下も、全てを俺に託してくださった。それだけの覚悟は背負っている」

「ライル様……」

「それに、ヴィルヘルム王について知る良い機会だ。俺も俺なりに楽しんでこよう」

すっぱり言い切ったライルを、フィーネは目を瞬かせて見つめた。

(そうだ、私がしっかりしていないと。これから頑張らないといけないのはライル様の方なんだから)

そわそわして逆に夫に気遣われるなんて、妻失格だ。夫が頑張るというのなら、その背を押して励まさねばならないのに。

フィーネはしゃんと背筋を伸ばし、頷いてみせた。

「……分かりました。ライル様、よろしくお願いします」

「ああ。エルデのため、あなたのため、頑張ってくる」

そうしてライルは、黙って指示を待っていたユークとリゼッタを見やる。

「カード、確かに受け取った。両陛下に、諾のお返事を」

「かしこまりました」

ライルが重々しく告げると、二人は揃って頭を垂れた。


夜会終了後、フィーネたちはいったん客室へ戻った。ヴィルヘルムたちの準備が整い次第、それぞれ迎えを寄こすとのことだったからだ。

そうして先にシャルロットの使いが来たため、フィーネはライルに別れを告げて、リゼッタと共に部屋を出た。

王妃の自室の場所もフィーネはもちろん知っているのだが、これも外交の一環ととらえ、大人しく侍女の後を付いていく。フィーネとリゼッタの周りに控える騎士も、全て女性だ。シャルロットは自身が女騎士だっただけあり、優秀な女騎士を集めて王妃親衛隊を作り上げていた。フィーネがいない間にも、親衛隊の規模は膨らんでいた模様だ。

「フィーネ！　よく来てくれたわ！」

「王妃様！　お体に悪うございますので、落ち着いてくださいませ！」

フィーネが王妃の部屋に入るなり、王妃の歓声と侍女の悲鳴が上がる。

見ると、部屋の奥に据えられたソファからシャルロットが身を起こそうとしていた。

周りにいた侍女たちが慌ててシャルロットを止め、フィーネをソファまで案内してくれる。

シャルロットの部屋は、王妃の部屋にしては簡素で色合いも落ち着いていた。元々寒色系が好きらしく、調度品や壁紙、カーテンなども落ち着いた青や灰色、白やベージュでまとめられている。シャルロットの座るふかふかのソファも、彼女の髪色のような青みがかった銀色の生地だった。なんという素材なのだろうか。

シャルロットはフィーネが連れてきたリゼッタを見ると、「フィーの侍女ね。ようこそ。あなたもそこに座って」と命じた。リゼッタは命令を受けても戸惑っていたが、傍らにいた女騎士に腕を取られ、半ば引きずられるように座らされていた。彼女の座るソファもふわふわの飾りが付いており、転がるように座ったリゼッタの体が半分以上沈み込む。フィーネは思わず笑ってしまい、リゼッタは真っ赤になって座り直した。

「久しぶりね、フィーネ。あちらでは元気にやっている?」

心から楽しそうに問うてくるシャルロットは、王妃や妊婦としての顔とは違う、十七歳の可憐な女性の顔を見せていた。そんな親友の姿を見て肩に籠もっていた力が抜け、フィーネも柔らかく微笑んだ。

「もちろんです。オスカー陛下をはじめとして、エルデの方々には大変よくしていただいています」

「それは何よりだわ。陛下もわたくしも、あなたがエルデで困っていないか気になっていたのよ」

そう言って眉を下げるシャルロットは昔から、非常に素直な少女だった。喜怒哀楽がはっきりしており、表情もころころと変わる。貴族の娘らしくない態度と言えるだろうが、そんな飾り気のない性格がフィーネも好きだった。

フィーネは侍女が差し出したフルーツジュースを啜った。同じようなものはエルデでも飲んでいたのに、僅かな味の違いがなんとも懐かしい。

「今回のご縁を結んでいただいたシャルロット様には、なんとお礼を申し上げてよいか――」

「待って、フィーネ」

フィーネの言葉を切り、シャルロットが片手を上げた。

「せっかくだもの。あなたの連れてきた侍女も口が堅いだろうし、今くらいは昔のように呼んでくれない？」

「ええと……もしかして、あの頃みたいにですか……？」

「そう。もうヴィル以外、呼んでくれる人もいなくなっちゃったから。今くらいは」

シャルロットはそう言って、うるうるした紫の目をフィーネに向けてくる。

……正直、フィーネはシャルロットのこの眼差しに弱い。

「お願い」と懇願されると、否とは言えないのだ。

フィーネは嘆息し、自分の侍女を振り返った。

「リゼッタ。このことは、他言無用で。私の許可がない限りは、ライル様やユークにも口外しないこと」

「かしこまりました、フィーネ様」

忠実な侍女は即答する。そしてすぐに、ふかふかソファに埋もれる彫像に戻った。

フィーネはシャルロットに向き直る。

「……久しぶり。ただいま、シャロン」

――フィーネがそう言った瞬間。

じわりとシャルロットの目が潤み、頬の丸みを伝って透明な雫が垂れた。

シャルロットは侍女から受け取ったハンカチで目元を拭い、フィーネに向かって泣き笑いの表情を浮かべた。

「ええ……お帰り、フィー」

その瞬間。『サンクセリア王妃』と『ナルディ伯爵夫人』は時を遡り、『亡命する娘たち』に戻っていた。

とても懐かしくて、温かい気持ちだった。

＊　＊　＊

ゆらゆらと、ランプの炎が揺れる。

ヴィルヘルムはデスクに頬杖をつき、揺らめく炎を見つめていた。

もうじき、ライル・ナルディ将軍がやってくる。

ふっとヴィルヘルムは笑い、長い睫毛に縁取られた瞼を閉ざす。

ライルを待つ間、ヴィルヘルムの意識は三年前へと遡っていた。


――三年前の秋、サンクセリアはデューミオン帝国の攻撃を受けて陥落した。

運良く離宮にいたヴィルヘルムは、帝国兵による王族虐殺から逃れることができた。

だがサンクセリア王家唯一の生き残りとなったヴィルヘルムに付けられた供は、高齢の騎士が三人と、これまた高齢の御者が一人、そして年若い娘であるシャルロットとフィーネだけであった。

当時のヴィルヘルムは、良くも悪くも『王子様』だった。ひもじいのは嫌だ。寒いのは嫌だ。痛いのも苦労するのも嫌だとわめき立て、さんざん六人を困らせたものだ。

亡命する七人に十分な金はなく、大人たちは自分たちの食費を削ってでも若い三人を養おうとしてくれた。そんな中、フィーネは年少者三人の中で一番年上であるという責任感からか、自分の食料のほとんどをヴィルヘルムとシャルロットに分け与えた。シャルロットが断ると、それを横からヴィルヘルムがかっさらう。

大人たちは金を稼ぐためにヴィルヘルムたちのもとを離れることが多かったため、三人で夜を明かすこともしょっちゅうだった。

「寒い！　おまえの聖魔法でどうにかしろ！」

「それは……すみません、できません」

「ちっ……この役立たず！」

「ちょっと、いくらなんでも言いすぎですわ！　聖魔法をなんだと思ってますの、このぼんくら王子！」

「シャルロット、貴様！　そんな口をよくも……！」

三人で言い合いになり、最後はシャルロットの拳でヴィルヘルムが黙るという物理的な解決をするのがいつもの流れだった。

そんなヴィルヘルムは、あることをきっかけに、己の考えを改めることになる。

寒い冬の日。今日も今日とて食料と資金調達に向かった騎士たちを待つ夕暮れ時。

「腹が減った。フィーネ、温かいシチューを用意しろ！」

「申し訳ありません、お金に余裕がないので……」

そう言って辛そうに頭(こうべ)を垂れるフィーネを見ていると、ヴィルヘルムは無性に腹が立った。

年上で、従順で、大人しいフィーネ。

ヴィルヘルムの我が儘に文句一つ言わないその姿に、なぜかイライラするのだ。

そして、ヴィルヘルムは苛立(いらだ)つ思いをぶつけるかのように、フィーネに命じた。

「ならばどんな方法でもいいから、金を稼いでこい！」と。

項垂(うなだ)れたフィーネは、寒風吹き付ける屋外に出ていった。やっと行ってくれたかとため息をついたヴィルヘルムは、数分後、外から慌ただしく飛び込んできたシャルロットに猛烈な腹蹴りを食らわされた。

壁まで吹っ飛ぶような蹴りに意識が飛びかけたヴィルヘルムだが、シャルロットはそれだけに留(とど)まらず、ヴィルヘルムの襟(えり)首をぐいと掴み上げてきた。

「何をする、シャルロット！」

「この馬鹿王子！　フィーネを探しに行きますわよ！」

シャルロットが顔を真っ赤にして怒鳴る。なぜそんなことを、と文句を言うと、今度は殴られた。つくづく容赦のない娘である。

だが、シャルロットはまたしてもヴィルヘルムを掴み上げると、眦に涙を浮かべて言ったのだ。

「あなたがあんなことを言うから！　きっとフィーネは体を売りに行ったのよ！」

シャルロットが告げた真実は、蹴りよりも張り手よりも、ヴィルヘルムに衝撃を与えた。確かに彼はフィーネに『金を稼いでこい』と言った。だが温室育ちの彼は、金を稼ぐ方法がどういうものであるのか全く思いつかなかったのだ。

「体……な、なんで？　聖魔法でも披露すれば――」

「そんなの人前でやれば、誘拐されるに決まっているでしょう、このあんぽんたん！」

涙まみれのシャルロットに怒鳴られ、ようやくヴィルヘルムは事の重大性に気づいた。

彼は血相を変え、その場を飛び出した。荒廃した町をかけずり回り、声が嗄れるまでフィーネの名を呼び、空腹を訴える体に鞭打ち――そしてついに、町角で今にも男に服を剥ぎ取られそうになっていたフィーネを発見した。

ヴィルヘルムは腰に下げていた剣へ手を伸ばす。今まで一度も使ったことのなかった、サンクセリア王家に伝わる剣。それを躊躇いなく抜き——気づいた時には、フィーネを買おうとしていた男は血を流して絶命していた。

ヴィルヘルムは、その時初めて人を殺した。それも、敵対した者だとか帝国兵だとか、そういう相手ではない。男は、フィーネと交渉の上、彼女を買おうとしただけなのに。

その場に頽れてがたがた震えるフィーネの体を、ヴィルヘルムはしかと抱きしめた。遅れてやってきたシャルロットも、ぼろぼろ泣きながらフィーネに抱きつく。

ごめん、ごめん、と何度もフィーネに謝った。謝っても仕方がないと分かっていたけれど、何度も謝罪の言葉を繰り返す。

——その日から、ヴィルヘルムは変わった。否、変わるように努力した。

まず、使用人たちに己を『ヴィルヘルム様』と呼ばせないようにした。自分は、『ヴィル』。ただの貧乏な旅人。一緒にいるのは、お供の『シャロン』と『フィー』。家族を失った、無身分の若者たちである。

ヴィルヘルムは自ら働きに出た。日雇いの仕事を探し、女性であるフィーネとシャルロットには専ら拠点で待っていてもらう。大人たちの体調が悪い日にはやはり小屋で待ってもらい、彼らの分も稼ぎに行った。

騎士や御者たちも、ヴィルヘルムの変化には驚いていた。だが何も言わず、彼らはヴィルヘルムを見守ってくれた。

そんな生活を続け、ヴィルヘルムは少しずつ、祖国奪還の計画を立てた。各地で有志を募り、鍛練を重ね、連合軍を設立する。打ち倒した敵は極力生かし、『戦後、連合軍が勝利した際には必ず同盟を結び、助け合う』などといった提案をし、連合軍に引き入れる。

「シャルロット、約束しよう」

いつしかシャルロットと恋仲になったヴィルヘルムは、神妙な顔で恋人に告げた。

「こうして連合軍を立ち上げることができたのは、フィーネのおかげだ。だから……平和な世の中になった暁には、必ず僕たちでフィーネを幸せにするんだ」

シャルロットは小首を傾げ、目を細めた。

「……異論はないわ。つまるところ、戦後フィーに素敵な結婚相手を連れてくればいいのね」

「僕のお眼鏡に適うような男はそうそういないだろうがな」

ふふんと鼻で笑うヴィルヘルムを見、シャルロットはぽんと手を打った。

「そういえば……ヴィルはご存じかしら？　フィーには好きな人がいるらしくてね」

「何っ⁉　どこのどいつだ⁉」

「この前教えてくれたのよ。実はね――」

――たとえどんな障害があろうと、フィーネを幸せにする。

それがヴィルヘルムにできる、フィーネへの精一杯の恩返し、そして償いだった。


「よくぞ来てくれた、ライル・ナルディ将軍」

ヴィルヘルムは、部屋を訪れたライルを握手で迎えた。

「改めて。君と再会できて嬉しく思うよ、ナルディ将軍」

「こちらこそ。本日はお招きいただきありがとうございます、ヴィルヘルム陛下」

少しだけ強張った声で挨拶をした青年を、ヴィルヘルムはじっくりと観察する。

首筋で結わえた赤茶色の髪に、赤紫の目。顔立ちはなかなか繊細そうだが、その体は細身のヴィルヘルムとは比べものにならないほどがっしりと引き締まっている。エルデ解放戦で、彼を捕らえるためにかなりの苦戦を強いられたことを、ヴィルヘルムはふと思い出した。

侍従が茶を淹れ終えたところで、ヴィルヘルムはさっそく本題を切り出す。

「オスカー王やローレナ王女は元気かな？」

「おかげさまでお変わりなく。……陛下はローレナ様とお会いになったことが？」

「ああ、まあね。彼女、一年ほどうちに留学していただろう。その時私もそちらに視察に行っていたので少し話をしたんだ。なかなかおもしろい王女だな」

その言葉に、ライルはあからさまに嫌そうな顔になった。その変化がおもしろくてヴィルヘルムはくつくつ笑い、侍従が淹れた茶を手で示した。

「私はもう君をどうこうしようとは思っていない。その茶にも毒なんて入れていないから、安心して飲んでくれ」

「もちろんです、いただきます」

ライルは頷き、茶を口に含んだ。彼の背後に控える執事と青年騎士が息を呑む音がしたが、それすら気にしていない。

「とてもおいしいです」

「そうだろう。……君をここで毒殺したって、私にとってなんの得にもならない。むしろフィーネを泣かせることになるだろうからね」

フィーネの名を出すとライルは表情を改めて姿勢を正し、大きな体を折りたたんで頭を垂れた。

「……陛下、この度はすばらしい女性を私のもとに嫁がせてくださり、ありがとうございました」

「どういたしまして。フィーネは君と会いたがっていたから、ちょうど良いと思ったんだよ。その話、聞いた？」

「はい、戦場で治療を受けた時のことですね」

「え？　……ああ、うん。そうそう」

ライルの言葉に、ヴィルヘルムは目を瞬かせてこっそりと嘆息した。

どうやら彼は、十年前の出逢いのことは覚えていないようだ。だが、それでもこうしてお礼を述べるほど妻を愛しているのであれば、そんなことも些事であろう。

「まあ、あれこれ言い訳して君のもとにお嫁に行かせてよかったよ。……それで、いつ？」

「いつ、とは？」

「いつ頃、君たち夫婦の間に愛の結晶ができそう？」

何気なく問うた瞬間。

ライルの護衛騎士がぶはっとむせ、執事の片眉がほんの少し跳ね上がる。

ライルはヴィルヘルムの言葉に硬直してしまったようで、カップを口元に運んだ姿勢のまま機能停止していた。その頬がじわじわと赤く染まっていく。

これは、おもしろい。ローレナ以上におもしろいかもしれないと、ヴィルヘルムはにやりと笑う。

「……はい？」

「子どもだよ子ども。あ、先に言っておくけれど、フィーネはもうエルデの人間だから、これは君たち夫婦の問題だし、エルデ側の都合でもある。作らない選択をしたからといって、侵略戦争を仕掛けたりはしないから、安心して」

にやにや笑いながらヴィルヘルムが言うと、ライルはゆっくりカップを下ろした。彼の背後に控える騎士と執事が、無言で主にエールを送っているのが分かる。

ライルに反撃の隙を与えず、ヴィルヘルムはさらなる追撃を放った。

「シャルロットとも話しているんだけど、もし我々と君たちがそれぞれ子だくさんだったなら、是非縁組みを申し出たいんだ。一番妥当な案は、うちに娘が生まれたら君の息子に嫁がせることかな。我ながら名案だと思うんだけど、どう？」

「……その、ヴィルヘルム陛下のお気持ちは大変有難いのですが――」

「えっ、ああ、そうか……そういうのもまだなんだね」

「……まだ何も申し上げておりませんが」

「いや、だいたいそんな感じだろうとは思っていた。……そうか。君は我慢強いのだな」

「そういうわけでは……」

「もしくは、君はそういう行為に興味がないとか？」

「興味あります！　あ、いえ、かといって妻の望まぬことはしたくないので……」

エルデの英雄も、ヴィルヘルムの前ではたじたじである。

ますます興味を覚え、ヴィルヘルムはテーブルに身を乗り出した。

「それじゃあもしフィーネが、『しばらくの間はお友だちのような間柄でいたいのです』と言っていたら？」

「耐えます」

「『子どもはそれほど望まないので、ずっと清い関係でいましょうね』と言っていたら？」

「……耐えます」

「やるね」

「妻が思うままに生きることが、私の幸せでもありますので」

きりっと表情を引き締めてそう宣言する将軍。見た目のわりに健気（けなげ）なその様子に、さんざん彼を茶化したヴィルヘルムも涙しそうになった。

「気に入ったよ、君。フィーネが好きになるだけある。君は本当に良い男だ」

「恐縮です」

「……フィーネを君のもとに送って、本当に良かった」

ヴィルヘルムは呟（つぶや）く。

それは、彼の紛れもない本音だった。

＊＊＊

フィーネはシャルロットにそっと手を伸ばした。指先がドレスの布地に触れる。布越しに体温を感じた。

そこから『治療の手』を伸ばすと確かに、シャルロットの腹部にもう一つの命の気配を感じた。聖魔法は、こういうことを調べるのにも使えるのだ。

黙って診察しているフィーネに、シャルロットが小首を傾げて問う。

「……どう？」

「まだ、それほど目立っていないわね」

「そうね、お医者様には妊娠四ヶ月ほどだと言われたわ。お腹の膨らみ方は人によるそうだけれど、最近ちょっと張ってきた気がするの」

シャルロットがゆったりと笑う。その顔は少女の面差しから、既に母親のそれへと移り変わってきていた。

フィーネは触れた手の平を滑らせる。

まだそれほど膨らんでいないシャルロットの腹部。

ここに、サンクセリア王家の血を継ぐ命が息づいているのだ。

「……なんだか不思議な気持ち。シャロンがお母さんになって、ヴィルがお父さんになるなんて」

フィーネが感慨深く呟くと、「それはわたくしも同じよ」とシャルロットは笑う。

「……かつて敵兵を大勢斬り殺したわたくしが王妃となり、母親となる。……わたくしの手が血に濡れていることを、この子は許してくれるかしら」

「シャロン、あなたやヴィルが敵を殺してでも生き残ったことには意味があるわ。連合軍が奪った命に償いをするためにも、シャロンは誰よりもすばらしい母親になればいいのよ」

「……そうやってフィーに叱咤激励されるのも、久しぶりね」

シャルロットの手がフィーネの手の上に重なった。彼女のそれはフィーネよりも大きくて、ゴツゴツしている。ヴィルヘルムのために剣を振るった証だ。

シャルロットは目を伏せて何か考えているようだったが、しばらくすると「フィー」と優しい声で呼んできた。

「フィーは、子どもが欲しい？」

「えっ」

ぴくり、とフィーネの指先が震える。

子ども。

（私とライル様の、子ども）

明らかに動揺してしまったフィーネを見つめ、シャルロットは長い睫毛を瞬かせた。

「……フィー、旦那様は優しい？」

「っ……ええ。とても優しくて、いつでも私のことを気遣ってくれているわ」

「旦那様に身を委ねるのは、不安？」

柔らかい口調でシャルロットに問われ、フィーネの胸がつきん、と小さな針が刺さったかのように痛む。

（……見抜かれてしまったわね）

フィーネは視線を落とした。テーブルに置かれたカップの水面には、自分の顔が揺らめいて映っている。

「……情けない話だけれど、今のままでも満足している自分がいて」

「まあ」

「周りの人も、せっついてきたりしないわ。オスカー陛下も、屋敷の皆も、ライル様も。

でももしライル様が子どもを望まれるのだったら――」

「あら、旦那様に従うだけなんてだめよ。十年後、二十年後のフィーはどうしてる？　フィーの周りには、誰がいる？」

「えっ……」

シャルロットに問われ、フィーネは想像してみた。

十年後なら、フィーネは三十歳近くで、ライルは三十代半ば。周りにはリゼッタやユーク、ビックスたちがいて、ライルはきっと今と変わることのない優しい笑みをフィーネに向けてくれていて。

そして、フィーネとライルの側には――

かあっとフィーネの顔が熱を持ち、両手を頬に当てて唸ってしまう。

(子ども……いたら、とっても楽しいだろうな)

男の子か女の子か。ライルに似るか自分に似るのか。聖魔道士の素質を持っているのか、騎士の素質があるのか、それとも全く別の才能を持っているのか。

「その……子どもがいたら、もっと毎日が楽しくなるかも」

「素直になれたわね。良いことよ、フィー。……それでも、不安なのね」

「……はい」

吹っ切れたフィーネは頷いた。側にはシャルロットと口の堅いリゼッタ、そして気配を消したシャルロットの護衛しかいない。安心できる空間ということで、フィーネの心を締め付けていた鍵が外れてきているようだ。

ちびちびとカップの中のジュースを啜るフィーネを見ていたシャルロットは、やがてぱん、と手を打った。

「よし、恥ずかしがり屋なフィーにわたくしから贈り物よ」

「……え？　あ、ありがとうございます？」

突然のことで声が裏返ってしまった。

シャルロットはソファに座ったまま、傍らに控えていた侍女たちに何かを命じる。「あれと、あとあのセットを持ってきて」と、フィーネには分からない指示を受けた侍女たちは、続き部屋の方に向かっていった。指示語だけでよくシャルロットの意図が分かったものだ。

「フィー、あなたは昔から我慢しすぎよ。というより、わたくしやヴィルが我慢をさせてしまったのね。でもここは大胆に、妻であるあなたの方から押していくべきだと思うわ」

「押す……？」

「そう思わない？　フィーの侍女さん」

「はい、わたくしもそう思います」

「リゼッタ、なんのこと――」

「お待たせしました、シャルロット様、フィーネ様」

言葉の途中で侍女たちが戻ってきた。

彼女らは腕にいくつかの箱を持っている。大きさはどれも両腕に載る程度で、平べったい形をしていた。侍女一人が三、四箱抱えているところから考えて、重さはそれほどでもなさそうだ。

あっという間にテーブルからティーセットが取り除かれ、代わりに色とりどりの箱で埋め尽くされた。

「わたくしのものを仕立てた時のサンプルを取っておいたの。……さあ、リゼッタさんだったかしら。あなたもこっちに来て一緒に選びましょう」

「あの、シャルロット様。これって一体……？」

シャルロットたちのノリについていけないフィーネは、おずおずと問うた。

だがシャルロットの返答を待つより、侍女たちが開いた箱の中身を見る方が早かった。

そこには、色とりどりの布地が収められていた。ピンクや白、妖艶（ようえん）な紫やシックな黒と、様々な布地が溢（あふ）れかえっている。

どれもこれも美しい布である。だが、その形は——

「……これは、下着？」

「正解よ。さ、ここからフィーに似合いそうなものを見繕いましょう。丈なんかはすぐにうちのお針子が直してくれるわ」

シャルロットは意気揚々と言うが、一方のフィーネは顎をカクンと落とし、並べられた下着の数々に目をやった。

（これって、前にシャルロット様が見せてくれた『必殺下着』ってやつじゃ……）

サンクセリア女性の下着といえば、シュミーズとドロワーズが主流だ。それらの上にコルセットを巻いて胸と腰のラインを整え、ドレスを着るのである。

箱の中には色の揃ったシュミーズとドロワーズが収まっていた。そこまではまだ良かったのだが……

手近にあったシュミーズを持ち上げてみたが、レースのように向こう側が透けて見える。セットになっているドロワーズも似たような作りで、しかも肌を覆う面積が異様に狭い。

（これ、着ている意味があるの……!?）

ぽかんとするフィーネの脇では、シャルロットとその侍女たち、そしてリゼッタまでもが目の色を変えて下着を物色していた。

「フィーに似合うのはやっぱり清楚な白かしら。黒だと押しが強すぎて、浮いてしまうかもしれないわ」

「わたくしもそう思います、シャルロット様。……この、胸元にリボンがあるデザインはいかがでしょうか。ここをこう解けば――」

「肩から全部脱げてしまうのね！　すばらしいわ！」

「フィーネ様は、妖艶系より可愛らしい系の方がお似合いになるでしょう」

「そうね、それじゃあそっちのも持ってきて……」

シャルロットの指示で、フィーネの目の前を下着が飛び交う。どれもこれも例外なくスケスケだ。こんな着ているのか着ていないのか分からないようなものを着るくらいならば、いっそ裸の方が健全なのではとフィーネは思った。

（だって、あれを私が着るんでしょ……）

想像してみる。

夜、屋敷のベッドでライルの訪れを待つフィーネ。着ているのは胸元のリボンが可愛らしいスケスケのシュミーズに、ほとんど肌を隠していないドロワーズ。

ベッドにしどけなく座るフィーネを見たライルは目を見開き、つかつかと歩み寄っ

て──

『そんな格好では風邪を引いてしまう！　早く上着を着るんだ！』

（あ、あり得そう……）

自分で勝手に想像しておきながら、落ち込んでしまった。

（いや、でももしライル様が私に触れたいと思ってくださるようになるなら……）

試してみる価値は、あるのかもしれない。

フィーネはこくっと唾を呑んだ。今の今まで握りしめたままだったスケスケ下着セットを箱に戻し、シャルロットをまっすぐ見据える。

「……シャルロット様！」

「そっちよりもこっちの方が……うん、どうしたのフィー？」

「……ライル様をドキドキさせられるような下着、見繕って（みつくろ）ください！」

言った。言えた。言い切った。

（ライル様、私はちゃんと自分の意見を言えました！）

妙な満足感を胸に、フィーネはほうっと深い息をつく。なんだか、とてつもない偉業を成し遂げた気分だ。手柄を立てた騎士の気持ちとは、こんな感じなのだろうか。

フィーネは一人満足感に浸っていたが、その瞬間、部屋は水を打ったように静かになった。

あちこち飛び回っていた侍女たちはこちらを凝視し、リゼッタは目を見開いて口を微かに開いた。シャルロットはぱちくりと目を瞬いた後、じわじわと顔に笑みを浮かべていく。

「ふ、ふふ……そうよ、そうこなくっちゃ！　こうなったらわたくしの秘蔵の品を見せないとね！」

「ひ、秘蔵とは？」

「こっちが『悩殺下着』。これは『抹殺下着』に、これが『瞬殺下着』よ！」

シャルロットがどこからともなく引っ張り出した下着の数々。どれもこれも物騒な名前なのが少し気になったが、だんだんどうでもよくなってきた。

（そう、シャルロット様の言う通り。私の方からライル様に歩み寄っていかないと！）

気合を入れたフィーネは、下着の山へと身を乗り出したのだった。

結局、ライルとフィーネが解放されたのは、深夜過ぎだった。お互い色々と思うところはあるが、何しろ今日は疲れた。どちらも寝仕度を整えると、ベッドに入るなり眠りについてしまった。

翌朝は、客室の居間で朝食を摂(と)る。食事は王城の使用人たちがワゴンに載せて運んできて、リゼッタやビックスたちが給仕をしてくれた。

「昨日はシャルロット王妃たちとのんびり話ができたようだな」

ライルにさりげなく問われ、フィーネは思わずパンを取り落としそうになった。

(話……確かにできたけど)

結局昨夜は大論争の末、下着セットを三つほど譲ってもらうことになった。フィーネが着るには若干裾(すそ)が長いそれを、フィーネたちが出発するまでには針子が直して荷物に入れてくれるそうだ。もちろん、ライルには内緒である。

正面にいる夫の爽(さわ)やかな笑顔を見ていると、昨夜下着の山に突っ込んでいった自分がとてつもなく破廉恥(はれんち)で、はしたない妻のように思われてきた。

(ライル様たちは、ヴィルヘルム様と真面目なお話をされていたっていうのに、私は下着論争をしていたなんて……)

フィーネは動揺を押し隠し、落ち着いた微笑みを夫に向けた。

「はい。ライル様には申し訳ないのですが、女だけでのお喋(しゃべ)りについ熱中してしまい……」

「いや、時には女性だけで話したいこともあるだろう。俺もヴィルヘルム陛下と有意義な時間を過ごせた」

ライルは静かに微笑み返してそう言ってくれた。

（ライル様、お優しい……スケスケ下着の話で盛り上がっていたのが、本当に申し訳ないわ……）

感動と罪悪感で胸がいっぱいになったフィーネは、知らない。

フィーネたちが下着を漁っているその頃、ライルたちも真面目な話は最初だけで、後は色々はっちゃけてしまったのである。特にヴィルヘルムが、『ゲームで勝った方が奥さんのノロケ話をする』という、彼曰く『サンクセリアに古くから伝わる、既婚者同士の絆を深める儀式』なるものを始めたものだから、さあ大変。

ここで言うゲームとは、ペンを倒してペン先がどちらを向くかを推測するといった単純な賭事なのだが、ライルばかりが勝った結果、ヴィルヘルムがにやにや笑う中、ライルはフィーネのあんなことやこんなことを語らされるはめになったのである。対するヴィルヘルムは恥じらう様子もなく愛妻のノロケを語るものだから、ライル一人が体力と精神を消耗してしまった。

――そういうわけで。

昨夜のことは決して配偶者には言うまいと決意する夫婦は、お互いが似たような時間を送っていたことを知らない。

ただ、それぞれの護衛たちは何か気づくものがあったらしい。

リゼッタがちらと脇を見ると、ビックスやユークと視線がぶつかった。

三人は何も言わず、ただしっかりと頷き合うのだった。

＊＊＊

四日目の朝、フィーネたちは首都を発った。

こっそりお願いしていた例の下着セットも裾直しが完成しており、ライルたち男性陣に気づかれないようにリゼッタが馬車に積んでくれている。

オスカー王からはこれといった外交任務などは託されていなかったのだが、ライルはヴィルヘルムの印入りの封蝋で閉じられた書簡を持っていた。聞いてみると、『オスカー陛下にと、親書を受け取った』らしい。ライルもヴィルヘルムに気に入られたようで一安心だ。

ヴィルヘルムやシャルロットに別れを告げた時、シャルロットは『出産の際には一番に連絡する』と約束してくれた。どんな子が生まれるのか、フィーネも楽しみだ。

そんなフィーネは、帰り道を検討するライルやユークたちに一つお願いをしてみた。

「……フィーの生まれ故郷、か」

フィーネは膝の上で拳を固め、頷いた。

「ライル様のことを報告したいのです。その……両親に」

「フィー……」

「両親の墓は町の外れの丘にあります。戦後もなんだかんだと忙しくて、きちんと報告ができていなかったので。難しいようなら遠くから眺めるだけでもいいので、お墓参りに行きたいのです」

「それなら、俺は全く問題ない。……ビックス、ユーク。路程はどうだ」

ライルは地図を広げて路程を確認していた二人に問う。

フィーネがだいたいの場所を指で示すと、帰国までのルートを辿っていたユークが頷いた。

「この辺なら、この馬車道をちょっと迂回するだけで立ち寄れそうですね。道も最低限の舗装はされているようなので、時間を取られることもないでしょう。……ビックス殿、どうだろうか？」

「そうですな。ここに寄ると四日目の宿泊地に到着する時間がやや遅くなりそうですが、五日目の出発を早めるならば、日が暮れるまでには帰国できるでしょう」

「分かった。では四日目のルートを変更し、五日目朝の出発時間を早めるということで、皆にも伝えてくれ」

「お願いします」

ライルの命令を受け、すぐさまユークとビックスが護衛たちに予定変更を告げてくれた。

「……すみません、私の我が儘で」

「いや、俺もあなたの両親に挨拶に伺うべきだとずっと思っていた。大切なご息女をもらい受けるのだから、顔も見せないのでは、とんだ無礼者と思われても仕方がない」

ライルはきっぱりと断言した。まるでフィーネの両親が生きているかのような口ぶりから彼のさりげない思いやりを感じ、胸が温かくなる。

そうして一行は旅程とルートを変更し、フィーネの生まれ故郷に寄ることになった。

フィーネが十歳になるまで過ごした町は、サンクセリアとエルデの国境沿いにある。

ただ、主要な交易路からは外れているため、往路では近くを通ることもなかった。

交易路から西に逸れてやや狭い馬車道を進むこと、数時間。

「……見えてきました。あの丘の中腹が町の中心部です」

フィーネは窓越しに見える一帯を手で示した。

緩やかな丘の斜面に広がる町並み。サンクセリアやエルデの首都と比べれば、やはり田舎ではあるものの、ここらの地方では大きめな規模の町で、商人たちの中継地点としても活気がある。

「町には寄らなくていいんだな？」

ライルに問われたフィーネは頷き、車窓の窓枠に肘を乗せて景色を遠目に見つめた。

「いいのです。ただでさえ無理を言って寄らせていただいたのですから」

「そうか……分かった。では、さっそく薬草園跡に向かおう」

ライルの号令を受け、馬車が進行方向を変えた。向かうのは丘に広がる町の中心部ではなく、そこから少し外れたところにある平地である。

かつてフィーネはこの地で、怪我を負ったライルを介抱した。そんな出会いの場所に、初恋の人であり、今や夫となった彼と共に向かっている。

馬車はやがて、広々とした草原の手前で停まった。ヴィルヘルムからの贈り物などの警備をするため、馬車にはビックスをはじめとする護衛の大半を残していく。ただ一つ、ヴィルヘルムからオスカー王に宛てた親書だけは、ライルがしっかりと懐に入れていた。

フィーネとライルは、いつも通りリゼッタとユークを伴って草原へと足を進める。

「この辺りに、私と母が所有していた薬草園があったのです」

フィーネは風吹く草原で立ち止まり、そのおおよその位置を手で示した。

今はただの草ぼうぼうの荒地だが、かつてはここに薬草園があった。薬草師である母が管理をし、幼いフィーネも世話をした薬草園である。

「母の死後、私一人では管理しきれなくなったので町の人に譲りました。けれど三年前の帝国襲撃時に、その所有者も帝国兵にここを没収されてしまったそうです」

「……ん？　戦争の被害に遭ったせいで、このような状況になっているのではないのか」

ライルの疑問ももっともだ。占領されたとはいえ、帝国の所領となったのならば、ここまで荒れ放題で放置されているのはおかしいだろう。

フィーネは肩をすくめる。

「……いえ、これは人伝に聞いたのですが――帝国軍はこの薬草園の薬草を利用するつもりで占領したけれど、調合がうまくいかずに劇薬ばかりできてしまったため、腹を立てて火を放ったのだそうです。サンクセリアとデューミオンでは育つ薬草の種類と調合方法、医療で使われる薬草も微妙に違いますから」

「なんてことを……！」

ライルが怒気を孕(はら)んだ声を上げた。

戦火に呑まれたというならまだしも、帝国兵は薬草園を一方的に奪った上に、くだらない理由で癇癪(かんしゃく)を起こして火をつけたのだ。

「……種子や根だけでも残っていれば新たな芽も出ていたかもしれないのですが、よほど腹に据(す)えかねたのか、彼らはご丁寧にここら一帯に枯れ草を撒(ま)いてから火をつけたようです。そのせいで火の勢いが増して何もかも焼き尽くし、二年ほど経(た)った今ではこの有り様になってしまったということでした」

そのまま四人はなだらかな丘を上がる。リゼッタははじめ、勾配(こうばい)に足を取られかけていたが、ユークに手を差し出されるや、ぺしっとその手を払い、その後は危なげなく丘を登っていた。

丘のてっぺんに来ると、初夏の風が四人の頬をくすぐった。

麓(ふもと)には騎士たちと馬車の姿があり、波のように連なった丘の向こうには青白い山脈が見渡せる。

そんな小高い場所に、フィーネの両親の墓はあった。

フィーネとライルの目の前には、白くて丸い石が二つ置かれている。大理石のような立派な石でこそないが、長年の風雨にも負けることなくそこに佇(たたず)む姿には貫禄(かんろく)があった。

ここまで戦火が届かず本当に良かったとフィーネは思う。

フィーネはその場に座り、リゼッタが持ってきてくれたブーケを二つの墓の前にそれぞれ置いた。父の前には白と紫色の花を束ねたものを、母の前には赤やオレンジ、黄色のそれを供える。

「……父さん、母さん。フィーネは戻ってきました」

そよそよと、風が吹く。

悪戯(いたずら)な風がフィーネの旅着の裾(すそ)を持ち上げ、ライルの帽子の羽根飾りを揺らし、丘の向こうへと抜けてゆく。

「報告が遅れてごめんなさい。私、結婚しました。今日は私の旦那様も連れてきています。……エルデ王国の将軍である、ライル様です」

「お初にお目に掛かります、ライル・ナルディです」

フィーネの言葉に合わせて、ライルも名乗り出てくれた。帽子を脱いで胸に当てると、彼はフィーネと同じようにその場に膝を突く。

自分一人の呼びかけで終わらせるつもりだったフィーネは、何も言わなくても一緒に挨拶(あいさつ)をしてくれたライルの姿勢に感動してしまい、目尻がじわりと熱くなる。

「ご息女をあなた方の了承もなくもらい受けてしまい、申し訳ありません。しかし、フィーネは私が一生守り、一生愛します」

思わずフィーネは首を捻って夫を見やった。

ライルは真剣な眼差しで、墓石に向かって語りかけている。

一生守り、一生愛する。

ならば、フィーネの言うべきことは。

「……私も、ライル様を一生支えて、愛します。私はもう、無力な子どもじゃないから……父さんから受け継いだ聖魔法の力と、母さんにもらった薬草師の才能を、エルデのために、この世界のために役立てるから、どうか……見守っていてください」

瞼が震える。胸が熱い。

フィーネは目を閉じ、胸の前でぎゅっと手を握り合わせた。隣のライルも同じ姿勢を取ったらしいことを気配で察する。

(父さん、私は聖魔道士になれました。今では父さんみたいに、たくさんの人を救う日々です。私は生涯をかけて、傷ついた人を癒します。これからはエルデ唯一の聖魔道士として、恥のないようにします)

(母さん、あなたが教えてくれた薬草の知識は、今も私を助けてくれています。何人もの人が、母さん直伝の調合薬で元気になりました。これからも、皆のために頑張ります)

隣にいる、愛しい人と一緒に。

風が、吹いた。

丘の間を吹き抜けていく風の音を耳にしていると、ふと両親の笑い声が聞こえたような気がした。

第6章　迫る影

墓参りを終え、ナルディ伯爵一行は無事エルデへの帰国を果たした。少し休憩した後、ライルは親書を持ち、馬車にサンクセリアの土産を積んで王のもとへと向かう。

「無事に帰ってきたようで何よりだ、ナルディ伯爵」

王の執務室では、オスカー王がいつも通りの柔和な笑みで迎えてくれた。ライルは胸に手を当て、お辞儀をする。

「サンクセリア国王夫妻からは、多くの贈り物をいただいております。既に侍従に運ばせておりますので、陛下も後ほどご確認ください。ヴィルヘルム王の話ですと、今年最初に採れた綿花なども入っているとのことです」

「綿花か。サンクセリアの綿花は非常に質が良いから、有難い。後ほどサンクセリア国王夫妻に向けて礼の手紙をしたためよう」

そうして一通りの報告が終わった後、オスカーはふと表情を改めた。

「……五日後が何の日か、君も知っているな」

「……はい。ローレナ様主催の夜会の開始日ですね」

ライルも神妙な顔で頷く。五日後の夜会はいわゆる、ローレナの婿探しパーティーだ。

彼女の目的は、次期エルデ国王となるにふさわしい貴公子を見つけること。そのために、自国の有力貴族の男子だけでなく、留学中に知り合った他国の貴族や王族も多く招待しているのだ。

しかし、だからといって、男性ばかり集めるのも憚られる。

ローレナに選ばれるのはただ一人で、しかも、その日の夜会で必ず決まるわけではない。彼らを無駄足だったと怒らせないよう、ローレナは夜会に国内の妙齢の令嬢たちも招待していた。男性客の中には王座を望まない者、もしくはローレナに興味を持たない者だっているだろう。ローレナはあらゆる可能性を考え、この夜会を若い男女の出会いの場としてもセッティングすることにしたのだ。

「既に騎士団にも話が行っているだろうが、将軍には当日、会の警備の指揮に当たってもらう。なお、会場内の警備に入ってもらうことはない」

「……ローレナ様のご意向と伺っております」

「ああ。会場に入れる騎士や使用人たちは全て未婚者のみ。既婚者は場外を徹底的に固める。それがローレナの提案だ」

ライルは頷いた。

他国の王子が侍女を見初めるもよし、令嬢が騎士に恋するもよし。何か問題が起きそうになったならばすぐさま飛んでいけるように人員を配置し、誰がどの令嬢を連れて会場を出たかも、全てチェックできる態勢を整えておく必要があった。まかり間違っても男性が若い娘に無礼を働くようなことがあってはならない。

ライルから見て、ローレナは少々面倒くさい娘である。ただ、こうして国民のために積極的に動こうとするところや、柔軟な考えを持っている点は非常に好ましいと思っていた。

当日のライルは警備拠点に留まり、夜会の進行状況や城内の各エリアの経過報告を受けることになっている。ユークが言うには、『おまえみたいなきらきらとした英雄様が廊下をうろついていたら、既婚者だろうとなんだろうと、食われるぞ』とのことだ。

食われる、の意味が具体的にどういうことなのかまでは聞かないでおいた。

＊＊＊

わたくしは、彼のことが好きだった。

強くて、優しくて、厳しい人。

悪いことをしたら、叱られた。良いことをしたら、褒めてくれた。

わたくしを王女ではなく一人の女として扱ってくれる彼のことが、誰よりも好きだった。

――時は流れ、祖国は敵国の前に崩壊し、わたくしは彼と離された。戦いが終わった後も、ろくに話もできないまま、気がつけば、彼の隣にはあなたが立っていた。

幼い頃、わたくしが立ちたいと思っていた場所に、あなたがいる。

あなたは、幸せそうに彼に寄り添っていた。

そんなあなたたちを見て……わたくしに、何ができるというの？

覚えていなさいませ。

わたくしは必ず、あなたに――

――夜。

ガラス戸が音もなく開き、部屋の中から真っ白なローブを纏った娘が現れた。

艶やかな栗毛は豊かに波打ち、彼女が歩くたびにふわふわと霞のように揺れている。深い青色をした切れ長の目は、今は夕闇に染まり、群青色に輝いていた。

エルデ王国王女ローレナは後ろ手に戸を閉め、長い裾を引きずりながらベランダの縁まで進む。そこからは、暗い闇に沈んだ中庭と、たいまつの炎が宿る城門前の馬車道を見下ろすことができた。

目線を上げると、うねる馬車道の麓に広がる城下町が一望できる。眠れない夜は、こうして夜の城下町を眺めるのがローレナは好きだった。少しずつ活気が戻りつつある自国を見ていると、心も穏やかになってくる。

終戦直後の夜、同じようにここから城下町を見下ろした時は、明かりはほとんど見られなかった。ランプのオイルが不足していたため、誰もが日が昇るまで休むしかなかったのだ。

それが今は、あちこちに生命の証のような炎が灯っている。きっと酒場などでは一日の疲れを癒すべく、市民たちが思い思いの時間を過ごしているのだろう。ローレナはまだそういう場所に行ったことはないが、護衛の騎士たちが教えてくれたのだ。

サンクセリアからの支援を受けて、エルデは蘇（よみがえ）った。城下町が昔のような賑わいを取り戻すまで、あと数年もかからないだろう。

ローレナがふっと微笑んだその時、ざわり――と風が吹いた。

瞬間、風を切る音が耳朶（じだ）を刺激し、ローレナははっとして背後を振り返った。ベランダの壁に細身の矢が突き刺さり、夜風を受けた矢羽根（やばね）が振動している。

ローレナは眉根を寄せて室内に戻ろうとして――その矢に括（くく）り付けられている紙に目を留めた。

彼女は躊躇（ためら）うことなくその紙を外し、室内に戻ってからこっそりと広げる。

――薄暗い寝室で、ローレナの青い目が見開かれた。

＊　＊　＊

非常に気持ちの良い朝である。

「行ってらっしゃいませ、ライル様」

「ああ、フィーも仕事を頑張れ。ただし、無理はしないように」

「ライル様こそ」

ナルディ家の玄関で、若い夫妻が熱烈な抱擁を交わしていた。普通に向かい合うのでは身長が合わないためか夫が妻を抱き上げており、その顔が徐々に妻へと迫っていく。

「今日もフィーは可愛い」

「あ、朝から何を――んっ」

「ごちそうさま。……それじゃあ、行ってくる」

妻の唇を堪能した夫はぺろりと自分の唇を舐め、顔からほかほか蒸気を上げる妻を下ろして颯爽と玄関を後にする。

夫が馬車に乗り込んだのを確認すると、妻は頬に手を当てて、はあっと艶かしいため息をついた。

「……朝からいやらしい気持ちになっちゃいそう」

「それ、旦那様に直接言って差し上げてください。きっと大興奮なさいますよ」

フィーネの呟きに、リゼッタが冷静に返す。

玄関のドアを閉めた彼女は、やれやれとばかりに背後を見やった。

「旦那様、最近フィーネ様への溺愛っぷりが加速してますからね」

「……うん、でも――」

フィーネはぽつんと、「……必殺下着」と呟いた。フィーネの言わんとすることを察し、リゼッタは遠い目になる。

サンクセリア王妃シャルロットから譲ってもらった、あのきわどい下着セット三着。羞恥心はいまだ拭い去れないけれども、屋敷に戻ったら寝る前にこれを着てライルを誘惑しよう――フィーネは先日、そんな作戦をシャルロットやリゼッタ、サンクセリアの侍女たちと一緒に練っていた。

だが、しかし。

いざそれを実行しようと思った日、フィーネに月のものが来てしまったのだ。

というわけで、あのスケスケ下着の出番はもう少し先。今はクローゼットの奥に隠されている。

「フィーネ様、落ち込むことはございませんよ。いずれ旦那様がフィーネ様を可愛がってくださる日に備えて、このリゼッタと共にお肌をしっかり磨いておきましょう！」

「……う、うん。そうね。この自慢の太ももを、さらにもちもちにするわよ！」

「承知しました、フィーネ様！」

伯爵夫人と専属侍女は、朝から元気いっぱいであった。

本日のフィーネの勤務場所は、久しぶりの城下町である。フィーネがサンクセリアへ行っている間、市民たちの治療は全てヨシュアに任せきりにしていたから、そろそろフィーネ特製の薬が足りなくなってきているはずだ。

馬車に新しい薬をたっぷりと積み、制服代わりに着付けたシンプルなドレス姿で王城へ。そこでヨシュアと合流し、共に城下町へ向かう。

「お久しぶりですね、フィーネ様。サンクセリアの旅はいかがでしたか」

馬車の中でヨシュアに問われたフィーネは、笑顔で頷く。

「はい、懐かしい気持ちでいっぱいでした。私の後継者になった子が結婚していたりと、嬉しい知らせもあったのですよ」

「ほう、それはめでたいことですな」

ヨシュアもそう言って笑い返した。

今日は怪我の治療よりも薬の補充に来る患者が多かったため、フィーネは現在、マットを敷いた床に座り込んで薬の調合をしている。

屋敷の薬草調合室から持ってきたセットも広げており、あちこちからくつくつと湯気が立ち上っていた。

ガラス瓶には紫や白、青や透明の液体がきらきらと光っている。そのため目を輝かせて瓶に手を伸ばす子どももいて、慌てて騎士に止められるという一幕もあった。

「こちらは、夜寝る前に患部に塗布してください。塗った直後は冷感と軽い刺激がありますが、数秒もすればすぐに収まります。その後、じわじわと温かくなってきたら効いている証拠です。起床後は一度水で洗い落としてから、改めてこちらの薬を塗ってください。少し肌が黄色っぽくなりますが、すぐに戻りますよ」

フィーネは床に座り込んだまま、患者の症状に合わせて次々と薬を提供していく。あちこち移動するのは時間の無駄なので、そういう時はリゼッタやユーク、騎士たちを遠慮なく足代わりにさせてもらった。診察室は盛況のため、移動する時間も惜しいのだ。

「こちらは塗布する直前にこの薬と混ぜてください。時間が経つと匂いがなくなって、効果も薄れてしまいます。そういうわけで、薬を保管する際は蓋をきっちり閉めてくださいね」

「フィーネ様、嘔吐の症状がある場合はこの薬でよろしいですな？」

「少々お待ちください。……リゼッタ、今ヨシュア殿が手当てをしている方にこの瓶を差し上げて」

「かしこまりました」

患者が全て捌けた頃には、フィーネの周りには空っぽになったガラス瓶と使用済みのまま脇に置かれた調合用の皿やフラスコ、調合に失敗した液体を入れておいたバケツなどが転がっていた。

片づけの大半を騎士たちに任せたフィーネは、手を洗った後、リゼッタが準備してくれた冷たい果実ジュースを飲んで一息ついていた。

「今日は昼過ぎで終わってよかったわね」

「そうですね。お疲れ様でした、フィーネ様」

「リゼッタこそ今日もありがとう」

フィーネはもう一口ジュースを飲んだ。爽(さわ)やかな味が、フィーネの喉と心を潤(うるお)してくれるような気がした。


その後のオスカーへの仕事の報告もすぐに終わった。朝はパンを少し食べただけなので、今はほどよくお腹が空いている。屋敷に戻ったら遅めの昼食も兼ねたお茶の時間にしよう――とリゼッタと話しながら歩いていたフィーネは、誰かに背後から呼び止められて振り返った。

そこにいたのは、まだ年若そうな近衛騎士。しかし胸に士官職を示すバッジが付いていることから、一般兵ではなさそうだ。

「ローレナ殿下のご命令で参りました。フィーネ・ナルディ様、殿下から茶会のお誘いです」

「まあ……ローレナ様から？」

「はい。急なことで申し訳ございませんが、もしお仕事の後で手が空いてらっしゃるようならば、午後の茶会にお越しになりませんか、とのご伝言です」

「……私が行ってもよろしいのですか？」

「もちろんです。それに、ローレナ殿下が本日お誘いになったのは、ナルディ夫人お一人です。侍女の方もご同伴いただいて大丈夫ですので、是非参加していただきたいとのことです」

そう言って、騎士はフィーネに招待状を差し出した。まずリゼッタが受け取り、文面を確認してからフィーネに渡す。

「フィーネ様、いかがなさいますか。開始時間までにはまだ少し余裕がありそうですが」

「そうね……今は作業着姿なので、いったん着替えに戻りたいのだけれど、よろしいかしら」

「もちろんです。ローレナ殿下も、承諾していただけるのならば着替えや化粧の時間はゆっくり取っていただいて結構とおっしゃっております」

騎士がそう答えた。

（ローレナ様からのお誘い……不安はあるけれど、お断りもできないわね）

以前の誕生会であれこれ言われた記憶はあるが、それを理由に伯爵夫人が王女の誘いを拒否しては無礼にあたる。

「分かりました。ローレナ様に承諾の意をお伝えください。私は一度屋敷に戻り仕度を整えてから再び登城します」

「かしこまりました」

ローレナを待たせないためにも、可及的速やかに帰宅して仕度をする。

前回手洗い場で鉢合わせした時には、周囲にフィーネの味方がいなかった。ローレナが強気な態度で迫ってきたのはそのせいだと思うが、今回はリゼッタも同伴なのだ。ローレナも、以前のようにライルのことで迫ってきたりはしないだろう。

（うん、ライル様の口からも問題ないと聞いているし、きっと大丈夫）

約一刻後、フィーネは清流を思わせる水色のドレスを纏って王城の廊下を歩いていた。スカートの前部分がやや短めで、歩くと靴の爪先が見え隠れするが、背面は床を擦るくらい長いので、歩くたびにさらりさらりと涼しげな音がしていた。リゼッタ曰く、こうして爪先をチラ見させることで、見る人に『なんとも色っぽい』という印象を与えられるのだという。

迎えに来た騎士に案内されたのは、王城四階にあるローレナの私室だった。

「フィーネ・ナルディ様のお越しです」

侍女の先触れの声を聞いてローレナの部屋に入ったフィーネは、思わず息を呑んだ。

ローレナの好みだろうか、室内は白や薄いピンク、水色などの淡い色合いで統一されている。

壁にはドライフラワーのリースや動物のぬいぐるみ、おしゃれな壺などが飾られており、女性らしい雰囲気だ。フィーネ自身も可愛いぬいぐるみやレース、ふわふわのクッションなどは大好きなので、思わず歓声が漏(も)れてしまった。

「可愛い……！」

「褒めていただき光栄よ、ナルディ夫人」

感嘆の声を上げたフィーネに、部屋の奥から歩いてきたローレナが答えた。

今日の彼女は、フィーネよりも濃いブルーのドレス姿である。

以前の誕生会のような『胸元ぱっくり』なデザインではないが、それでもその胸の豊かさが布越しでもよく分かる。その膨(ふく)らみとは対照的に、きっちりと絞られたウエストは見事にくびれていた。フィーネの腰では、あのようなラインを出すことはできないので、非常に羨ましい。

ローレナの侍女に促され、フィーネはお茶の席に着いた。華奢な猫足の椅子は金属製の繊細な造りで、座面には丸いクッションが敷かれている。このクッションも柔らかい素材でできているので、ひょっとしたらローレナもシャルロットと同じく、ふわふわしたものが好きなのかもしれない。

「ナルディ夫人のために、サンクセリアから取り寄せた茶葉を用意したわ。お口に合えばいいのだけれど」

フィーネの向かいの席に座ったローレナが言う。侍女が持ってきた茶缶のラベルを見れば、確かにサンクセリアでも有名な紅茶ブランドのものだった。ただ、高価な茶葉なので、残念ながらフィーネは今まで口にしたことがない。

（サンクセリア人である私の好みに合うように、わざわざ輸入品を出してくださったのね）

その心遣いにフィーネは肩の力を抜き、侍女たちが準備を進めていくのを見守った。

午後のお茶という名目ではあるが、ローレナはフィーネが昼食を摂っていないことを見越していたようだ。目の前にはお茶や菓子の他に、手で摘めるパンやスコーン、何かの葉野菜で薄切り肉を包んだ前菜風の軽食なども用意されている。肉料理などには一つ一つに小さなピックが刺さっており、その柄の先端は、よく見るとハート模様になっていた。ここからもローレナの趣味がよく分かる。

「どうぞ、お好きなものを召し上がってくださいな。先ほどまで仕事をされていたと聞いていますし、お腹も空いていらっしゃるでしょう」

「はい。ありがとうございます、ローレナ様」

フィーネはローレナの言葉に甘え、リゼッタに様々な料理をよそってもらった。そのリゼッタも傍目（はため）には落ち着いて見えるが、ナルディ家の食卓には絶対に上がらないような高級食材を目にして、そわそわしているのが伝わってくる。

葉野菜巻きの肉料理は中にジャムのようなものが含まれており、野菜部分はさくさく、肉の部分はしっとりとした歯ごたえだ。噛むと甘辛いソースが、じゅわっと口内で弾（はじ）ける。

（おいしい！　今度、似たようなものを自分でも作ってみたいな）

ローレナは食事をするフィーネをしばらくの間じっと見ていたが、やがて自分も菓子に手を伸ばした。真っ先に侍女に取らせたのは、シュークリーム。やはりふわふわがお好みのようだ。

「……将軍との結婚生活はいかがでして？」

とそこで、ローレナが話題を振ってきた。

南瓜（かぼちゃ）の冷製スープを飲んでいたフィーネは匙（さじ）を置き、ナプキンで口元を拭（ぬぐ）ってから答える。

「はい、ライル様には大変よくしていただいておりますし、私もエルデの民として少しずつ歩み始められていると実感しています」

「あなたのような優秀な聖魔道士が我が国民となってくれたこと、王族として非常に嬉しく思っているわ」

そう言うローレナのブルーの目は揺らぐことなく、じっとフィーネを見据えている。

「聖魔法は、わたくしたちではどれほど足掻（あが）いても手に入れられない希有（けう）な能力。あなたの治療を受けたことで、民の健康も向上してきたと聞いていてよ。これからも、あなたの力をエルデのために使っていただきたいわ」

「もちろんです、私はそのために参りました」

フィーネははきはきと答え、再び匙（さじ）を手に取った。

（ローレナ様から、敵意は感じられない）

以前の誕生会での一件が頭に残っているので、実は今日もあの時のような殺伐（さつばつ）とした空気になるのではないかと危惧（きぐ）していた。だが今のローレナは以前よりも眼差（まなざ）しが穏やかで、口調もゆったりしているように感じられる。

　フィーネがあらかたの食事を終えると、昼食系の料理は下げられ、代わりに新しいティーセットが運ばれてきた。先ほどのサンクセリア産の紅茶もおいしかったが、こちらの缶はエルデのブランドのようだ。同じブランドの低ランクのものなら、ナルディ家の屋敷で飲んだことがある。

「そうそう、わたくしこう見えてもティーサーブが得意ですの。よかったらナルディ夫人に一杯お淹れしますけれど」

　茶缶に手を伸ばそうとした侍女を遮り、ローレナがそう提案した。

「まあ、ローレナ様手ずからなんて、恐れ多いことです」

「わたくし、留学中にお茶の淹れ方教室に通っておりましたの。茶葉を蒸らす時間など、こだわりがあるのよ。是非、ナルディ夫人にもわたくしの淹れたお茶を味わっていただきたくて」

「そういうことでしたら……ぜひお願いします、ローレナ様」

　ここは変に固辞せず、ローレナの申し出を受けるべきだろう。フィーネは座り直し、ローレナが侍女から茶缶とポットを受け取る様子を眺めた。

　自分で言うだけあり、ローレナの手つきは確かに慣れている。滑らかな動作でポットに茶葉を入れ、湯を注ぎ、蓋をする。やはり蒸らす時間にはこだわりがあるようで、侍女が持ってきた砂時計をひっくり返すと、砂が全て落ちきる前に茶葉を上げてしまった。それがローレナのベストタイミングなのだろう。

「さあ、どうぞ」

ローレナはポットをテーブルの中央に置き、カップをフィーネに差し出した。

「ありがとうございます、ローレナ様」

王女がわざわざ淹れてくださった茶だ。有難く飲もうとフィーネはカップに手を伸ばす――が。

（……ん？）

胸の前までカップを持ち上げた時、フィーネの鼻が何かの匂いを嗅ぎ取った。

部屋に満ちるのは、室内に飾られた花や菓子、そしてローレナが淹れたこだわりの紅茶の香り。

だが、それだけではない。

甘い香りの中に潜む、微かな刺激臭。常人ならば気づかないだろう微量の異臭だが、薬草師としてあまたの薬を扱ってきたフィーネの鼻は反応した。

――どくん、と心臓が脈打った。

この刺激臭には覚えがある。

（この匂いって、まさか……）

その正体に気づいたフィーネは、頭がぐらぐらと揺れそうになった。悲鳴を上げて立ち上がりたくなるのを堪え、素早く辺りに視線を走らせる。

ローレナもリゼッタも他の侍女も、特に動じている様子はない。

フィーネはおそるおそる、自分のカップを口元まで持ち上げた。中身を口に含む直前、他の者には気づかれないよう、紅茶の匂いを嗅ぐ。

（……違う、これじゃない）

匂いの元は、ここではない。

そんなフィーネをよそに、向かいの席でローレナがカップを手にした。

可憐な唇に、カップの縁が近づいていき……

──匂いが、強まる。

（……だめ、ローレナ様！）

次の瞬間、フィーネはほぼ反射で動いていた。自分のカップをソーサーに戻し、右腕を前方へ突き出す。

フィーネに押された華奢な陶器のポットがぐらついて、ガシャン、と音を立てた。

「きゃあっ⁉」

「姫様⁉」

侍女たちが悲鳴を上げる。

紅茶の雫(しずく)が床に滴(したた)っていく。

フィーネは顔を青くして、中腰のままその場に立ちつくしていた。

目の前には、美しいドレスの胸元を紅茶まみれにしたローレナの姿がある。

「っ……も、申し訳ございません……！」

体が震える。今は初夏だというのに、体の芯から冷え切っていく感覚がした。

それでもフィーネは体に鞭打(むちう)ち、テーブルに頭突きせんばかりの勢いで頭を下げる。

「申し訳ございません、ローレナ様！　お召し物が——」

「……いいえ、気にしないで。わたくしの方こそ、ポットをきちんと置いていなかったようね」

タオルを取りに行こうと侍女たちが周囲を走り回り始める一方、ローレナは驚くほど冷静だった。

彼女は立ち上がり、侍女が持ってきた蒸(む)しタオルを胸元に当てる。見事な青のドレスは今や、見るも無惨な姿となっていた。再び袖を通すことは、もうできそうにもない。

フィーネはテーブルの下で震える拳(こぶし)を固め、唇を引き結んだ。

ローレナも他の侍女も、きっと分かっているだろう。

今、フィーネがポットを倒したのは事故ではなく、故意であると。

「姫様に対してなんという無礼を！」

そう声高に詰ってきた侍女の顔には、見覚えがあった。

青みがかった黒い髪にきつい眼差し、そしてエルデ人よりもサンクセリア人に近い色白の肌。以前手洗い場でフィーネに捨て台詞を吐いた、アデルという侍女だ。

彼女は威嚇する犬のように歯を剥き出しにし、フィーネを睨みつけていた。ここがローレナの目の前でなければ掴みかかられていたかもしれないと思うくらいの勢いである。

（……でも、私は罵倒されても仕方のないことをしたわ）

王女が準備した茶を故意に零し、しかも高価なドレスを台無しにしてしまったのだ。テーブルだけでなく足元のふわふわマットにも紅茶は滴っている。

（どんな罰も受ける。それよりも――）

「……ローレナ様、これは私の過失でございます。どうか、罰するのは私一人に」

フィーネの申し出に、隣から小さな悲鳴が上がった。

「何をおっしゃいますか、フィーネ様！　ローレナ様、この件はポットを支えられなかったわたくしの責任でございます。どうか、フィーネ様ではなくこの不肖の侍女リゼッタ・

め た 。

「やめなさい、リゼッタ」

フィーネはこんな声が出せたのかと自分でも驚きながら、厳しい口調でリゼッタを止めた。

（リゼッタを咎めさせるわけにはいかない……！）

そんなさなか、それまでずっと黙っていたローレナが口を開いた。

「……やめなさい、皆。わたくしは、誰かを糾弾したいわけではありません」

「ローレナ様！」

「黙りなさい、アデル。他の者も、落ち着きなさい。……ナルディ夫人、どうか座って。夫人の侍女も、安心なさい。わたくしは誰を罰するつもりもありません」

ローレナの命令に、全員が従った。アデルは渋々ながらも引き下がり、フィーネはリゼッタに支えられ、ふらふらしつつ椅子に腰を下ろす。

ローレナはドレスの布地にタオルを押し当てながら、その場にいる者たちを順に見回した。

「……いいですか、皆。今のは事故です。ナルディ夫人はお茶のポットを取ろうとして、手を滑らせた。ポットが倒れた先には偶然わたくしがいた。零れたお茶でドレスが濡れた。それだけの話です」

「しかし、姫様。ナルディィ夫人はポットを――」

「アデル、あなたはわたくしの目を疑うのですか？　わたくしは、ナルディィ夫人が手を滑らせてポットを倒した場面を確かにこの目で見ました。あなたはわたくしが見た事実を疑うというの？」

「め、めっそうもございません！」

食い下がろうとしていたアデルは、ローレナの厳しい物言いに怯えたのか、すごすごと引き下がった。他の侍女たちもローレナの有無を言わせぬ口調に勢いを削がれたらしく、アデルのように粘ろうとする者はいない。

ローレナはそんな侍女たちを一瞥した後、フィーネの方に視線を向けた。

「……ということです。ナルディィ夫人、どうかお気に病まれぬように。とはいえ、あなたも簡単にこの件を忘れることはできないでしょう。わたくしは確かにドレスを一着失ったわけですから――それを気にされているのでしたら、今回の出来事は一切他言しないことです」

「それは……夫にも、ですか」

「もちろんです。これはお茶会で起きたちょっとした事故。わざわざ将軍の耳に入れることではありません。……それでよろしいですね、ナルディ夫人」

淡々とした
ローレナの物言いに、フィーネはしくしく痛む胸に手を当てた。

（ローレナ様は、私を庇ってくださったのだわ）

ドレスをよくも、茶をよくもと、罵倒されても仕方のないことをした。王女を侮辱したということで、場合によっては投獄されてもおかしくない案件だった。

だがローレナは『自分の見た事実』を声高に主張し、この件を他言しないことを条件に、真実を闇に葬ろうとしている。

フィーネは唇を噛み、深く頭を下げた。

「……寛大な処置に感謝いたします」

「お気になさらず。……おまえたち、片づけを。夫人もお疲れでしょうし、屋敷まで送って差し上げて」

ローレナの号令を受け、侍女たちが動き出す。主君にきつく咎められたからか、誰もフィーネに対して批判的な目を向けてこない。最後まで粘っていたアデルでさえ、恭しく頭を下げてフィーネの使った茶器を片づけていく。

「フィーネ様……」

傍らでリゼッタが心配そうに呼びかけてくる。その声は、少しだけ震えていた。

（私の勝手な判断で、リゼッタまで巻き込んでしまった……）

「ごめんなさい、リゼッタ。大丈夫よ」

「それならば……いいのですが」

「今日は申し訳なかったわ、ナルディ夫人」

ローレナも立ち上がり、フィーネの方に歩み寄ってきた。胸元をタオルで隠している
が、それでも布地に広がった黒い染みを隠しきるには至らない。

それでもローレナはまっすぐ立っていた。フィーネを睨むこともなく、静かな眼差し
をしている。

「よかったらまた今度、改めてお招きさせてくださいな。今度は転倒しにくいポットを
準備しておきます」

「本当に……申し訳ございません」

「いいのよ」

そう言って、ローレナはフィーネに背を向けた。

――その華奢な背中が遠のくのを見ていると、不意にどくっと心臓が鳴る。

（……だめ！）

「あの、ローレナ様」

無礼と承知しつつも、フィーネは裏返った声でローレナを呼んだ。そのまま無視されるかと思ったが、彼女は立ち止まって振り向いてくれる。

「何か？」

意を決し、フィーネはローレナとの距離を詰めた。

（伝えないと……さっき、ローレナ様のカップには——）

「ローレナ様。どうか御身を……」

「ナルディ夫人」

その言葉を、ローレナは遮った。

フィーネよりずっと背の高いローレナ。年齢は三つも下なのに、大人びた容姿の王女。

だが——気のせいだろうか。

そんな気高い王女の目が潤み、泣きそうな子どものような表情に見えるのは。

「……分かっています」

「ローレナ様？」

「あなたの言いたいことは、分かっています。……ありがとう、フィーネ」

最後の一言はフィーネにしか聞こえない声量で囁かれた。ローレナは紅茶の匂いを纏わせながら去っていく。

フィーネはその場に硬直したまま、しばらく動けなかった。

(分かっているって……ローレナ様、どういうこと……？)


――茶会で起きた出来事は、決して他言してはならない。

それが、フィーネの罪を帳消しにするためにローレナが提案してくれた内容だ。

だから、その現場にいたリゼッタ以外の者とその件について話すことはできない。

だが――

「フィー、様子がおかしいけれど、何かあったのか？」

その日の夜、夕食を終え、寝室のベッドでくつろいでいたフィーネに、ライルが問うてきた。

枕を抱えてごろごろしていたフィーネははっと目を見開き、強張った笑みを夫に向ける。

「そうですか？　特に何もありませんでしたよ。私はいつでも元気です」

「嘘はよくない」

「嘘じゃありません。特に体の不調もないし、ご飯もしっかり――」

「体調面について言っているわけではない。……何か、俺に隠しごとをしていないか？」

そう問いかけるライルの眼差しは鋭かった。

（見抜かれている――？）

急に高鳴り始めた心臓の音を隠そうと、フィーネはぎゅっと枕を抱きしめる。

フィーネはそのままころんと転がって、ライルに背中を向けた。

「きっと気のせいでしょう。さあ、そろそろ寝ましょうか、ライ――」

「俺には言えないことなのか」

背中に鋭い声が刺さり、フィーネは息を呑んだ。ライルはどうやら引くつもりがないらしい。

（相談……できない。してはいけない）

ライルに相談したことがバレれば、王女に対する不敬罪で、彼まで糾弾されることになるかもしれない。いくらフィーネにも言い分があったとしても、王女の顔に泥を塗ったという事実は覆らないのだから。

（平常心、平常心。落ち着いて、フィーネ……！）

「……何かあれば、既にライル様に相談しています」

「……本当に何もないのだな？」

「はい」

「俺の目を見て言ってくれ」

有無を言わさぬ口調に観念し、フィーネは体を起こしてライルへと向き直った。

てっきり、怒っていると思ったのだが——

（ライル様……寂しそう？）

フィーネを見つめるライルの眼差しは、今にも泣きそうに揺れていた。気に入りのおもちゃを取られてむずがる子どものように、唇を引き結んでいる。

（私が隠しごとをしたから？　ライル様を欺いたから……）

それ以上見ていられなくて俯いてしまうと、やがて両肩にぽんと大きな手の平が添えられた。

「……何もないのなら、そんな顔をしないでくれ」

「……はい」

「明日も早い。もう休もう」

「そうですね」

ライルが枕ごとフィーネを抱き寄せたので、二人でベッドに転がった。

ちゅっと額にキスを落とされ、くすぐったさと申し訳なさで目尻が熱くなる。

「おやすみ、フィー」

こんな時でも彼の声は優しい。それが、フィーネの胸を抉った。

(……ごめんなさい、ライル様)

「……はい、おやすみなさいませ」

すっきりしない思いを抱えたまま、フィーネは瞼を閉ざした。

＊＊＊

ローレナ主催の夜会の前日は、城下町もどこか落ち着かない雰囲気に包まれていた。

以前の誕生会と違い、今回は他国の来賓も多く訪れる。誰も皆、ローレナの婿候補として恥じない身分の貴公子ばかりだ。

期間中は、フィーネの聖魔道士としての勤務も変則的なものになる。というのも、護衛の騎士たちが夜会の仕事にかかりきりで、いつものように患者の対応まで行うのが難しくなるためだ。

城下町での治療に関しても同じで、しばらくの間は城にいるヨシュアだけで対応してもらい、どうしてもフィーネの力が必要な時は、呼び出しに応じるという形になった。

というわけで、ここ最近のフィーネは正直暇だ。一方ライルは、上級士官としての仕事がある。しばらくは夜勤になるので、城内で寝泊まりするそうだ。

（……ローレナ様、大丈夫かな）

リビングの椅子（いす）に座って書き物をしていたフィーネは、ペンを動かす手を止めて物思いにふける。

（ローレナ様は、『分かっています』とおっしゃった）

一度気になり始めると、もう書き物なんてできない。

ペンと紙を脇に押しやり、テーブルに頬杖を突く。

窓の外には、からりとよく晴れた初夏の空が広がっている。夜会の間は、良い天気になりそうだ。

ローレナは、分かっていたのだろうか。

フィーネが嗅（か）ぎ取った、あの異様な刺激臭の出所を。

（あれは間違いなく、ローレナ様のカップから匂っていた）

一瞬自分のカップからしているのかと焦ったが、よく探ってみれば、ローレナがカップを持ち上げた際に僅（わず）かに匂いが強くなった。ということは、異物が入っていたのはフィーネのカップではなくローレナのカップ。

あれは、非常に特殊な毒草の香りだった。それ自体はそこらによく生えていて、葉を茹でて食べたりする分には問題ないが、根っこが猛毒を含んでいる。根を擂り潰して茹でると、独特の刺激臭のある毒薬が完成するのだ。口に含めば少量でも精神に作用し、耐性のない人は吐血して、最悪の場合死に至る。

その毒薬が、ローレナのカップに入っていたのだ。

（誰かがローレナ様を害そうとしていることを、ローレナ様はご存じだったというの？）

分かっていたから、わざとポットを倒したフィーネを庇ったのか。

（でもそれだと、ご自分のカップに毒が入っていたことを知っていたみたいよね。でもまさか、毒入りと知っていて飲むはずがないし、そもそもどうやって、ローレナ様が手ずから淹れたお茶に毒を入れられるのかしら――）

疑問ばかりがぐるぐると頭の中を回るが、残念ながらリゼッタ以外に相談できる相手もいない。

（それに……ライル様のこともある）

先日問いつめられてからというもの、彼との間に少し距離ができてしまった。

夜勤が続いているせいで、ライルと会えない日が続いている。

だが彼は、毎日必ず手紙をくれた。夫婦の間に生まれた溝に気づいているらしいビックスが毎朝気遣わしげに持ってくるそれには、『無理はしないで』『何かあれば、リゼッタたちでいいから相談してくれ』といった夫の切実な想いがしたためられており、フィーネは胸が苦しくなった。

フィーネが隠しごとをしていると知りながら、そっとしておいてくれるライルの優しさ。

そんな優しい彼を欺き続ける自分の不誠実さ。

（でも、迷惑を掛けるわけにはいかない。自分でなんとかしないと……）

フィーネはからりと晴れた外の風景に似つかわしくない、憂いの籠もったため息をついた。

＊　＊　＊

――辺りは夜の闇に包まれている。

白い部屋着姿のローレナはベランダに立ち、夜風に当たっていた。

「……そのような場所にいらっしゃったら、お風邪を召してしまいますよ」

背後から掛けられた声を無視して、ローレナは豊かな栗色の髪を夏の夜風に遊ばせる。

背後で、ため息をつく音がした。

「姫様、室内にお戻りください。明日はお待ちかねの夜会でございますよ」

「ええ、そうね。おまえがお待ちかねの夜会だわ」

ローレナが背後を見ずに言うと、ふふっと小さく笑う声がした。

「そうかもしれませんね。……前回は失敗しましたが、今回はうまくいくはずです。全ては姫様のために」

「へぇ……わたくしのため、ねぇ？」

ローレナは薄く笑って振り返り、そこに立つ人物に挑戦的な微笑みを向けた。

「そんなことを言って、本当は全て自分のためなのでしょう？」

「……え？　姫様、何を――」

「私がおまえの甘言に踊らされる、おつむの弱い王女だとでも思っていたのかしら？　残念ね。おまえの目論見なんてお見通しよ」

「えっ……」

ローレナは懐に手を入れる。そこから取り出したナイフの鞘を払い、まっすぐ前に突き出した。

「観念なさい、デューミオンの小娘」

「……っ！　……ふふ、そうですか。私の正体にも気づかれていたのですね」

その人物は笑う。追いつめられているというのに、心底楽しそうに身を震わせて笑い始めた。

「なぁんだ……残念。恋に狂った馬鹿な王女様だと思ったのに」

「馬鹿はおまえです、口を慎みなさい」

「そこまでしてあの女を、生かしたいの？　本当は、あなたの愛する男を——将軍を横からかっさらったサンクセリアの女を殺したいほど憎んでいるんじゃないの？」

女の言葉に、初めてローレナの瞳に動揺が走った。だが——

「……そう言われたら、黙ってはいられないな」

続きの間から聞こえてきた涼やかな声に、ローレナと女ははっと背後に顔を向ける。いつの間にドアを開けたのだろうか。壁に寄り掛かるようにしてこちらを見つめているのは、黒の軍服を纏った大柄な男。

彼は体を起こして目を細め、ベランダに立つ娘たち二人を見た。

「……王女が夜な夜なベランダに出て、何やらこそこそと話をしているという噂は聞いていたが、まさか帝国の残党と密会していたとはな」

「……盗み聞きですの、ナルディ将軍？　良い趣味をなさっていますわね」

顔を歪めて皮肉るローレナには視線を向けず、ライルはやけに虚ろな眼差しをした女を見やった。

「……おまえが俺の妻に危害を加えようとした犯人だな」

「人聞きの悪い。私はかわいそうな姫様のために、真心を尽くしただけですわ」

この期に及んでも、女はけろりとしている。

ライルは腰に提げていた剣を抜くと、女に剣先を向けた。

「……ローレナ様、お一人で戦われるのはここまでです。私がこの曲者を始末いたしましょう」

「ナルディ将軍――」

「……あらぁ、勇ましいことで。窮地に立ったお姫様を助けに、騎士様が登場ってところね。でもいいの？　その女、あなたの奥様の恋敵なんじゃないの？」

含み笑いと共に放たれた言葉に、ライルだけでなくローレナの瞳も揺れる。

女は笑い、懐に手を差し込んだ。

「……覚えておいてくださいな、姫様。私は――一度決めたことは、絶対に貫き通す質なのですよ」

＊＊＊

夜会当日の夕暮れ前には、全ての客人が城内に収まった。それまではどことなく緊張した雰囲気が漂っていた城下町も、今は賑わいを取り戻している。高貴なお方たちが城に入ったことで、民もほっと肩の力を抜き、夕食の買い出しなどをしているのだろう。

ナルディ家の屋敷にも、料理人たちが食事を作る匂いが立ち籠めていた。リゼッタと一緒に調合室で薬のストックを作っていたフィーネのもとにも、ミルクの良い香りが届いてくる。

そろそろビックスあたりが呼びに来る頃だろうかと、片づけを始めていたフィーネたちのもとに、予想通りビックスがやってきた。ただし、普段は物腰の柔らかい彼らしくもなく、焦った様子である。

「失礼します、奥様。王城から使者の方がいらしております。至急ご仕度を」

「城から？」

フィーネが立ち上がると、ビックスは難しい顔で頷いた。

「はい、詳しいお話はまだ伺っておりませんが、奥様の力が必要なのだとか」

（私の力……つまり、聖魔法が必要な急患がいるのね）

フィーネは気持ちを引き締め、頷いた。

「分かりました。ビックス、お客様には、仕度ができ次第すぐに下りると伝えて、丁重におもてなしして。リゼッタ、すぐに仕度をお願い」

「はい、奥様」

「かしこまりました、フィーネ様」

フィーネの指示に、使用人二人はすぐに行動を開始した。フィーネはリゼッタと共に衣装部屋へ上がり、調合用の服から外出用のドレスに着替える。

「お待たせしました、フィーネ・ナルディでございます」

リゼッタ渾身の早業によってナルディ家の奥様姿に変身したフィーネは、リビングで待っていた使者に挨拶する。彼はフィーネも何度か王城で見たことのある、中年の男性官僚だった。

「至急とのことで、さっそくご用件をお伺いしてもよろしいでしょうか」

「お気遣いに感謝いたします。実は、ナルディ夫人の聖魔法の力をお借りする必要のある事態が生じたとのことなのです」

「患者の容態については、王城でお伺いした方がよろしいですか」

「はい、申し訳ございません。実のところわたくしも、詳細を知っているわけではないので」

使者の返事は、フィーネの予想通りだった。

（すぐに聖魔法の力を必要としている人がいる。使者にも患者の状態が知らされていないということは、外部に知られたくない案件なのでは――）

脳裏に凛（りん）とした佇（たたず）まいの一人の姿が過（よぎ）る。何事も起きてほしくない、その願いは叶わなかったのだろうか。

フィーネは顔を上げた。

「……かしこまりました。すぐに王城へ案内してください」

フィーネを乗せた馬車は王城の門をくぐった後、正面玄関を迂回（うかい）して使用人用の入り口前で止まった。

申し訳なさそうな顔をする使者や御者をなだめつつ、フィーネは小さめのそこから城に入った。普段は出入りすることのない裏門に、なんだか新鮮な感じを覚える。

夜会の参加者と鉢合わせしないよう、先導する使者が周囲を確認しながら階段を上がっていく。

向かう先は、王女ローレナの私室。

やはりそうか、というため息は心の中で押し殺し、フィーネは使者に促(うなが)されて部屋に滑(すべ)り込んだ。

「これは……お越しくださり感謝いたします」

フィーネを出迎えたのは、ヨシュアだった。彼はフィーネの手を取って、深く頭を下げる。

「詳細をお伝えできませんでしたのに、ここまでご足労くださりありがとうございます、ナルディ夫人」

「……ナルディ夫人が来られたのね」

続いて、奥の方から女性の声がした。以前聞いた時よりも幾分弱ってはいるが、ローレナの声に間違いない。

フィーネはその場でお辞儀をした。

「はい。知らせを受けて参りました」

「……皆、下がりなさい」

弱々しい声で告げられた命令に、控えていた侍女たちが次々と去っていき、最後にヨシュアもフィーネと一度視線を合わせると、部屋を退出した。

複数の足音が完全に遠のいたと感じた時、再びローレナの声がした。

「……他にもう人はいない？　ナルディ夫人だけ？」

「はい、いるのは私だけです」

「……こちらに来なさい。あなたから見て正面右側の部屋がわたくしの寝室です」

「はい、ローレナ様」

ローレナの許可を得てフィーネは続きの間に向かい、中心に据（す）えられた天蓋（てんがい）付きのベッドへ歩み寄る。ふわりとした手触りの薄桃色のカーテンを開けると、そこには顔に包帯を巻いた人物が横たわっていた。

顔面全てが包帯で覆（おお）われているので、顔の造形は一切分からない。だが、顎（あご）の下まで引き上げた毛布から、艶（つや）やかな栗色の髪が露（あら）わになっていた。

包帯に包まれた顔が、こちらを向く。

「……そこにいるのね、ナルディ夫人」

「はい、ローレナ様」

「……あなたの手だけは、煩（わずら）わせたくなかったわ」

拗（す）ねたような、どこか諦めたような声を上げるローレナの様子に、フィーネはベッドサイドに置かれた椅子（いす）に腰を下ろした。

「……差し支えなければ、事情を伺ってもよろしいでしょうか」

「……言わないと治療もできないものね。それに、あなたには知る権利があるわ」

ローレナはゆっくりと言葉を紡いだ。

「……簡単に言うと、わたくしは襲われたのよ。デューミオン帝国の手先に、ね。刺客の名前はアデル。その正体は――デューミオン帝国の皇女アデリーナ。昨日までわたくしの侍女を務めていた女よ」

「えっ!?」

フィーネはつい裏返った声を上げてしまった。

アデルといえば、やたらフィーネに突っかかってきた黒髪の侍女ではないか。

(妙に私に対して冷たかったから、ローレナ様への忠誠心が高いのだと思っていたのに、まさかデューミオンの皇族だったなんて――!)

ローレナは包帯の向こうでふっと自嘲的な笑みを浮かべた。

「……国を滅ぼされた腹いせかしらね。アデルは身分を偽って、わたくしの新しい侍女としてエルデに潜り込んでいたの。――顔立ちが異国風だし言葉に微妙な訛りがあるから、もしやと思って調べてみたら正解だったわ。しばらく泳がせて目的を探ろうとしたわたくしが甘かったのね。昨日ついに、あの者は逃げてしまった。そして逃げる前に……」

ふう、とローレナは大きく息をついた。

「……ナルディ夫人、後は事が全て解決してから、改めて話をさせて。今は……あなたの力を借りなければどうしようもない。そうしないと――」

「ローレナ様……？」

「……この包帯を取って。侍女たちには怪我をしたと言ってあるけれど、本当はそうじゃないの。だから、取っても大丈夫よ」

「……かしこまりました」

許可を得たフィーネはローレナの顔に手を伸ばす。怪我ではないという申告通り、包帯は血やかさぶたなどに引っかかることもなく、するすると解けていく。

はらり、と落ちた包帯が枕の上に広がった。

（っ……これは……！）

「……酷いものでしょう？　アデルの目的も、これで分かったのだけれどね」

ローレナはそう自嘲する。

白磁のように滑らかだったローレナの肌。それは今、青黒い痣のようなもので埋め尽くされていた。

インク染みのような黒い斑点が顔一面に散らばり、特に左頬の周辺は肌が藍色に塗り潰されていた。喉や首にも、青黒い染みが斑に飛んでいる。

フィーネは震える手を伸ばし、ローレナに一言詫びてからその頬に触れた。

「酷い……」

「アデルは、わたくしに向かって瓶入りの液体を投げつけてきたの。あれを食らった直後は熱いし痛いしで酷かった。でもすぐに収まったし、爛れたような感触もなかったから、あまり心配せずに眠りについて、今朝になって鏡を見ると……」

ローレナが疲れたような笑みを浮かべる。その唇も、左半分が黒っぽく変色していた。

「午前中にヨシュアを呼んで、なんとかしてこの染みを取ろうとしたわ。でも、エルデの医術ではどうにもならなかった。これはおそらく呪いの一種で、肌に呪いを具象化した紋様を刻んでいるのだろうって」

（ヨシュア殿の言う通りだわ）

ローレナの顔を蝕むこの青黒い染み。フィーネが触れたとたん、ぴりりと指先が震えた。

聖魔法と似て非なる存在である呪術。聖魔法と違って行使するのに先天的な素質は必要なく、特殊な薬草を煮て、怨念や殺意を込めさえすれば誰でも作れる呪いの産物である。

ただ、その製造過程は複雑で、どの国でも厳重に秘匿されているはずだ。アデルはその手法を知っていたのだろうか。

「……あの者は、わたくしの顔を呪いで潰すことで夜会を台無しにしようとしたのでしょうね。こんな顔では、人前には出られない。無理に出たとしても、王女が呪われているなどと知られれば、やはりエルデの信用は失墜する」

「まさか、エルデに復讐するために……」

フィーネの呟きを聞いたローレナは何かを言おうとしたが、思い直したように唇を舐めた。

「……ナルディ夫人。わたくしはなんとしても、今夜の夜会に出なくてはなりません。エルデがやっとのことで取り戻した信頼を、失わせるわけにはいかない。だから——」

「ローレナ様。あなた様のお気持ちはよく分かりました」

フィーネが両手でローレナの頬を優しく包み込むと、ローレナの青い目が見開かれた。

「……わたくしの短慮を責めようとは思わないのね」

「なぜ責める必要があるのですか？　ローレナ様は国を想って行動されただけ。それに失敗といえば、一人で行動しようとしたことだけでしょう。今、ローレナ様も私もエルデの未来のために足掻く必要がある。目的は同じなのですから、協力させてください」

そう、ローレナもフィーネも同じ志を抱いている。

――エルデのために己の身を、その力を捧げたいと。

ローレナは生まれ持った美貌と留学経験で培った能力を駆使して次期国王を選び、フィーネは聖魔法の力で国を助ける。

ローレナは目を瞬かせ、囁いた。

「……わたくしのこの顔は、治るのですか」

「治ります。いえ、必ず治します」

フィーネは微笑んだ。

「聖魔道士フィーネ・ナルディ。ローレナ様のために、エルデ王国の未来のために、御身を蝕む呪いを癒します」


フィーネはローレナに了承を取り、ベッドに座った。

「ローレナ様、今から私はローレナ様のお顔の染みを取り除きます。一般的な聖魔法とは治療方法が異なりますし、無礼なことを申し上げるかもしれませんが、どうか私の指示に従ってください」

「今夜の夜会に出られるのであれば、そのようなことは些事ですわ」

ローレナは強い口調で言い返す。先ほどよりは心が持ち直してきたようで、フィーネは安堵した。

「かしこまりました。……それではローレナ様、私の太ももの上に頭を載せてください。そうして、私の腹部に顔を当てていただきたいのです」

意志を固めたローレナも、その指示にはさすがに戸惑ったようだ。

「……膝枕、というものね。昔、お母様がしてくださったような？」

「そうですね。他の体勢もあるのですが、この方法が一番ローレナ様のご負担にならないかと」

「……分かったわ」

ローレナはすぐに了承し、指示通りフィーネの太ももに頭を載せ、顔をフィーネの腹に向けて横になった。

「すみません、もう少し密着させますね」

そう一言断り、フィーネはローレナの頭を引き寄せて自分の腹部に密着させた。ローレナの体がぴくっと震えるが、肩を優しく撫でるとすぐに力を抜いてくれた。

「では、目を閉じてください。できたら、そのままお休みになってくださいませ」

「……そんなことでいいの？」

「はい。ローレナ様がお休みの間に、私が時間を掛けて染みを取り除きますので、大丈夫です。ローレナ様が落ち着いていてくださるのであれば、治療も捗りますはかど」

「……分かったわ。頼みます……フィーネ」

ローレナはかなり疲れていたようで、猫の仔のように体を丸めると、数秒の後には静かな寝息を立てていた。

フィーネは腕を伸ばして上掛けを掴み、すっかり寝入ってしまったローレナの体が冷えないように肩まで引き上げてやった。

(……さて)

そっと、ローレナの頬の染みに触れる。

アデルが投げつけてきたという呪いは、やはりローレナへの、そしてエルデへの憎しみを滾たぎらせているようだ。フィーネが触れると、抵抗するように微かすかな痛みを放ってくる。

(彼女は、それほどまでにエルデを憎んでいたのね……)

エルデに復讐するために王女の侍女として潜入し、内部から崩壊させる機会を窺うかがっていたのだろう。

(でも、負けたりはしない)

どれほど強力な呪いでも、癒いやしと回復の力を引き上げる聖魔法で十分対処できる。大地の祝福を受けた聖魔法の前では、素人が作った呪術なんてたいしたものではない。

今回のような呪いを安全に解除する方法も、いくつか知っている。ただ、今はとにかく時間がない。夜会の準備時間も考慮に入れると、フィーネが治療にあたれるのはほんの二、三時間。

日数を掛けてもいいのならば、塗り薬と毎日の往診でなんとかなるのだが、数時間で対応せねばならないとなると、取れる方法は限られる。

その限られた方法の中で、さらに体力精神ともに削られているローレナを傷つけることなく呪いを消すとなれば。

フィーネはぎゅっと、ローレナの頭を抱き込んだ。

(大丈夫。私ならできる)

すやすやと眠るローレナ。

十六歳という若さでたくさんの重荷をその背に負った女。いつもは背筋を伸ばして凛としている彼女が、今は母の愛を乞う幼子のように感じられる。

ローレナの頭を抱く手に力を込め、フィーネは目を閉じた。

何かの擦れるような物音を耳にして、フィーネは目を覚ました。

今フィーネが横になっているのは、ふかふかのベッド。周囲は夜の闇に包まれており、テーブルに置かれた燭台の明かりが唯一の光源として、ぼんやりと室内を照らしていた。

（……ローレナ様、大丈夫かしら）

フィーネの必死の『治療』の甲斐あって、ローレナの顔の染みは取り除かれた。すっかり元気になったローレナはフィーネに簡単な礼を述べて急いで仕度をし、夜会会場へ下りていった。その姿を見届けたフィーネはローレナの私室から客室へ移動し、しばらく休息を取らせてもらうことになったのだ。

（夜会でも何事もなければいいのだけれど……）

ベッドに転がったままうつらうつらしていたフィーネの耳に、またしてもカサカサという物音が届いた。続いてほんのりと漂ってきたのは、花のような甘い香り。近くで香でも焚き始めたのだろうか。

「……誰かいるの？」

寝起きの掠れた声で呼びかけると、足音が近づいてきた。

「お疲れ様です、フィーネ・ナルディ様。姫様の呪いを治してくださり感謝します」

ベッドの天蓋越しに聞こえてきたのは、若い女性の声だ。落ち着いた雰囲気からして、城の侍女の誰かだろう。

フィーネは半分寝ぼけたまま、間延びした声で返事をする。

「んー……いえ、いいんです。それより、ローレナ様は？」

「姫様はまだ夜会に参加されています。会場も大盛況ですよ」

（良かった）

フィーネはほっとして、枕に顔を突っ込んだ。

「……疲れているので、もう少し休みます」

「はい、ごゆっくり」

足音が離れ、部屋の隅でまたごそごそする音が始まった。掃除でもしているのだろうか。

（……休んだら、屋敷に戻ろう）

後でまたローレナとも話をして、ライルにもこれまでのことを説明したい。このまますれ違ったままなんて嫌だ。

（それにしても、ローレナ様が元気になって本当に良かった）

先ほどの侍女も言っていた。ローレナは呪いが治り、夜会に向かったと――

（……え？）

はっとフィーネは目を見開いた。

フィーネが部屋に行った時、ローレナは顔を包帯で包んでいた。それを取るよう命じてきた時、彼女は言っていたではないか。

『侍女たちには怪我をしたと言ってある』と。

フィーネが上掛けを撥ね上げ、カーテンを取り払うと——

「……あら、起きちゃったの？」

驚いたような声。やけに甘ったるい匂いが鼻を刺激してくる。

部屋の奥には、一人の侍女がいた。よく見れば、床はいつの間にか紙くずで埋め尽くされており、侍女は大きな壺を抱えている。花のような匂いはそこから漂っていた。

燭台の明かりに照らされて浮かび上がるのは、黒髪の若い女性の顔。

彼女の名は——

「……アデル？」

「まあ、覚えていたのね。ガキみたいな顔をしている割には、頭も回るし鼻も利くみたいね」

アデル——デューミオン皇家の生き残りだという皇女アデリーナは、けろっとした態度で言い、フィーネが見ている前で壺の中身を床にぶちまけた。どろりとした液状の何かが床に撒かれて紙くずに染み込み、むせかえるような匂いが脳天を刺激してくる。

寝起きの上、体調も優れないフィーネは強烈な匂いでくらりとしてしまい、ベッドから転げ落ちて床に膝を突いた。

（これは、どういうこと――!?）

今にも倒れてしまいそうなフィーネを見下ろし、アデリーナはくすくすと笑った。

「その様子だと、私の正体も知っているのね？　でも、残念。今のあなた、うまく体が動かないでしょう？　この油はね、香りは良いけれど毒素があって、嗅ぐと体の動きが鈍ってしまうのよ。私は慣れちゃったけどね」

言い返そうと口を開いたのが間違いだった。良い香りを通り越して頭痛がしてくるほど甘い油の匂いが脳髄まで染み込んでくるようで、フィーネは吐き気を堪えるために口元を手で覆った。

「……な、んのつもり――!?」

「これ、よく燃えそうでしょう？　サンクセリアから来たあなたが城内で焼死したと他国が知ったら、エルデはどうなるかしらねぇ？　あなたを失ったヴィルヘルムが怒って、エルデを殲滅しに来るかもしれないわねぇ？」

「何を……」

床にへたり込んだフィーネを一瞥したアデリーナは、テーブルに置かれた燭台の持ち手部分を指先で摘み、ゆらゆらと揺すってみせる。危なっかしい手つきに、燭台の炎が踊る。

先ほどアデリーナは、この激臭を放つ液体を『油』と呼んだ。そして足元の紙くずは、油をすっかり吸っている。

――そんな床に、燭台を叩きつけたら？　炎が飛び散れば？

想像してぎょっと目を見開いたフィーネをおもしろがるように眺めるアデリーナは、小さく鼻で笑った。

「かわいそうにね。政略結婚の駒にされて、こんな泥臭い国に嫁がされるなんて。こんなところにさえ来なければ、あなたも死なずに済んだのに。わけも分からず異国に連れてこられ、得体の知れない男に宛てがわれて、結果焼死する。……かわいそうな子」

「……かわいそう？」

「そうよ。でも大丈夫、あなたはもうすぐ救われる。ヴィルヘルムの怒りによって、エルデは今度こそ崩壊するのだから。……ええと、なんて名前だっけ。あなたの旦那になったでかい男。好きでもない男に抱かれるなんて、吐き気がするでしょ？　その男ももうじき死ぬわ。良かったわね」

アデリーナはわざとらしく哀れみを込めた口調でそう言った。

（その男……ライル様のこと？）

とたん、頭痛で遠のきかけた意識が、すうっと戻ってくる。

少しずつフィーネの気持ちに歩み寄ってくれたライル。

ドレスを着たら褒めてくれたライル。

抱きしめて、キスをしてくれたライル。

フィーネが隠しごとをしていると分かっていても、手紙で気遣ってくれたライル。

ライルがどんなに優しい人なのか、どれほど素敵な夫なのか。

（……何も、知らないくせに）

「……いで」

「そろそろ染み込んできたかしら……あら、何？」

「……ライル様のことをよく知りもしないくせに、馬鹿にしないで！」

フィーネの絶叫が天井を震わせた。

この期に及んでフィーネが気力を取り戻すとは思わなかったのだろう、アデリーナは目を見開いている。

フィーネはだるい体に鞭打って、ベッドの支柱に掴まりながら立ち上がった。

その灰色の目に浮かぶのは――怒りの炎。

「私は望んでエルデに来たわ！　ずっとずっと前から……子どもの頃からライル様のことが好きだった。私はこの結婚を後悔なんてしていない！　ライル様はあなたが言うような人じゃない！」

政略のために押しつけられたフィーネを受け止め、ぎこちないながらも歩み寄ってくれた。

さほど饒舌(じょうぜつ)ではないその口で、精一杯の愛の言葉を囁(ささや)いてくれた。

(ライル様を貶(けな)すなんて……許さない！)

最初はフィーネの威勢に気圧されていたアデリーナだったが、すぐに眉根を寄せてため息をついた。

「……なんで今になって元気になるのよ。迷惑」

アデリーナはげんなりしたように言い、燭台(しょくだい)をテーブルに置いた。代わりに彼女が手にしたのは、油をぶちまけて空っぽの壺。

「ちょっとの間、眠っていてもらうわね。……大丈夫よ、寝ている間に全部終わるから」

アデリーナは壺の縁(ふち)に手を掛け、ずるりと引きずる。その壺でフィーネを殴って気絶させ、その間に火をつけるつもりなのだろう。

フィーネは逃げようと踵(きびす)を返しかけたが、脚がもつれてその場に転倒してしまった。

「あっ……！」

「ほら、逃げないの。すぐ寝かしつけてあげるから――」

幼い子どもをなだめるような口調で語りかけつつ、アデリーナが迫ってくる。

（逃げないと……！）

ここでフィーネが負けてしまえば、彼女の思うままだ。フィーネは殺され、怒ったヴィルヘルムは報復としてエルデに戦争を仕掛けるかもしれない。そうなれば、ライルは。リゼッタやユーク、ローレナたちは――

立ち上がろうにも脚に力が入らず、必死に逃げようとするフィーネを嘲笑うかのように、ゆっくりとアデリーナがやってきた。

油を吸った紙くずを踏みしめ、一抱えもある壺を引きずりながら近づいてくる。彼女の痩身がテーブルの脇を通り過ぎ、燭台から離れ、壺を胸の高さまで抱えた、その瞬間――

――ヒュン、と風が唸った。

部屋の隅にあるクローゼットから銀色の光が飛び出し、アデリーナの背中に命中する。

「ぎゃあっ!?」

アデリーナが悲鳴を上げ、壺を取り落とした。衝撃でテーブルが揺れ、燭台の炎が揺らめく。

そのまま紙くずと油まみれの床に倒れ伏したアデリーナの背中には、銀色の矢が突き

立っていた。

「えっ……？」

「――これで全ての謎が解けた」

低い声。

フィーネが大好きな声。

（どうして……？）

床にへたり込んだまま呆然としているフィーネの前方で、大きな音を立ててクローゼットのドアが開いた。そこから窮屈そうに滑り出てきたのは、装飾の施された弓を携えた男性。

その立派な体躯には、やはりクローゼットの入り口は狭かったのか、ドアを半分破壊しながら出てきた彼は、足元に倒れ伏すアデリーナとベッドの前で座り込むフィーネを見て、ほっと息をついた。

「……良かった。無事か、フィー」

「……どう、して？」

「そいつは確か、デューミオンのアデリーナ皇女だったか。ローレナ様の呪いが解けた以上、次はフィーを狙うだろうと読んでいたんだ。ローレナ様が襲われた現場に俺も居合わせていてな。夕方から張っていたんだよ」

そう言った彼――ライルは弓をテーブルに置くと、腰から下げていたロープを解き、背中を射られた痛みからじたばた悶えるアデリーナを手早く捕らえた。

「……エルデ側の過失でフィーが焼死したとの噂を広め、ヴィルヘルム王を怒らせてエルデを攻撃させる作戦だったのか。そんなの、フィーの夫である俺が黙っているわけないだろう」

「っ……かはっ、鬱陶しい男め――」

四肢を拘束されたアデリーナは、憎悪でぎらぎら光る目でライルを睨みつける。

「なぜ、いつもエルデだけ……！　連合軍に刃向かったくせに、サンクセリアの恩恵を受けて！　おまえたちも地獄に堕ちればいい！　我ら帝国と共に没落しろ！　崩壊しろ！　地獄に堕ちろ！」

「……エルデはおまえたちデューミオンによって長く苦しめられてきた。連合軍に刃を向けたのも、国民を盾に取られたからで、本来は確執などない。おまえたちと一緒にするな」

「黙れ！　強い者が弱い者を制圧して何が悪い⁉　私はお父様からそう教わってきた！　そんなお父様を、あのヴィルヘルムは――」

「そう、おまえの父親を討ったのはヴィルヘルム王だ。だというのにサンクセリアではなく、傘下にあったエルデに怒りの矛先を向ける。……そんなことをする時点で、おまえの皇族としての誇りは失われている。ヴィルヘルム王が憎いが、サンクセリアに刃向かうのは怖いからエルデに八つ当たりしようとした——そうだろう？」

「黙れ！　黙れっ！」

アデリーナはなおもわめき立てていたが、間もなく騒ぎを聞きつけた騎士たちが部屋に突入してきた。

「ナルディ将軍、お待たせしました！」

「ご苦労。この女を頼む」

「かしこまりました」

ライルが離れると同時に、騎士たちがアデリーナを引っ張り上げる。

「無礼者！　私はデューミオンの皇女だ！　汚い手で触るな！」

絶叫を上げながら騎士に連行されていくアデリーナを見送ると、残りの騎士たちは部屋に散らばった紙くずや油を片づけるべく動き出す。あまりの手際の良さに、フィーネはぽかんとしたまま状況を見守ることしかできなかった。

「フィー」

優しい声。

中途半端な姿勢でへたり込んでいたフィーネの体が抱き上げられ、たくましい胸元に引き寄せられる。

「……ライル様」

「お疲れ、フィー。ゆっくり休もう」

見上げると、限りない優しさが込められた眼差しで見下ろしてくる最愛の人が。

(ライル様)

「……好き。好きです、ライル様」

ぼんやりとしたままフィーネは囁き、夫の温もりに身を委ねるのだった。

間章

毒瓶を受けて負傷したローレナは、『アデリーナがフィーネを狙っている』と指摘した。

(フィーを害することでエルデを崩壊させる――つまり、ローレナ様が原因でフィーが死亡したと見せかけ、ヴィルヘルム王の怒りを買わせる。そうして二国間の信頼関係を

破綻させ、エルデを崩壊へ導こうという目論見か）

ローレナの殺害に失敗し逃走したアデリーナは、次にフィーネを狙いに来るはず。ローレナの呪いを癒すため、フィーネを城へ呼ぶと聞かされたライルは、オスカーに許可を取った上で単独行動を取らせてもらうことにした。

（アデリーナがフィーを狙っていることを証拠づける決定的瞬間を待たねばならない）

そうして弓矢を携えたライルは、フィーネの休養場所として宛てがわれた客室のクローゼットに潜むことにした。

狭いクローゼットの中での待機はなかなか辛い時間ではあったが、張り込み調査や敵陣の偵察などは下級兵時代から行ってきていたので、すぐに慣れた。

隠れてしばらく経った頃、ローレナの治療を終えたらしきフィーネがフラフラしながらやってきた。ベッドにばったりと倒れて眠ってしまったようだが、残念ながらライルの位置からは、妻の様子を確認できない。

（フィー）

今すぐこんな場所から飛び出して、妻の様子を確かめたい。ローレナの治療は無事に終わったのか、フィーネの体調は大丈夫なのか、聞きたいことはいくらでもある。

（だが、そうすればアデリーナは現れないだろう）

そうして息を潜めて待機すること、しばらく。

周囲が夜の闇に包まれ始めた頃、寝室のドアが開く音がした。続いてばさばさと何かを床にばらまくような音が聞こえ、ライルは眉根を寄せる。

（普通の侍女なら、まず入室の許可を取るはず。ということはこれは——）

「お疲れ様です、フィーネ・ナルディ様。姫様の呪いを治してくださり感謝します」

物音を耳にしたらしきフィーネの寝ぼけたような問いかけに、侵入者は澄ました声で応じた。

（ローレナ様は、呪いのことは皆に伏せて『怪我』と伝えているはずだ。つまりこの女は——）

ライルはドアを少し開いて弓を構え、鏃をアデリーナに向けるべく体の向きを変えた、が——

（あれは……壺？　いや、この匂いは——！）

アデリーナが壺の中身を床にぶちまけた瞬間に漂い始めた、むせかえるような甘ったるい匂い。これは、可燃性の強い油の一種だ。

音を立てず弓弦を引き絞ったライルだが、アデリーナの背後にあるものを目にして顔を歪めた。

(ちっ、燭台が――)

　今アデリーナを射たとしても、その衝撃でアデリーナもろとも燭台が倒れては、大惨事になってしまう。

(アデリーナが燭台から離れるまで待たなければならないか……!)

「かわいそうにね。政略結婚の駒にされて、こんな泥臭い国に嫁がされるなんて。こんなところにさえ来なければ、あなたも死なずに済んだのに。わけも分からず異国に連れてこられ、得体の知れない男に宛てがわれて、結果焼死する。……かわいそうな子」

　アデリーナは心底哀れむような口調でフィーネに語りかけている。

　その内容に、険しい顔で弓を構えるライルの指先がぴくっと震えた。

(……得体の知れない男に宛てがわれてかわいそう――か)

　確かにそうかもしれない。

　フィーネは優しいから、本当はライルを嫌っていたとしても、それを態度に表したりはしないだろう。

　歴戦の戦士であるライルの指先が震えていた。胸の奥が冷たくなり、呼吸が浅くなる。

　お互いに心が通じ合っていると思っていた。少しずつ歩み寄れているのだと思っていた。

（それは、俺の思い込みだったのか――？）

弓を構える手が震え、アデリーナを狙う鏃がブレる。

だが。

「……ライル様のことをよく知りもしないくせに、馬鹿にしないで！」

かつてないほどのフィーネの絶叫が、部屋の天井を、そしてライルの胸を震わせた。

ライルの位置からは、フィーネの姿は見られない。だが、妻の力強い言葉がライルの胸に炎を灯し、臆病になりかけていた心を叱咤して、闘志を燃え上がらせる。

（フィー……）

「私は望んでエルデに来たわ！　ずっとずっと前から……子どもの頃からライル様のことが好きだった。私はこの結婚を後悔なんてしていない！　ライル様はあなたが言うような人じゃない！」

ライルの赤紫色の目が見開かれた。

威勢のよいフィーネに鼻白んだ様子のアデリーナが、それまで手にしていた燭台をテーブルに戻して空の壺に手を掛ける。おそらく、あの壺でフィーネを殴って気絶させるつもりなのだろう。

その姿が少しずつテーブルから、燭台から離れ、ライルの視界から消えるその寸前――

ライルの弓から放たれた矢が部屋を横切り、弓弦の立てる鋭い音と共にアデリーナの背中に命中した。

悲鳴を上げてアデリーナが倒れ、燭台が揺れる。ごくっとライルの喉が鳴ったが、燭台はなんとか持ちこたえてくれた。

クローゼットから飛び出したライルは、倒れ込むアデリーナとベッドの脇でへたり込んだフィーネの無事を確認すると、ほっと息をつく。

これでひとまずは安心だが――

（……子どもの頃から俺のことが好きだったって……どういうことだ？）

第7章　愛する人へ

ライルにお姫様抱っこされたフィーネは別の客室に移され、そこでゆっくり体を休めてから帰宅することになった。

「今リゼッタを呼んでいるから、フィーはゆっくり休んでいてくれ。俺は今回の件を陛下へ報告に行かねばならない」

「分かりました。お気をつけて行ってらっしゃいませ」

「ああ。……話が終わったら迎えに来るから、一緒に帰ろう」

そう言うとライルはフィーネの額にキスを落とし、駆けつけてきたリゼッタと入れ替わるように出ていった。

急遽呼び出しを受けたリゼッタは急いでいたためか、いつもはきっちりとまとめている長い髪をぐしゃぐしゃになびかせたままの状態でフィーネに駆け寄ってきた。

「フィーネ様！　ご無事で何よりです！」

「リゼッタ……」

「お怪我はありませんか!?　ああ、わたくしがお側に付いていればこんなことには――！」

「大丈夫よ。ライル様が助けてくださったから、私は怪我一つせずに済んだわ」

（そう、ライル様がいてくださったから……）

銀の弓を手に立つライルの姿は凛として、物語に出てくる王子様のようにきらきらと輝いていた――ように感じられたのを思い出す。正直フィーネはまだいっぱいいっぱいで、先ほどの出来事がまだ頭の中で整理できていない状態だった。

フィーネはなおも落ち着かない様子のリゼッタの手を取り、慰めるように握る。

「それよりも……喉が渇いちゃった。お茶の準備をお願いしてもいい？」

「っ、はい！　もちろんです！」

役目が与えられたことでリゼッタはなんとか元気を取り戻したようだ。

そうして彼女が淹れてくれた茶で一息ついていると、やがてドアがノックされた。

「……はい、どちら様ですか？」

「わたくしです、ナルディ夫人」

響いてきた涼しげな声に、フィーネとリゼッタは思わず顔を見合わせた。

「ローレナ様？　今はまだ夜会の時間では？」

「抜けてきました。この後見込みのありそうな貴公子たちと中庭デートをする予定なのですが、その前にあなたと話がしたくて。入ってもよろしくて？」

「はい！　リゼッタ、ローレナ様をお通しして」

慌ててフィーネは指示を出した。予想通りというかなんというか、『抜けてきました』との言葉通り、美しく着飾ったローレナの周りに護衛の姿はない。

ローレナは客室に身を滑り込ませると、ちらとリゼッタを見て眉を下げた。

「……あなたは少しの間、席を外してくださいな」

「……しかし」

「リゼッタ、ローレナ様のおっしゃる通りにして」

フィーネが静かに命じると、リゼッタは一礼して部屋を出ていった。

リゼッタが閉めたドアを見やった後、ローレナはまっすぐフィーネと向き合う。

「まずは……改めてお礼を。このたびはわたくしにかけられた呪いを解いてくださり、本当にありがとうございました」

殊勝な態度で述べたローレナはそのまま――あろうことか、一臣下でしかないフィーネに対して深く頭を下げてきた。

「あなたがいなければ、わたくしは夜会に出ることも叶わなかったでしょう。心から感謝します」

「い、いいえ。どうか顔をお上げください、ローレナ様」

フィーネが慌てて言うと、ローレナはすんなり体を起こしてくれた。王族に頭を下げられるなんて心臓に悪い。

「ローレナ様が元気になってくださって何よりです。夜会にも間に合ったと聞いて安心しました」

「……そうね。わたくしは何を差し置いてでも、未来の国王となる婿を見つけなければならないから」

神妙な顔で言ったローレナは、そこでふっと視線を逸らした。

「……わたくし、あなたの手だけは煩わせたくなかったのです」

「……それは、その」

「あなたがどうという話ではないわ。……ナルディ将軍のことがあったからよ」

とたん――ずん、とフィーネの胸が苦しくなる。

（やっぱり、ローレナ様はライル様のことが……）

フィーネは俯き、唇を噛んだ。この後、ローレナに何を言われても決して悲鳴を上げたり唸ったりしないよう、下腹に力を入れる。

「ナルディ将軍がどういう人物かは、わたくしもよく分かっています。今回わたくしが負傷したのは、わたくしの落ち度。あなたはただでさえ重要な任を背負った方だというのに、そんなあなたをわたくしの都合で振り回すなんてことはしたくなかったわ」

「……はい」

「それにしても……噂には聞いていましたけれど、本当に奥方への執着心の強いこと。あの素っ気ない将軍があそこまでだらしなく表情を崩す日が来るなんて、思ってもみませんでしたわ」

「……はい？」

妙だ。話が、フィーネの予想もつかない方向に転がっている。

（ローレナ様はライル様のことが好きだから、妻である私に頼りたくなかったんじゃ……？）

眉根を寄せるフィーネに構わず、ローレナはやれやれとばかりに肩を落とした。

「……でも、これも全てわたくしの不始末。お父様のお心を煩わすまいと、帝国の残党を独力でなんとかしようとしてしまったのがそもそもの原因ですもの。ああ、でも、この後将軍のお説教が待っているかと思うと――」

「あの、すみません」

フィーネはつい、口を挟んでしまった。

おかしい。何かおかしい。

「その、ローレナ様はライル様のことが……す、好きなのですよね……？」

「……そうね、確かに彼は見目が良いので、わたくしも子どもの頃は憧れていました。今改めて見れば、家庭教師のように口うるさくて頭が固くて鈍感で面倒くさい男だと思いますけど」

憧れていたという割には、さんざんな言いようである。

（え？　でもローレナ様はライル様のことが好きだから、誕生日会の時に――）

フィーネの困惑を読み取ったのか、ローレナは眉間に皺を寄せてフィーネを見下ろしてきた。

「……まさかあなたも、わたくしがナルディ将軍に横恋慕していると思っていましたの？」

「え!?　い、いや、その……」

自分で口を挟んだことなのに、ズバリと指摘されてフィーネが答えに窮していると、

「ああ、もう」とローレナは呆れたような顔になる。

「……アデリーナもそうでしたわ。彼女は侍女アデルとしてわたくしに仕えるふりをしながら、ナルディ将軍がほしいのならばよい方法があると囁いてきたのよ」

「……アデリーナ皇女が？」

「最初は矢文を送ってきたわ。様子を見るためにその提案に応じたら、これでナルディ夫人を殺せばいいなどと言って毒薬を渡してきましたの」

フィーネは目を瞠る。

（毒薬って……まさか、あのお茶会の時の……!?）

「で、でも毒はローレナ様のカップに――」

「やっぱり分かっていたのね。薬草師であるあなたを騙せるはずがないと、わたくしも予想していました。だからわたくしは毒を入れた後、あなたとわたくしのカップを入れ替えたのよ」

（ローレナ様がご自分で毒を入れて、そしてカップを入れ替えた——!?）

まさか、とフィーネは言葉を失う。

その後ローレナが簡単に説明してくれたことによると——

——ヴィルヘルムが討ち取った皇帝の娘であるアデリーナ皇女は、『ローレナが嫉妬に狂って、サンクセリアとエルデの和平の証であるフィーネを毒殺する』というシナリオを立てていた。

目的は、事実上の敗戦国でありながら、帝国とは違いサンクセリアの許しを得られたエルデを滅亡させること。連合軍の盟主たるサンクセリアに刃向かうことはできなくても、せめて生意気なエルデ王国を道連れにしてやろう——そういう目論見だったのだろう。

だが現在のエルデはサンクセリアに固く庇護され、賠償金返済に喘ぐデューミオンでは太刀打ちできない。だから年若い王女であるローレナに接近し、『将軍を手に入れたければ夫人を毒殺しろ』と唆したのだという。

「アデルの企みにはすぐに気づきました。でも……即刻捕らえたところで白を切られては、侵入ルートをあぶり出すことができない。刺客が彼女一人とも限りませんし、他の手であなたを狙われてはたまらない。だからわたくしは、『恋に狂った愚かな王女』を演じることにしたの」

　ローレナは作戦に乗ったフリをして、アデルの言うままフィーネとの茶会の席を設け、カップに毒薬を入れた。その場にいたアデルは、ローレナがちゃんと動くかどうか側で目を光らせていたという。けれど毒を入れる場面を見たことで監視を緩めた彼女の目を盗み、カップを入れ替えた。

「わたくしだって、別に自殺願望があるわけではなくってよ。自分で淹れた茶ですもの。最終的にはゴミが入っていたとでも言って捨てるつもりでした。あなたが薬草師として毒薬の匂いを嗅ぎ分けるだろうとは思っていましたが、そのためにまさかポットを倒すとは。……結果として、あなたにはかえって心配をかけてしまいました」

　ローレナは肩をすくめ、丁寧な動作で詫びを入れた。

　――茶会におけるローレナの目的は、『ローレナはカップにちゃんと毒を入れたが、運悪くフィーネの毒殺は失敗した』とアデリーナに思わせること。ローレナが裏切れば、アデリーナは他の手を使ってフィーネを狙うかもしれない。

そんなことになるくらいならば、証拠が集まるまではアデリーナの意識をローレナ一人に向かわせた方がよい。ローレナが『愚かな王女』である間は、アデリーナが直接フィーネを狙うことはないはずだ。

そうして全ての証拠が揃った昨夜、ローレナはアデリーナと対峙した。

「目的も分かったし、歪んだ愛国心ゆえに皇女一人で決行したので仲間がいないことも判明したことだから、ここで捕まえてやろうと思ったの。……実はその場にナルディィ将軍もいたのよ」

「えっ、ライル様も!?」

昨日の夫は一日中王城勤務をしていたということだったが、ローレナのもとに駆けつけたという話までは聞いていない。

その時のことを思い出しているのか、ローレナは遠い眼差しになった。

「……結局わたくしはアデリーナを捕まえられなかったどころか、毒瓶をぶつけられてあのざま。ヨシュアを呼んでもどうにもならなかったから、最終手段としてあなたを呼んだのよ。将軍にはその時に洗いざらい白状したわ」

「……ライル様が昨夜居合わせたのも、計画通りだったのですか?」

フィーネのあずかり知らぬ場で、ライルはローレナと作戦を練っていたのだろうか。

――そう思うと、仕事だと分かっていても胸がつきんと痛む。

だがローレナは肩をすくめて首を横に振った。

「いいえ。彼、わたくしとあなたの様子がおかしいと思っていたそうよ。だから独自に動いてわたくしの密会場面に突撃して、今日はあなたを守るために客間で待機したそうね」

「……はい。ライル様は、客室のクローゼットに隠れていたのです。それで、部屋に火をつけようとしたアデリーナが――」

「ええ、それも先ほど伺いました。将軍ったら『俺の嫁を傷つけるやつはぶっ潰す』とか言っていましたわ」

「おれのよめ……」

「仲がよろしくて良いことではありませんか」

ローレナは、「……それにしても」と続ける。

「……わたくしが将軍に恋をしていたのは本当に幼い頃の話なのに、どうしてアデリーナは今もわたくしが将軍に横恋慕しているなんて思ったのかしら。エルデを滅ぼすためあなたの毒殺やわたくしの夜会の妨害は有効な手段だと思いますけれど、そこにナルディ将軍が出てくる余地なんてないはずですのに」

ローレナはさらりと言うが、一方のフィーネは頭の中がさらに混乱し始めた。

（えーっと、つまり何？　ローレナ様は私を傷つけようとするつもりはなくって、アデリーナはエルデの没落を狙っていて、ローレナ様はライル様のことを……あれ？）

「……でもローレナ様、あの時おっしゃったではないですか」

「わたくしがいつ、何を？」

「お誕生会の時、手洗い場で……覚えていなさいとか、なんとか」

そう、フィーネの心の奥で燻（くすぶ）っていた、あの捨て台詞（ぜりふ）。

フィーネのしどろもどろの指摘を受け、ローレナは自分の記憶を掘り出すように数秒思案した後、「……あー」と声を上げた。

「そういえばそんなこと、言いましたっけ」

「わ、忘れてらっしゃったのですか……？」

「……あれは、『わたくしはナルディ将軍よりずっと素敵な男性を捕まえてみせるから、覚えていなさい』という意味ですけれど」

「………なん、ですって……？」

フィーネは絶句した。

（『覚えていなさいませ』の一言にそんな意味があるなんて、分かるわけないじゃない！）

だが対するローレナもまた、不思議そうな面持ちでフィーネを見つめ返す。

「……なぜそんなに驚かれるの？　サンクセリアの上流階級の間では、同性同士お互いの配偶者の自慢話で、相手を打ち負かすのが伝統のゲームだと伺いました。あなたがサンクセリア出身と知ったからこそ、わたくしはそのゲームを仕掛けたのですが？」

そんな伝統、聞いたことがない。

「……失礼ですが、ローレナ様はどちらでそのお話を？」

「留学中に視察に来られたヴィルヘルム陛下から教わりました。陛下自らがそうおっしゃるなら、間違いないことなのでしょう？」

——自信満々にローレナが言った瞬間。

『ごめんねー、フィー。なんかおもしろそうでさぁ』

そう言ってぺろっと舌を出しておどけるヴィルヘルムの顔が脳裏を過り、フィーネはくらっとしてしまった。

(つまり……私がずっと悩んでいたことは、ヴィルヘルム様のせいだったのね!?)

天使のような美貌は偽りの仮面で、実は人をからかうことが大好きなヴィルヘルム。

やはり彼は、一度シャルロットの蹴りを食らうべきだろう。

心の中で大嵐が吹き荒れているフィーネをよそに、何も知らないローレナはしみじみと言った。

「……あなた方がどのような夫婦であるか、わたくしは留学中から聞き及んでいました。もちろんヴィルヘルム陛下からも、あなたがいかに優秀ですばらしい聖魔道士であるか、聞いていていて耳にタコができるほど熱心に語られたものです。あなたはサンクセリアからいらっしゃった大切な御方。わたくし、そんな幸福な夫婦の仲を引き裂く悪女に見えますの……？」

「そっ、そん、そんなことはっ……！」

（思っていたけど、そんなこと口が裂けても言えませんっ！）

ローレナがヴィルヘルムの冗談を真に受け、フィーネに対して誤解の生じかねない言い方をしたのは確かだ。

だが、ローレナの強気そうな顔立ちだけを見て彼女を『悪女』と判断してしまったのは、フィーネにも責任がある。

（……でも今思えば、ローレナ様がライル様への想いを語る時は、全て過去形だったっけ）

彼のことが好きだった、子どもの頃は、昔は——全てがそんな言い方だったような気がする。

ローレナは既にライルへの恋心を失っていたのだ。そして修羅場だと思っていたあの手洗い場での出来事も、フィーネが思っていたのとは全く違う『宣戦布告』。

もっとローレナの表情をよく見ていれば——彼女がフィーネに対して、敵意や悪意を一切向けていなかったことに気づいていれば、フィーネも今回の事件でもっと早く色々な手助けができたのかもしれなかった。きっとここまで話がこじれることもなかったに違いない。

ローレナはうんうん唸るフィーネを訝しげに見た後、内緒話をするように己のぷっくりとした唇に人差し指を宛てがった。

「……ナルディ夫人。わたくしは、子どもの頃から悟っていたのです。わたくしは、エルデ王国の王族。わたくしの婚姻は、国のためになるものでないといけない。わたくしがどれほど将軍のことを想おうと、それが実を結ぶことなんて決してないと、分かっておりましたの」

「……ライル様が平民出身だから、ですか」

「やはりあなたは聡いわね。その通りよ」

ローレナは笑う。今まで見たことがないくらい、寂しい笑顔である。

「将軍位を賜ろうと、ナルディ殿は無名の平民。彼には家族がいない。彼と結婚して、わたくしが——エルデが得られるものは何もない。わたくしは、結婚によってエルデが力を付け、婿(むこ)の実家の後ろ盾(だて)を得なければならなかった。それが、王族たるわたくしの務め。……昔、伯父様に——亡き先代国王陛下にも、そう諭(さと)されたのよ」

ローレナは、全て分かっていたのだ。

そう思うと、これまでのローレナの行動が、全て違って見えてくる。

（誕生会の時も、ローレナ様は全てを理解した上で、ライル様にダンスを申し込んだのかしら）

ひょっとしたら、あれはローレナの最後の我が儘だったのではないか。

結ばれることはない。いくら想っても実ることのなかった恋心を卒業するための、最後の意地。

『政略結婚で結ばれた夫婦に、恋だの愛だのが生じるとお思いですの？』

あの言葉は、フィーネへの問いかけではなく、自分に言い聞かせていたのではないか。

もしかすると実際に政略結婚をして幸せに暮らしているフィーネに答えを尋ねることで、まだ見えぬ未来の、政略結婚に挑む自分を励まそうとしていたのかもしれない。

ローレナは小さく息をつき、フィーネに背を向けた。

「ローレナ様……！」

「……ナルディ夫人。わたくし、あなたがエルデに来てくれて、本当に良かったと思います」

ローレナはドアを開け、振り返った。花のかんばせが、ふわりとほころぶ。

「……これからも、よろしくお願いします。わたくしも結婚した暁（あかつき）には、あなたたちと夫婦ぐるみで付き合えること、楽しみにしてます……ありがとう、フィーネ」

それだけ言うと、ローレナは再びフィーネに背を向ける。

もう振り返らない彼女の背後で静かに閉まったドアが、二人の世界を切り離した。

その後、フィーネは迎えに来たナルディ家の馬車に揺られ、ライルと共に屋敷へ戻った。

「今日は疲れただろう。ゆっくり休むといい」

ライルにそう言われたフィーネは頷（うなず）き、そして膝の上でぎゅっと拳（こぶし）を固めた。

先ほどローレナと話をした後から思っていたことがある。

（……ローレナ様とはお話をして、誤解が解けた。今度はライル様とも向き合わないと）

数回深呼吸し、己（おのれ）を鼓舞（こぶ）する。

「……ライル様。私、ライル様に謝らなければならないことがあります」

「え？」

「……私、嘘をついていました。ライル様が心配してくださっているのに、何もないって嘘をついて」

怪訝そうな顔をしていたライルは、やがて目元を緩めてフィーネを優しく抱き寄せてきた。

「ああ、この前のことか。きっと、今夜の事件絡みだったんだろう？」

「……そうです」

「それは仕方のないことだ。おいそれと口外できなかっただろうし、あなただって苦しんでいたんだ。……俺の方こそ、無理矢理あなたの心を暴こうとして、すまなかった」

「何をおっしゃいますか！　ライル様は私を心配してああ言ってくださったんですし、毎日手紙も贈ってくださいました」

ここ数日間でライルにもらった手紙はどれも短かったが、彼の遠慮がちな想いが伝わってきて、読んでいると愛おしさと申し訳なさでぎゅっと胸が苦しくなったものだ。

ライルは微笑み、フィーネのつむじに額を押しつけてきて囁いた。

「……さっきも、すまなかった。いくら敵が相手とはいえ、目の前で人が射られる場面を見せてしまった。やつが燭台から離れるタイミングを見計らっていたのだが――かえって、あなたに恐怖を与えてしまったな」

「えっ、そんなことないです。とっても格好良かったですよ」

「えっ」

ここで『格好良い』と言われるとは思っていなかったらしく、ライルが裏返った声を上げる。

フィーネはライルの頬に触れ、そっと撫でた。

「……私、ライル様のことが大好きです。だから私を助けに来てくれたあなたを見て……すごく安心したし、格好良いと思ったんです。まるで、おとぎ話に出てくる王子様みたいで」

「……俺はごついし、おとぎ話に出てくるような王子様のようにスマートな人間じゃないぞ？」

「体形や見た目は関係ありませんっ。ライル様は私にとっての王子様なんです！」

「……そういえばあなたは、あの女に対して威勢よく啖呵を切っていたな。その時に、俺のことが好きと言ってくれていたっけ」

「えっ⁉　聞こえていたんですか⁉」

「それはまあ、俺はずっとクローゼットの中にいたわけだし……」

「わ、忘れてください！」

「断る」

「もうっ！」

今になって恥ずかしくなり、フィーネはどんっとライルの胸を押した。けれど筋肉に包まれたライルの体はびくともせず、逆に腕の中に閉じこめられてしまう。

「ライル様！」

「……あなたが俺のことをどう思っているのか聞けて、良かったと思う」

背中も一発殴ってやろうと拳を振りかざしたフィーネだが、静かなライルの言葉でその勢いをあっという間に失い、指を開いて夫の背中にそっと触れる。

（……そうよね。好きって気持ちは、ちゃんと伝えないと）

自分がライルをどう思っているのか口にしないといけない。ライルの言葉を待っているだけなんて不公平だ。

「……これからは、ちゃんと自分の想いを口にするようにします」

「そうだな。……愛しているよ、フィー」

「っ……わ、私も愛しています、ライル様」

小刻みに揺れる馬車の中で、二人は静かに口付けを交わした。

それは、まるで何かの誓いのようであった。

二人でひたすらぴったりとくっつき、時にはキスを挟むという甘い雰囲気のまま、馬車は屋敷に到着した。

「……また後で会おう」

「ひえっ⁉」

玄関に入ると耳元でライルにそう囁かれ、そのまま耳朶に口付けられる。

思わず悲鳴を上げたフィーネを見下ろすライルの目尻はほんのり赤く、その赤紫色の目には妙な熱が籠もっていた。

ライルはフィーネの耳の後ろに軽く吸い付くと、「うん、きれいに付いたな」と満足そうに微笑んで悠々と去っていく。おかげでフィーネは腰が抜けてしまい、リゼッタに引きずられる形で浴室まで向かうことになった。

「……リゼッタ、あの、『きれいに付いた』ってどういう――」

「今夜の旦那様は情熱的だ、ということです」

リゼッタはどこか遠い眼差しで、フィーネの質問をはぐらかした。

浴室に到着し、入浴剤の柔らかな香りに包まれるとフィーネもだいぶ落ち着いてきた。

ゆっくり湯に浸かろうと思ったフィーネだが、服を脱ぐ段階になってはたと思い出す。

（そうだ、今の私は……）

「今日もお疲れ様です、フィーネ様。旦那様もお待ちですし、しっかりきれいに洗い上げますね」

そう言って、嬉々としてフィーネのドレスを脱がそうと手を伸ばすリゼッタだったが――

「っ……だめ！」

とっさにフィーネはドレスの胸元を掻き寄せ、リゼッタから逃げるように身を捩らせた。

これまでフィーネが、リゼッタの前で服を脱ぐのを躊躇ったことはない。ゆえに、拒絶されたリゼッタは目を白黒させてフィーネを凝視してきた。

「……フィーネ様？」

「あっ……」

フィーネは唇を噛み、握った拳を震わせる。

「……あの、リゼッタ。お願いがあるの」

寝室に入るとすぐに、フィーネの体はライルの長い両腕に抱きとめられた。

「ライル様――」

「フィー。待っていた」

フィーネの体は軽々とライルに抱えられ、そのままベッドまで運ばれた。フィーネを横たえると、ライルもベッドに上がってくる。いつものように、ベッドの板がみしりと軋んだ。

「フィー」

いつもより硬い、夫の声。

見上げると、フィーネに覆い被さる形になっていたライルが、神妙な顔でフィーネを見下ろしていた。ベッドサイドのランプの明かりに照らされた夫の顔は、いつもより艶めかしく見える。

「……あなたに、話しておきたいことがある」

「……はい」

「ずっとずっと、怖くて言えなかった。だが今回、あなたが俺に隠しごとをしていると気づいた時――結婚相手に心の内を明かしてもらえないのは、これほどまでに辛く苦しいものなのだと分かったんだ」

ライルはフィーネの額に一つキスを落とした後、そっと上体を起こしてくれた。夫に寄り添う形になったフィーネは、そのままライルの顔を見上げる。

「……お話とは？」

「……俺の生まれについてだ」

強張ったライルの言葉に、フィーネは息を呑んだ。

ライルの生まれ。

（やっと聞ける。やっと教えてもらえる）

緊張を訴える胸元に手を宛てがってゆっくり頷くと、ライルは安堵したように息をついた。

「……俺は、今でこそライル・ナルディという名を持っているが、その名は俺の生みの親に付けてもらった名ではないんだ」

ライルの言葉に、フィーネは首を傾げた。

「……ナルディ家の養子になって名字が変わった、ということですか」

「……いや、違う。俺は養い親に拾われてやっと、名前というものを手に入れたんだ」

「え？」

「俺の生みの親は、俺に名前を与えなかった。俺の呼び名は『四番』——四番目に生まれた名無し、という意味だ」

ライルの生まれ故郷は、おそらくエルデのどこかの田舎だ。おそらく、という言葉が付くのは、当時のライルが幼すぎて、今でも生まれ故郷がどこなのか分からないからだ。

ライルは子だくさんな貧乏家族の四番目として生まれた。両親には子どもに名前を付ける、という感覚がなかったので、子どもを番号で呼んでいた。だから当時のライルは『おい、四番』と呼ばれることにも疑問を抱かなかった。

幼いライルはきょうだいたちの中でも誰より小柄で、弱かった。これでは将来の働き手として見込めず、穀潰しが増えるだけだと両親は判断したようだ。

そうして『四番』は捨てられた。

捨てられた当時の年齢はおそらく五歳程度で、自分で生きていく力などもちろんなかった。がりがりに痩せこけていた彼を拾ったのは、偶然道を通りかかった壮年の男性だったという。

彼は、名前を聞いても『四番』としか答えないライルに、これでは今後不便だろうと『ライル』という名を与え、さらに自分の名字であるナルディをくっつけて『ライル・ナルディ』と名乗らせた。

「俺を拾った養い親は、元エルデの騎士だった。彼は、がりがりのチビだった俺に少しは体力を付けろと言って剣の稽古をしてくれたんだ」

そう語るライルの眼差し(まなざし)は、過ぎ去った過去を見つめるかのようにぼんやりとしている。

ライルは食事を与えられ適度な運動をするとみるみるうちに成長した。おまけに武術の才能に恵まれていたようで、八つになる頃には養い親が驚くほどの潜在能力を発揮した。

残念なことに、養父はライルが十一歳になった年の冬に亡くなってしまったが、ライルは彼に憧れを抱き、エルデ騎士団の門を叩いた。

「『四番』……今考えると笑えてきそうだな。自分たちで産んだくせに、名前どころかろくに育てもせず、役立たずとみなしてさっさと道端に捨てる。そんなやつらが俺の生みの親なんだ」

「ライル様……」

「だから……フィーの故郷に行った時、本当にフィーが羨(うらや)ましいと思った。同時に、フィーは俺と違って優しい両親のもとに生まれ、彼らからすばらしい才能と意志を継いだのだと教えてもらって……本当に誇らしかった」

ライルはゆっくりと、視線をフィーネに向ける。

いつもフィーネを見る時とは少しだけ違い、ライルの目の奥に熱い炎が宿っている。

「……フィー、俺はあなたと出会うまで、自分の未来なんてほとんど描けていなかった。エルデ王家のために剣を捧げる覚悟はできていても、自分が結婚するだとか、子どもを持つだとか、そんなことは夢にすら見ていなかった。だから……あなたと城で再会した時も、どう接すればいいのか分からなかった」

「それじゃあ、なんとなくライル様がよそよそしい感じだったのは――」

「っ……ああ、やっぱりそう見えたんだな。俺はあなたを、嫌々エルデに連れてこられた不幸な女性だと思っていた。俺のような男の花嫁になるあなたが哀れで、申し訳なくて……」

「そんなこと……！　前にも言いましたが、私は望んであなたの花嫁になりに来たんです！」

フィーネは身を乗り出し、俯くライルの顔を覗き込んだ。

「私はずっとあなたに会いたいと思っていたんです。行き倒れていたあなたを助けた、子どもの頃から――」

「……子どもの頃？」

とたん、ライルは顔を上げてフィーネをじっと見つめてきた。

（……あ！　そうだ、ライル様は十年前のことを覚えていないんだった！）

はっと口元を手で覆い、どう言葉を繋げようかフィーネは迷う。

そんな彼女を見つめるライルの目が徐々に丸くなり、そしてついに、うっすら開いた唇から「もしや……」とため息のような声が漏れた。

「……あの時の、天使――？」

ライルの口から、衝撃的な言葉が飛び出した。

フィーネはもじもじと彷徨わせていた視線を上げ、ライルを凝視する。

天使。

今、彼はフィーネを見てそう言わなかったか。

「ライル様、今、天使って……」

「いや、違う、忘れてくれ！」

「忘れません！　……覚えていてくれたんですね！　十年前、サンクセリアの田舎で出会った男の子は……ライル様ですよね!?」

そう、十年前、母と共に経営していた薬草園で倒れていた少年。フィーネのことを『天使』と呼んだ彼。額に特徴的な傷を持つ人。

フィーネは震える指先を持ち上げ、ライルの額に触れた。そっと前髪を掻き分けると、髪の生え際を斜めに走る歪な白い傷痕がランプの明かりに照らし出された。

「……これを見て、気づいたのです。あなたが……エルデ王国のナルディ将軍が、あの時出会った男の子だったのだと」

「……フィーが、あの時俺を手当てしてくれたのか……。すまない、覚えてはいたんだが、聖魔道士だとは思っていなかったので、ずっと別人だとばかり。……あなたが先ほどアデリーナに啖呵を切っていた時に口走った言葉の意味が、これでやっと分かった。今の今まで思い出せなくて、申し訳ない」

「いいんです。それよりライル様はどうして、あんなところで独りぼっちで倒れていたんですか？」

「……当時十五歳だった俺は、エルデの騎士見習をしていた。サンクセリアの国境まで従軍したのはいいものの、まともに遠征したことがなかった俺は馬の操作を誤り、馬を突っ走らせた挙げ句、軍からはぐれた。なんとかして帰ろうとしていたところで盗賊の集団に襲われ——実戦経験もほとんど積んでいなかった俺は、情けないことに馬を奪われ、ボコボコに叩きのめされた」

　フィーネは息を呑む。確かにあの時のライルは満身創痍だった。

（でも、まさか盗賊に集団で襲われた時の傷だったなんて……）

十五歳の少年にとっては、まさに死を覚悟する状況だっただろう。

「盗賊共は、俺がもうじき死ぬだろうと思ってとどめを刺さずに放置していった。額を切られ、血で視界が塞がったまま、俺はとにかく這って、安全なところに行こうとして――気づいたら介抱されていた。しばらく視界が塞がれていたからだろうか。久しぶりにまともに見えた世界に、見たことのない顔立ちの少女がいて……とうとうあの世からのお迎えが来たのかと思った」

「だから私のことを天使って……」

「すまないが、それは忘れてくれ」

「そ、そういえばライル様は私を見て、たびたび天使って――」

「だ、だから頼むから、忘れてくれ……」

自分でも恥ずかしいと思っているのか、ライルはフィーネから逃げるようにふいっと視線を逸らしてしまった。髪の隙間から覗く耳が真っ赤に染まっている。

――覚えていてくれた。

あの時の出逢いを、ライルも覚えていたのだ。

「忘れません」

「フィー……」

「忘れたくありません。私にとって、かけがえのない思い出なんですから」

ぶっきらぼうで、手当てをしたのにろくに話もできなくて、名前すら教えてもらえなくて。

それでも、まっすぐなその目に惹かれてしまった。

それが『恋』だと気づいたのは、ずっとずっと経ってから。

そんな彼と政略結婚という形ではあるが、夫婦になれると知らされて、自室で悶えるほど喜んだ。

（ずっと会いたいと思っていた人だから）

不意に、フィーネの腰にライルの腕が回った。元々不安定なベッドの上に座っていたフィーネの体は簡単に傾ぎ、ライルの胸元へと倒れ込んでいく。

「……あなたと結婚して、良かった」

「ライル様……」

「フィー」

名を呼ばれ、フィーネは顔を上げた。

赤紫色の双眸に浮かんでいるのは、今まで見たことのない光。

頼りないランプの明かりに照らされ、ライルの目が燃えている。

「……あなたと結婚してから……色々な新しい経験をして、俺も変わった。サンクセリアに行った時は、シャルロット王妃のことを自慢気に語るヴィルヘルム陛下を見て……羨ましいと思った」

——どくん、と心臓が脈打つ。

フィーネは、分かってしまった。

今、ライルがフィーネに何を求めているのか。

彼が、今から何を言うのか。

「俺は、フィーが欲しい。フィーを抱きたい」

それは、ずっと待ち望んでいた言葉だ。

ライルと同じように、フィーネもサンクセリアに行ってから——シャルロットたちと再会してから、覚悟していたことだ。

ライルのことが好き。

身も心も、彼に愛されたい。

フィーネが何か言うよりも早く、ライルが体を起こしてフィーネの上に覆い被さる。

そして、呼吸すら奪うようなキスを仕掛けてきた。

いつもよりもずっと荒々しい口付け。唾液の絡(から)まる水音が耳朶(じだ)を震わせ、唇から与えられる刺激のせいで鼻に掛かったような声が漏(も)れてしまう。

「ん、ふっ……！」

「フィー、可愛い。もっともっと、見せて――」

耳元で囁(ささや)かれた声は蜜のようにとろりと甘く、フィーネの頭から思考力を奪ってしまう。

ライルの指先が太ももの辺りをまさぐり、肌をつうっと撫(な)で上げる。とたん、ずくんずくんとフィーネの体の奥が甘く激しく疼(うず)いた。

ライルが、フィーネの体を求めている。

そしてフィーネの全身もまた、夫の愛情を求めていた。

――しかし。

ライルの左手がするりとナイトドレスの裾(すそ)から潜(もぐ)り込(こ)んでたくし上げようとした瞬間、我に返ったフィーネは目を剥(む)いて声を上げた。

「いっ……だめっ……！」

「フィー？」

そして逃(のが)れようと、ライルの左手を――愛しい人の手を、あろうことか思いっきり引っぱたいて拘束から逃げだしてしまった。

わたわたとベッドの端まで逃げるフィーネを、ライルははじめ呆然としたように見ていたが、彼の目にはすぐに理性が戻り、唇を噛んで前髪をぐしゃりと握り潰した。

「……そう、だよな。すまない、フィー。俺は、あなたのことを考えずに――」

「あっ……ち、違うんです。そうじゃないんです！」

自分で拒絶したくせに、フィーネははっとして首を横に振る。

ライルに触れられたくないから逃げたのではない。それだけは、きちんと伝えたい。

「そうじゃ、ないんです……あなたに触れられたくなくて、叩いたわけではないんです」

「それじゃあ……ああ、もしかして、月のものか……？」

思いついた、と言いたげに目を瞬かせたライルは、ばつが悪そうに目を伏せる。

「それなら……今は無理だよな」

フィーネは唇を噛んだ。ライルはフィーネが拒んだ理由を月のもののせいだと思ったようだが、実際はそうではない。

(月のものは……昨日終わってる)

このままフィーネが頷けば、ライルは勘違いをして諦めてくれるだろう。そうすればこれから五日ほどは、ライルが迫ってくることもない。

五日もあれば、フィーネも――

（……でも、それはライル様を騙すことになる）

もう、夫を欺くことも隠しごともしたくない。

もしかすると、嫌われて拒絶されてしまうかもしれないけれど、これもフィーネが望んだこと。エルデのために、そしてローレナのために決心したこと。

フィーネは大きく息をつく。

「……違います」

「フィー？」

「月のものは……昨日、終わりました」

ライルが目を瞬かせる。どういうことだ、とその赤紫色の目が語っていた。

（怖い）

フィーネは拳を固める。

リゼッタに頼んで、いつもよりも分厚い生地にしてもらった寝間着の裾を思わず掴んだ。

「フィー、何か気がかりなことでもあるのか？」

気遣わしげに問うてくるライル。

その優しさが——無理にフィーネを押し倒したりしない心遣いが、苦しい。

「気がかりや心配なことがあるなら、言ってほしい。俺ではどうにもできないかもしれないが、話すことで少しでもフィーの気持ちが楽になるなら……」

楽になる。本当に、楽になるのだろうか。

(でも、ライル様も私に苦しいことを伝えてくれた)

己の忌まわしい幼少時代を教えてくれた。

それなのに、フィーネの方は彼に隠しごとをしたままなんて。

(向き合いたい)

ちゃんと、ライルと正面から向き合いたい。そのために——

フィーネは震える手で、自分の服のボタンを外した。喉から足元まで、布が長く広がったワンピース型のナイトドレスを、胸元から順にはだけさせていく。

「フィー……?」

ライルは息を呑んで、フィーネの行動を見守っていた。ボタンが外れると、肩から衣服が脱げ落ちて、その下にあるシュミーズが露わになる。

花弁に包まれるめしべのようにその場に座り込んだ今のフィーネは、シュミーズ一枚。

それ以上ライルのまっすぐな目を見ていられず、フィーネは俯いたままシュミーズの裾を持ち上げた。

とたん、ライルが大きく息を呑んで、フィーネに向かって近寄ってくるのが気配で分かった。

「……フィー！　これは、一体……!?」

ライルの手が伸び、フィーネのシュミーズの裾をまくり上げた。そうしてフィーネの体をへそまで露わにしたライルは、そのまま絶句する。

フィーネからは見えないが、今フィーネの腹から腰にかけての肌は、青黒く変色しているはずだ。

そう、まさにローレナが受けた呪いの模様そのままの形で。

「どういうことだ、フィー！　なぜ、あなたがこんな……」

「……こうするしか、なかったんです」

フィーネはぎゅっと目を閉ざし、切れ切れになりながら説明する。

「ローレナ様が顔に受けた呪い……あれを治す方法はいくつかありました。でも、夜会に間に合わせるには時間がない。だから……呪いを、私の体に移したんです」

患者の怪我が切り傷や骨折などの外傷だった場合、術者である聖魔道士が怪我を肩代わりすることはできない。だが聖魔道士は薬や毒といった体の内側の損傷や呪いに対しては、患者の症状をその身に引き受けることができるのだ。

「お腹なら、普通は誰の目にも留まらないだろうと思って移しました。……リゼッタにはばれてしまっているんですが、内緒にしてほしいとお願いしたんです。私は呪いに強いから、時間が経てばいずれ自己再生能力で呪いを浄化できますし……それしか、方法が思いつかなくて」

ライルは呆然として、フィーネの肌を見ていた。その眼差しから逃れるように、フィーネは目を伏せる。

（……嫌われたかしら）

湯上がり後に鏡で見てみた自分の姿は、なかなかにおぞましかった。あの時暗い顔をしていたローレナの心情も、今になって痛いほど理解できる。

不意に、ひんやりとした指が肌に触れた。ぴくっと身を震わせると、「……痛くないか？」と気遣うようなライルの声が降ってくる。

「……そうだったのか。ローレナ様の呪いをフィーが治療したとは聞いていたが、フィーが呪いを代わりに――」

「……は、い……」

「……そうか。頑張ったな。よく、決心してくれた」

言うが早いか、フィーネの体は再びライルの腕の中に閉じこめられていた。

思わずフィーネは、えっと声を上げてしまう。

「……気持ち悪くはないのですか？」

「気持ち悪いはずないだろう！　この痣は、あなたがローレナ様のため、エルデの未来のために体を張った証拠だ。……確認するが、これは一生残るわけではないのだろう？」

「は、はい。数日もすれば治ります」

「今、痛いとか、気分が悪いとか、そういうことは？」

「大丈夫です。とても元気です」

「そうか……ならばいいんだ。フィー、あなたはよく頑張った。あなたは俺にはもったいないくらいの、勇敢で優しい妻だ」

ライルの力強い声が、意固地になっていたフィーネの心を解かしていく。

いったんフィーネの体を離したライルは、体を折り曲げてフィーネの腹部に視線を合わせてきた。

「っ……嫌、見ないでください……」

「どうして？　あなたの肌は、とても美しい」

そう囁くと、ライルはおぞましい痣の広がるフィーネの腹部に、そっと唇を押し当

てた。

ひっ、とフィーネが悲鳴を上げる中、ライルは青黒い染みをなぞるように唇を這わせていく。ひんやりとしたライルの唇に触れられ、痺れるような衝撃が背筋を走った。

「大丈夫、フィー。とてもきれいで、すべすべで、柔らかな肌だ。この痣も、あなたが頑張った勲章だろう。だから、怖がらないで」

あやすような優しい声を掛けてくるライルはフィーネの体をそっとベッドに横たえた。

「フィー」

フィーネを見下ろすライルが熱っぽく囁いた。

フィーネの体も再び熱を持ち、甘い痺れが体中を駆けめぐる。

(私は、この人のことが好き)

今さらながらに、そう思った。

実感したとたん、自制心の枷が外れる。

「……好き。好きです、ライル様」

どうしようもなく、好き。

フィーネを受け入れて、全部を認めてくれるこの人が、大好き。

彼に、愛されたい。

愛してほしい。

自分の弱さも、呪いの痣も、全てを受け入れてくれるこの人に、愛されたい。

精一杯の告白をしたフィーネを、ライルは静かな笑みを浮かべて見下ろしてきた。

「フィー……俺もだ。あなたを心から、愛している」

「ライル様……！」

ぶわっと涙が溢れ、目の前の世界が潤む。

（エルデに来て、良かった）

温かい腕が、フィーネを抱きしめる。

（あなたに会えて、全てを打ち明けて、良かった）

震える腕を伸ばして、ライルの背中に回す。ぎゅっとシャツを掴むと、熱い唇が降ってきた。

（好き、大好き。ライル様……）

三年前、祖国を失って絶望していた自分に伝えたい。

——大丈夫。あなたを愛してくれる人に、いつか必ず再会できるから、と。

＊　＊　＊

エルデ王城前に馬車が到着した。騎士たちが敬礼しながら見守る中、馬車のドアが開く。そうしていつも通り、漆黒（しっこく）の軍服を纏（まと）った見目麗（うるわ）しい将軍は、愛妻を大切そうに腕に抱えてステップを降りてきた。

「……ご覧になって。ナルディ伯爵夫妻よ」

「先日ローレナ様の夜会で曲者（くせもの）が現れた際、伯爵がその者を捕らえ、奥様がローレナ様のお怪我を治療なさったそうですわね。すばらしいことだわ」

「本当に。……まあ、伯爵ったら、人前なのにあんなに奥様を溺愛（できあい）なさって」

「エルデの未来も明るいな」

近くを通りかかった貴族たちが、伯爵夫妻を見てそんな噂話をしている。

脇に控える騎士たちは直立不動の状態で表情も動かさないが、夫婦の到着を待っていた一人の若い騎士は、げんなりとした顔で、隣に控える侍女に話しかけた。

「……なんというか。あいつ、最近ますます嫁さんラブ度が高まってないか?」

「良いことじゃないですか」

「いや、そりゃあ良いことなんだけど。最近じゃ出勤もフィーネ様と一緒だし、城の中まで抱えていくし」

「良いことじゃないですか」

「……リゼッタおまえ、何か知ってるのか？」

「いいえ、何も」

侍女はツンと顔を背け、将軍の後を付いていく。置いていかれそうになった若い騎士も、慌てて彼らの後を追いかけた。

将軍は今にもとろけそうな笑みを浮かべて腕の中の妻を見つめているし、聖魔道士である妻は、恥じらいながらも嬉しそうに夫の胸元に頬を擦り寄せている。

数日前とは様子の違う、ナルディ伯爵夫妻。

彼らの間に何が起こったのかは、忠実な侍女のみぞ知ることである。

書き下ろし番外編

例のアレの行方

エルデ王国の将軍である、ライル・ナルディの屋敷にて。

「……さて、どうしたものかしらね」

お仕着せ姿の女性はそう呟き、目の前のクローゼットをじっと見つめていた。

リゼッタ・ヴィシュは、ナルディ伯爵夫人であるフィーネの専属侍女だ。

侍女はメイドとは違い、箒を持って床を掃いたり厨房で調理したりすることはない。

彼女の仕事は、フィーネが心地よく過ごせるように気を配って陰になり日向になり行動したり、ライルとフィーネが夫婦仲良く過ごせるように知恵を巡らせたりすることだ。

……そして今、リゼッタの正面にあるクローゼットの奥には、夫婦仲をよりいっそう進展させられるような秘密兵器が収められている。

それは以前、サンクセリアを訪問した際に王妃・シャルロットから譲ってもらった、きわどい下着セットである。

「……せっかくいただいたものなのに、お出しする機会を失ったままだわ」

リゼッタはクローゼットから下着の収められた箱を取り出し、むう、と唸った。

清楚で恥ずかしがり屋なフィーネがライルとの仲を進展させるには、妻の方からも「押す」努力をするべきである、と王妃は語り、とっておきの下着セットを持たせてくれたのだ。

最初はフィーネもそこそこ乗り気になっていたのだが、月のものが来たり、デューミオン帝国皇族の生き残りに狙われたりしているうちに、使うタイミングをすっかり失っていた。

「……今晩、進言してみようかしら」

それがいい、とリゼッタは頷き、箱を手に部屋を出た。

……だが、しかし。

「……ええと、その、今はそれに頼らなくてもいいかなぁ、と思っているのよ」

入浴の後にそれとなく下着の着用を勧めたリゼッタだったが、フィーネの反応はあまり芳しくなかった。

フィーネは下着をちらっと見ると、湯上がり以外の理由で顔を赤らめた。そして両手で「結構です」のポーズをして、じりじりとリゼッタから距離を取ってしまう始末。

「ほ、ほら、これをシャロンからもらった時は、まだライル様とそれほど仲良くなれていなかったけど……今は、ね？」

確かに、あの頃のフィーネはまだライルと「そういうこと」をしていなかったため、王妃も発破を掛けるつもりで贈ってくれたようだ。

だがフィーネは既に、ライルと身も心も結ばれている。大柄で筋骨隆々としており、ユークからは「馬鹿力持ちの体力バケモノ」と言われるほどのライルに愛されて、小柄なフィーネはたびたびふらふらになっている。

それでも愛する人と結ばれたフィーネはとても幸せそうで、そんなフィーネの笑顔を見るのがリゼッタの幸福でもある。

……それはそれでいいとして。

「旦那様との仲が良好なのは良いことですが、恋人同士でも夫婦でも、刺激は必要なものですよ」

「し、刺激……」

「ええ。旦那様はフィーネ様のお召し物については派手なものより、清楚で可愛らしいものを好まれています。しかし、フィーネ様が、旦那様好みの下着を身につけていらっしゃったら……さぞ情熱的な夜を過ごせることでしょう」

「……」

フィーネは真っ赤な顔で何度か口をぱくぱくさせているが、声らしい声は出てこない。きっと今、彼女の頭の中では様々な光景が展開されていることだろう。

もう一押し、とリゼッタは微笑んで下着の箱を差し出した。

「……明日はフィーネ様もお仕事がお休みですよね。旦那様にいっそう可愛がってもらえる、またとない機会ですよ」

「そ、それは……素敵な提案だけど……あの、やっぱり、私には無理よー！」

「……かしこまりました」

フィーネが顔を両手で隠してしゃがみ込んでしまったので、リゼッタは本日のところは白旗を揚げることにして、普通の下着を用意したのだった。

恥ずかしがるフィーネを前にしていったん引き下がることにしたリゼッタだが、まだ諦めてはいなかった。

「あのご様子だと、フィーネ様も下着を着用することに忌避感があるわけではないはず。

何より、親友であるシャルロット王妃陛下からの贈り物。機会があればきっと、着ていただける……」

周りに誰もいないのをいいことに、リゼッタは下着入りの箱を前にぶつぶつ呟いていた。傍目から見ると、すらりとした美人が下着を前に独り言を言っているのはなかなか怖い光景だが、本人は至って真剣だ。

おそらくフィーネだって迷っているはずだ。だが、彼女は元々遠慮がちで慎ましい女性なので、「今日はあの下着を着たい気分だわ」なんて言うことはまずないだろう。

さてどうしたものだろうか、と思案していたリゼッタだったが、フィーネのお茶の時間が近づいていることに気づき、思考を中断してティーセットを取りに行った。

自室で聖魔道士の仕事用の資料を読んでいたフィーネは、ティーセットを手にするリゼッタを見て、微笑んだ。まさかついさっきまで、目の前の侍女があのスケスケ下着をいかにフィーネにつけさせるかについて熟考していただなんて、露程も思っていないだろう。

お茶を飲むフィーネのおしゃべり相手をしていたリゼッタだが、ふとフィーネが思い出したように話しだした。

「そういえば私、新婚旅行に行けなかったのよ」

「新婚……なんですか？」

「エルデにはないのかしら？　結婚したばかりの夫婦が、一緒にお出掛けすることよ」

フィーネの説明を聞き、リゼッタは首を傾げて――そういえば、ナルディ家に仕える使用人から聞いたことがあったな、と思い出した。

「領内視察などではなくて、観光として行くのですよね。それでしたら、中流階級の間では広まっているようです」

リゼッタは、子爵家の出身だ。十代の頃から城で働いているがそれでも「子爵家のお嬢様」として扱われていたので、ナルディ家に仕えるようになるまであまり平民の暮らしや風習に触れる機会がなかった。

そのため、「新婚旅行」という単語自体は聞いたことがあっても、具体的にどのようなものなのか、どんな場所に行き、どんなことをするのか、といった知識が欠けていた。

「……フィーネ様は、新婚旅行に行きたかったのですね」

「そう、ね。でもエルデの貴族の間ではそういう習慣がないみたいだし、ライル様はいつもお忙しいし。無理は言えないわよね」

フィーネはからっと笑ってお茶を飲み、「旅行と言えば、サンクセリアにいた頃……」と、次の話題に移ってしまった。

……が、もちろん、ここですっぱり諦めるリゼッタではない。

彼女は使用人たちに相談を持ちかけ、彼らと一緒に「旦那様と奥様を新婚旅行に連れていこう作戦」を始めることにした。

「奥様が新婚旅行に憧れを抱かれているのは明らかですから、いっそ先に事情をお話しして、旅行の準備を進める提案を旦那様にしてみましょうか」

「良いですね。そういうことなら急なことでも、奥様は驚きこそすれ嫌がることはありますまい」

「これから暑くなる時季ですから、避暑地をいくつか見繕いましょう」

貴族出身のリゼッタとはまた違う種類の知識に溢れた使用人たちが、どんどん案を挙げていく。

リゼッタは、彼らの発言内容をメモしつつ聞いていたのだが――ふと、思いついたことがあった。

「質問ですが。新婚夫婦が旅行先で宿泊する際、夜に気分が盛り上がって……ということはありなのでしょうか？」

「まあ！　リゼッタ様、大胆ですね！」

「ありですよ！　大ありですよ！」

男性陣が沈黙する傍ら、女性使用人たちは目を輝かせてリゼッタに迫ってきた。

「むしろ、いつもとは違う場所、違う雰囲気だからこそ盛り上がり、夫婦仲もいっそう深まるのが理想ですよ！」

「もしかしてリゼッタ様は、何か良い案をお持ちなのですか？」

「……ええ、ちょっとね」

使用人たちの言葉に、リゼッタはしっかり頷いてみせた。


新婚旅行計画はトントン拍子に進んだ。まずはライルに事情説明し、その後フィーネにも提案する、という形で話がまとまった。

フィーネは密かに憧れていた新婚旅行に行けると喜び、リゼッタたちにも礼を言ってくれた。行き先や宿泊場所も決まり、ライルと一緒に期待に胸を膨ませているようだ。

「……そしてついに、これの出番ね……」

出発前日の夜、下着入りの箱をクローゼットから出したリゼッタは、にやりと笑う。もしこの場に腐れ縁のユークがいれば、「なんかすげぇ邪悪なことを考えてそうな顔」と言ったかもしれない。

「ロマンチックな雰囲気に浸ったところで、この下着を着用したフィーネ様が登場。そうすれば……」

ぶつぶつ呟きながら、リゼッタは下着たちをじっくり見て——最終的に選んだのは、シャルロットによって命名された『必殺下着』だった。

「……一歩踏み出してみることも大切なのですよ、フィーネ様」

箱を荷物の中に入れながら、リゼッタは小さく笑った。

フィーネがシャルロットから譲ってもらった、きわどい下着セットたち。

当の本人が恥ずかしがったためなかなか出番のなかったそれらだが、ある夏の日を皮切りに、頻繁に使用されることになる。

相変わらずフィーネは恥ずかしがっているけれどライルの方が気に入ったようで、色々あった末に夫に惚れ込んでいるフィーネが折れるに至った。

フィーネも、新婚旅行先に『必殺下着』を持ち込んだリゼッタに恨み言を言ったのは一度だけだった。いつか着なければシャルロットに申し訳ないと思っていたこともあり、一歩踏み出す機会を与えてくれたと礼を言ってくれた。

そんなフィーネに対してしとやかに微笑みながらも——リゼッタの頭の中では、これから主人夫妻がますます仲良くなるためにはどんな方法を取るべきだろうか、ということが目まぐるしく計画されていた。
できる侍女は、いついかなる時でも主人のことを考えているのである。

RC
Regina
COMICS
原作
瀬尾優梨
Yuri Seo
漫画
鳴希りお
Rio Naruki
異世界で幼女化したので
養女になったり
書記官になったりします
1~3
大好評
発売中
!
待望のコミカライズ!
大学へ行く途中、うっかり穴に落ちて異世界トリップした水瀬玲奈（みなせれいな）。しかもなぜか幼女の姿になっていた上に、もふもふ動物精霊にも懐かれた!? 運よく貴族の養女として拾われ、そこで国の重要機密を扱う重職「書記官」の存在を知った玲奈は、地球に戻る手がかりをつかむため、超難関の試験に挑むことになり……!?
＊B6判 ＊各定価：748円（10%税込）
アルファポリス 漫画
検索

本書は、2018年9月当社より単行本として刊行されたものに書き下ろしを加えて文庫化したものです。


この作品に対する皆様のご意見・ご感想をお待ちしております。

おハガキ・お手紙は以下の宛先にお送りください。

【宛先】

〒150-6008 東京都渋谷区恵比寿4-20-3 恵比寿ガーデンプレイスタワー 8F
(株) アルファポリス　書籍感想係

メールフォームでのご意見・ご感想は右のQRコードから、
あるいは以下のワードで検索をかけてください。

アルファポリス　書籍の感想　検索

ご感想はこちらから

レジーナ文庫

望まれた政略結婚

瀬尾優梨

2021年9月20日初版発行

文庫編集ー斧木悠子・森順子
編集長ー倉持真理
発行者ー梶本雄介
発行所ー株式会社アルファポリス
〒150-6008 東京都渋谷区恵比寿4-20-3 恵比寿ガーデンプレイスタワー8階
TEL 03-6277-1601（営業）　03-6277-1602（編集）
URL https://www.alphapolis.co.jp/
発売元ー株式会社星雲社（共同出版社・流通責任出版社）
〒112-0005 東京都文京区水道1-3-30
TEL 03-3868-3275
装丁・本文イラストー縞
装丁デザインーansyyqdesign
印刷ー中央精版印刷株式会社

価格はカバーに表示されてあります。

落丁乱丁の場合はアルファポリスまでご連絡ください。

送料は小社負担でお取り替えします。


ISBN978-4-434-29380-1 C0193